谨以此书献给父亲（爷爷）张同森和母亲（奶奶）王玉花。

大女儿 张萍芝（山东省烟台市海阳市发城中学一级教师，1976 年参加工作，2013 年退休）
儿　子 张黎明（国家卫生健康委一级巡视员，1984 年参加工作，2021 年退休）
二女儿 张翠芝（山东省烟台市海阳市龙山街道初中高级教师，1983 年参加工作，2019 年退休）
孙　子 张　萌（现居国外）

同森育花

张黎明 张萌 著

中国海洋大学出版社
·青岛·

图书在版编目（ＣＩＰ）数据

同森育花 / 张黎明, 张萌著. — 青岛 : 中国海洋
大学出版社, 2023.8
　ISBN 978-7-5670-3498-3

Ⅰ.①同… Ⅱ.①张… ②张… Ⅲ.①长篇小说—中
国—当代 Ⅳ.①I247.5

中国国家版本馆CIP数据核字(2023)第080869号

书　　　名	同森育花
	TONGSEN YUHUA
出版发行	中国海洋大学出版社
社　　　址	青岛市香港东路23号　　　邮政编码　266071
出 版 人	刘文菁
网　　　址	http://pub.ouc.edu.cn
订购电话	0532-82032573 （传真）
责任编辑	王　晓
照　　　排	青岛光合时代传媒有限公司
印　　　制	青岛海蓝印刷有限责任公司
版　　　次	2023年8月第1版
印　　　次	2023年8月第1次印刷
成品尺寸	166 mm × 230 mm
印　　　张	19.25
印　　　数	1~1000
字　　　数	244 千
定　　　价	86.00元

如发现印装质量问题，请致电13335059885，由印刷厂负责调换。

目录

同森 篇

病床上的沉思

在家人、朋友和同事的反复劝说下，同森终于同意住院接受治疗。同森态度的转变让玉花悄悄地松了一口气，也让玉花对同森身体的康复多了一线希望。与在烟台医院工作的同村邻居事先联系预留了病床，玉花很快收拾好同森和自己的换洗衣服以及日常生活用品赶到了医院，既怕同森改变主意，也怕万一床位被占用了还得等待。医院的床位始终很紧俏，特别是像这种专科医院，经常有病人和家属住在医院附近的小旅馆里等待着有空床的机会。

玉花对同森这一年多来身体的变化最了解，也最担忧，多次劝同森住院进行治疗，也动员身边的两个女儿、女婿帮助进行劝说，但同森就是不同意。玉花私下里猜测同森不同意住院治疗主要有两个原因。一是怕花钱多。根据别人的经验，同森的病治疗费用不菲，还得配合着加强营养，一般的工薪阶层家庭肯定是难以承受的。何况玉花虽然户口转成了非农业人口，但没有工作和任何收入，俩人全靠同森一个人的工资过日子，经济压力就更大。虽然子女们要为同森出钱治病，但同森心里非常不愿把这样的压力转嫁给子女们，因为他们也都是工薪阶层，而且都要养家糊口，当时的生活状态都不宽裕。二是怕回不来。同森有位多年的好朋友自己走着去医院看病，却穿着寿衣躺着被抬到了火葬场，这给了他很大的刺激。同森对医院里弥漫的味道也充满了厌恶，闻到这种气味就会联想到阴冷的太平间。同森本来就是怕冷的体质，这几年更加明显，春秋季节也要戴着帽子，穿衣服比别人早一个季节。玉花也曾以大医院里的病房有暖气，住着比在家里舒服些为由动员同森去住院，但同森就是不为所动，宁肯在家里穿厚衣、戴棉帽。玉花虽然没有想明白这次促使同森态度发生根本性转变的真正原因，但同森愿意住院接受治疗的决定还是让玉花对治疗效果和结果充满了期待。

同森这时候已经正式退居二线一年多了，所在学校的新校长早已经正式上任，学校的各项工作正常运转且不断有新的成绩。同森拖着病躯休养快两年了，但长期养成的操心忙碌的工作习惯还难以完全被无所事事所替代，对早年组织多次让他临危受命的经历难以忘怀，总想着组织会再有这样的机会给他，他要时刻准备着。与自己的身体情况和住院治疗相比，组织的需要始终是排在第一位的，这是一名老共产党员刻在骨子里的使命感和责任感，也是一种别人难以体会和理解的觉悟。一年多的休养，他虽然身体健康状况没有大的改善，精神上还是获得了极大的放松，心理上也基本上完成了转变，觉得自己可以踏踏实实地治疗疾病、调养身体了。

其实还有另外一个原因促使同森改变了主意。当时为了工作上便于往返、生活上便于互相照顾，同森和玉花一直住在大女儿家里。大女儿女婿自购大卡车跑长途运输，在家的时间比较少，经常回家脱下需要换洗的衣服就又出发了，挣钱很辛苦，照顾家的事情也就顾不得了。同森和玉花住在这里可以照顾正上学的外孙女，大女儿也方便照顾同森和玉花。按照当地习俗，如果在儿子家里去世是天经地义的事情，可如果在女儿家里去世让同森心里难以接受。这段时间住在家里的治疗效果并不理想，也不明显，同森也能感到自己病情的轻重变化。如果住院治疗效果好的话，自己可以逐渐恢复健康；如果治疗效果不佳，也不会比在家里治疗差；万一治疗无效，在医院里去世也总比在女儿家里去世好。同森在斟酌后才同意住到医院里接受治疗，但嘱咐玉花第一不要把自己住院的消息告诉儿子，第二不要过度治疗。玉花自然知道同森的真正用意，也一如既往地支持和赞成同森的决定。

因有熟人联系安排，同森很顺利地住到了医院里，玉花作为陪伴也得到医院的特许默认，可以二十四小时地陪护着，这让同森心里更加踏实。

躺在医院的病床上，同森逐渐习惯了此前一直讨厌的医院里的味道。除了关心治疗方案和花费外，同森有了更多的时间来静静地思考。

同森回忆了自己在成长过程中的各种经历。自孩童时期起，从在老家玩泥巴、本村上初小、吉格庄上完小，到赴县城速师求学和应召入伍，再到退伍后从教，各个阶段自己都规规矩矩地做人做事，没有犯过大错误，没有干过缺德事，没有对不起良心的地方。作为一名共产党员，自己始终坚持坚定的政治立场，拥护党的领导，严格执行党的各项政策和规章制度，在工作和生活方面都严格要求自己，克服自私自利的思想和行为，勇于吃苦、艰苦奋斗，是一名合格的、甚至可以说优秀的共产党员。在工作上，不管是在部队、还是在教育战线，不管是作为普通教师、还是作为学校领导（副校长、校长），自己都始终勇挑重担、尽职尽责，坚持团结友爱、凝心聚力、群策群力，爱老师、爱学生，全身心地热爱并投入教育事业。在生活上，作为一家之主始终起着顶梁柱的作用，自己在外能省的钱都省下来供家用，尤其是供三个孩子上学接受教育。那个时候国家没有实行义务教育，三个孩子上学的学费就是一笔不小的开支。自己身体不好，在一定程度上就是长期省吃俭用的后果之一。情感上，他对玉花是绝对的忠诚，虽然两人长期两地分居，但同森没有失去理智和良知，在长期艰难困苦的日子里与玉花相濡以沫、恩爱和谐。

　　同森在思考中，对自己的性格弱点和后悔的事情也没有放过。一是同森一直相信并认同"沉默是金"的观念，不轻易批评人，冒犯别人的话更是从来不说，即便是个人受了委屈也不发泄，只知道自己生闷气，并且也认同"吃亏是福"的观念，有时显得不勇敢。二是同森在为家人谋利益方面缩手缩脚，愧对家人。记得大女儿高中毕业后想当老师，她是从文化程度、语言表达、知识储备、外在形象等方面公认的最佳人选，可是村支书出于个人偏见死活不同意。看到女儿期待的眼神、看到玉花急得嘴角生疮，同森仍不愿去求人，以至于大女儿拖后一年多才如了愿。三是在处理与儿子的关系上有些感情冲动。当时收到用儿子单位的信封寄来的无名信后，虽然从字迹和口气上他知道这封信肯定不是儿子写的，自己看了一遍就在冲动之下把原信和信封寄回给了儿子。希望儿子收到信后做什么呢？如果这封信是别有用心的人写的，儿子能查清楚是谁写的？从信上看，这信不可能是对儿子的家事一无所知的人写的，难道是儿媳不跟儿子商量就自作主张写的？如果真是儿媳写的，儿子收到后会怎么办？孙子还在襁褓中，难道希望他们吵架或离婚吗？显然这不是同森希望看到的。同森在住院前就反复分析推测过这件事的来龙去脉，而每次想到这里，同森都会后悔，后悔不假思索就把信寄给儿子让他难办，后悔自己当时没能冷静下来后把信撕毁而假装没有收到这样的信。再细想儿子有快半年没有写信来了，儿子的情况都是大女儿通过电话转述的。同森知道儿子本来工作就忙，有了孩子后肯定更忙。想到这里，同森又特别希望那封信寄丢了或者别人接到后忘了交给儿子，但愿儿子没有受到那封信的影响，工作、生活都是安定、顺利、幸福的。

想到与儿子的关系，同森情不自禁地回想起了两次北京之行。第一次本来是给儿子送结婚用品的，却成了自己的看病和住院接受治疗之行。第二次是过冬之行，却成了迎接孙子出生之行。两次与儿子全家相见和短暂相处，却都收获了意外结果，第一次是惊吓，第二次是惊喜。一整个冬天的日夜相处让同森感到非常温暖，但对儿子以及儿子的工作和生活也有了陌生感，这其中既有乡下人的自卑，也有对城市生活的不适应，还有一丝对未知世界的畏惧和不安。想到与儿子持续了一年多的无交流状态，同森始终认为自己在儿子面前是绝对不能认输的，无论什么情况就应当由当儿子的主动承认错误。

同森一直坚持善心、善念、善行、善为，与人为善，不为虚名，只为自己不招恶果、求得心安。想到这里，同森又陷入了难以自拔的思考泥潭，自己与儿子没有反目成仇，却如隔高山的情感困境是什么"因"导致的"果"呢？同森想得脑仁都疼了，依然找不到答案，甚至没有一丝线索。

同森按时输液、吃药，空闲时在玉花陪同下在走廊里活动一下，但身体状况没有出现入院前所希望的明显改善的结果，腹水也没有明显减少。味道极苦的中药汤从早饭后就开始喝，每次一大碗，同森闭着眼努力全喝完，稍稍缓慢走动后就躺在床上静养。玉花每天要给同森打水、打饭、洗衣，也会时不时地找个话题和同森聊聊天，在同森睡觉时才有机会到院里透透气。而同森除了睡觉，只要一睁开眼就开始东想西想，脑子里一刻也没有停歇。就这样在不停的思考中期盼着、等待着。他期盼着奇迹的出现，等待着命运的安排。

艰难中成长

同森出生于 1936 年，那是一个双春之年，也就是说，这一年之中按农历计算前后各有一个立春节气，因此也被称为"两头春"。

同森出生后第二年，他的家乡胶东地区就被日寇占领，国内时局也动荡不稳，生产无序，官府贪腐且横征暴敛，老百姓的日子苦不堪言。同森的父辈们面朝黄土背朝天，日出而作、日落而息，省吃俭用地过日子，吃饭时掉到桌子上的饭粒都要捡起来吃掉，即便是吃红薯也要带皮吃。由于营养不良、缺医少药，成人寿命都不长，婴幼儿的死亡率更高。同森能在那样的环境下生存下来很不容易，实属幸运。

作为农村的孩子，同森的童年没有什么好吃的、好玩的，物质和精神双重匮乏。和其他农村孩子一样，同森也穿开裆裤穿到三四岁，一样尿炕"画地图"，一样在父母劳作时被放在田间地头，一样长大一点后也没有什么像样的玩具，更没有什么学前班、幼儿园，唯一可自豪的田间地头都是自己的活动场所，鸡鸭猪狗都是自己的玩伴。

1945 年 3 月，同森已 9 岁时才开始在本村上小学，接受教育。那时抗日战争接近尾声。1945 年 8 月初，共产党领导的胶东军区经过七天七夜的激烈战斗，扫清了市区内外的日伪武装，烟台获得解放。同森的家乡虽然远离烟台市区，但日本投降了的消息还是让他们欢欣鼓舞，好好上学、努力学习的心更踏实了。

解放战争时期，胶东成为支援前线的重要基地。1946 年，仅海阳县一个县就组织了 4.6 万多人到前线帮助转运伤员、运送物资，还准备了 2000 多副担架。整个胶东地区共组织了 280 万人支援前线。1947 年，烟台市共有 5 万多人入伍参加革命战争，全市贡献军鞋 124 万余双。村里参军的人身穿绿军装、胸带绸子大红花、全村人锣鼓喧天欢送的场面让同森也有赶快长大去当兵的冲动。奶奶和妈妈晚上在昏暗的煤油灯光下一针一线地默默做布鞋、纳鞋底的身影，似乎成了同森的"提神神器"。她们坐在远离灯光的炕上做布鞋、纳鞋底，同森就趴在放煤油灯的桌子边上看书或做练习，如饥似渴、不知疲倦地汲取知识，直到奶奶和妈妈放下针线多次催促甚至强制熄灯后才休息。

1949 年，中华人民共和国成立了。同森从大人们喜笑颜开的言谈中知道，与穷人一条心的共产党执政了，好日子来了。

同森的小学生活就在这样一种巨变中度过。好在是在本村里上学，老师也只有一个人。政局的不稳导致学校随着不同时期的管控要求，课程设置和教学计划也不断地变化。课本也不全，都由老师统一保管着，同学们只能在学校里临时翻阅。放学、放假后没有家庭作业，学生可以放心地玩耍。

同森快 15 岁了，在本村初级小学毕业后有机会跟同村的小伙伴一起上完小学（年级完整的小学，比初级小学多了两年的小学高年级班，同森入的就是高年级班）继续接受教育。那时候，同森所在的铁口村只有初级小学，村里的学生只能每天走五里地的路到邻村吉格庄去上学。即便是每天往返十里地，同森也很高兴。因为上学不仅能学到知识，路上也是小伙伴们最快乐的时光。他们可以自由自在地捉会儿迷藏、抓蝈蝈、逮知了，可以比赛扔石子谁扔得更远、更准，可以摔跤比比力气大小，反正乐趣很多。更重要的是，午饭可以比在家里吃得更好。农村人尽管生活不富裕，可穷家富路的传统观念很重，即使在家里吃糠咽菜，出门带的饭食也一定要像个样儿，不能太寒酸，给家里丢脸。因而，同森对上学始终兴趣盎然，乐此不疲。

同森的爷爷是一个孩子吃红薯剥皮都要呵斥和严厉批评的极其勤俭节约的人，所以同森的父亲也继承了这一优良传统。对同森上学，他也事先约法三章：好好读书学习，不许惹事生非，将来要有出息。同森虽然不知道将来要怎样才能有出息，可他仍然坚决地答应了父亲的要求。

为了保证同森学有所获，同森的父亲还严格地监督，把过问同森的学习情况当成了每天晚饭后的固定"节目"。每当同森报告考试成绩优异时，同森的爷爷和父亲总是当着全家人的面及时给予口头表扬或物质奖励，比如，吃肉菜时给同森夹块肉，或者爷爷把自己单独享用的白面馒头揪一块给同森。学习成绩好既是同森能吃口肉的理由，也是他认真学习为家庭赢得荣誉的奖励。好吃的成了家里的特殊待遇，也成了同森努力学习的极大动力。

同森的父亲兄弟两人，父亲是老大，没上过学，种了一辈子地；叔父是老二，上过学，当了一辈子老师。一大家子在同森爷爷的户头下共同生活。同森作为他们这一辈年龄最大的孩子，对父亲作为农民的辛苦和叔父作为教师的光荣之间的对比领教得最多。叔父是家里人学习的榜样，好好学习、将来像叔父一样的想法早就埋在了同森的心里。大人的表扬和奖励也让同森在弟弟妹妹面前很有面子，因此学习劲头更足了。

在这种家庭氛围的鼓励下，同森在学校里勤学好问、劲头十足地把两年完小课程顺利学完了，并且门门功课都在良好等级以上。同时，他以好学和稳重为主的基础性格也基本养成了：多思少语、求知上进、勤奋老实、细心谨慎。

离家求学

同森所在的村子，当时属于山东省文登专区管理。文登专区按照国家总体部署安排，仿照其他地区的模式，很快建立了文登专区师范学校，因学制只有一年，故学校被称为"速成师范学校"。

速成师范学校是在一个在建的中学的基础上扩建、加急建设而成的，因而当年就开始招生。学校的学生最大容纳量是900人，招生开始后报名的人数超过2000人，经过择优录取，名额很快就满了。同森的考试成绩不是很突出，没有被录取，有点气馁地回家了，准备认命当个农民，和其他村里的伙伴一样自食其力。

同森所在的海阳县当时是文登专区最大的县，县域面积最大，是现在的海阳市加上多半个乳山市的面积，人口也是最多的，因而对教师的需求缺口也最大。在整个专区的900人中海阳籍的不足百人，显然远远满足不了实际需要，因而海阳县政府决心利用本县资源兴办一个师范学校。专区政府同意了海阳县政府的请求，决定成立文登专区第二速成师范学校，并且在招生方面主要招收海阳县籍的学生。

同森就是在这样的背景下又有了继续上学的机会，不免精神为之一振，请母亲帮忙做已经准备让同森回家帮忙种地的父亲的思想工作，同意出钱供同森继续求学。同森父亲念书不多，所以只能辛辛苦苦当农民。他深知农村孩子读书才能改变命运的重要性，决定春耕秋收的农忙时节雇人手帮忙，让同森继续去上学。于是，同森于1952年进入文登专区第二速成师范学校学习，准备将来投身到教育事业中。

同森当年是村里唯一进入师范学校的人。对于村里人见了面不时的夸奖和赞叹，同森父母自然十分高兴。同森父亲本来就性情温和，这段时间更是情不自禁地喜笑颜开，走路时头昂得更高、腰挺得更直，嘴里也时常哼着小调或吹着口哨。

母亲专门买了4斤崭新的上等好棉花和六丈新棉布，给同森做了新褥子、新被子，把准备下个新年穿的新衣服、新鞋帽也提前拿了出来，让同森焕然一新地去上学。她还从同森的旧衣服中仔细挑选了补丁少、补丁小的洗干净、叠好，让同森带上换洗。她又抓紧给同森新做了两双新布鞋，其中一双预备冬天穿的棉布鞋鞋底还多纳了两层布，鞋帮的针脚也更密集，以便更跟脚，也更保暖。

同森也踌躇满志地为将来当老师做好了心理准备，并向已经做了多年教师的叔父请教如何当个好老师，以及当老师教什么科目最好，等等。同森现在感到欣喜并认准的未来之路就是当老师。

等同森赶到离家将近三十里地远的学校报到并在校园里转了一圈后，虽然觉得现实的学校条件与预期有较大的落差，但同森依然信心满满，踌躇满志。

第二速师是临时决定增加的学校，因而没有现成的校舍，是由一个废弃的工厂改造而成。高大的原厂房被隔断、粉刷改造成了教室，新建了一排平房作为教工、学生的宿舍，一排平房做食堂、澡堂、锅炉房等附属用房；院子经整理、扩大变成了学校的运动场，黄土压实后勉强建成了周长够400米的运动场。场地的一边是并排陈列的、崭新的一副单杠和一副双杠；另一边是一个练习跳远的沙坑，里面铺满了厚厚的、细细的沙粒。

在院子的一个角落里有一个原工厂留下的简易篮球场。边线已经变得隐隐约约的，如果要举行比赛得重新涂一遍。

学校里很快就聚满了人，学生都年龄相仿，教师中也有不少很年轻的。学校很快就正式开学了，同森注意到学校饭菜也没有比家里好多少，都是当时当地的日常饭菜。对于正长身体的青年来说，只能算是吃饱了不饿肚子。所以学校里见不到一个胖子，教师、学生、厨师等都不胖。

那时的新中国刚成立不久，国家经济处于十分困难的起步阶段。百废待兴，学校生活条件自然十分艰苦。

学校除了语文、数学（当时称为"算术"）、地理、历史等通识知识以外，有别于其他类学校的特殊之处是还教授教育学和教学方法方面的内容，以及针对小学初级教育需要的心理学、儿童文学、音乐、美术、体育等方面的内容，按照教学科目的课程设置要求分门别类地培训。此外，学校也经常进行国情宣传、爱国教育和阶级斗争警示教育。这也是那个时代的主要特征。

当多年后同森真正走上教育岗位时，他依然清楚地记得在学校学到的"五步教学法"，即一是组织教学，做好教学的各项准备工作，包括课本、练习册、教室和各种教具等；二是讲前备课，认真预习要讲授的课程内容，尤其是知识点及相关内容，要做到内容全面、没有疏漏，表达准确、清楚流利，并且尽量通俗易懂；三是讲解新课，讲课都是从新课到旧课的不断覆盖，新课一般都是本科知识的不断深化和提高，新课讲好了才能让学生理解和记住，并成为继续接受新课知识的基础，新课也是教师备课的重点；四是巩固练习，为了加深记忆和理解，让学生做尽可能多的练习题，通过练习强化记忆和举一反三；五是布置作业，主要是家庭作业和假期作业，让学生在校外通过做题复习学习的内容，强化学习效果。对于速师的学习教育，同森的最大收获就是对基础教育理论和方法的初步掌握，以及由此激发的想早日走上讲台的激情和冲动。

在上学期间，对于国家的困难、时局的艰难，同森和其他同学一样十分清楚，也深切理解，大家没有埋怨或嫌弃学校办学条件差。对于未来自己的责任大家也心知肚明。大家的愿望高度一致，就是当下要好好学习，将来拼命工作，通过振兴教育来改变社会，促进发展，强国富民。在这样的理想和信念的鼓舞下，同森学习劲头十足，课余时间经常不回家，把时间和精力都用在了学习上。假期回到家也是一边帮助家里做些适时农活儿或家务，一边坚持看书学习或者向叔父请教，了解一些与教学有关的问题，既是对学到的教学理论和方法的复习，也是一种间接的体会和验证，他将精力全放在了将来做一个好老师这件事上。

临近毕业，正当同森兴冲冲地准备走上教师岗位的时候，他的人生之路又多了一个选择。

农村男孩子自然知道当兵是农村青年的好出路，在部队干好了还可以提干或转成志愿兵，不用再回农村。虽然这样的机会微乎其微，但当过兵一般至少能成为共产党员。但能当上兵很不容易，不仅要求模样周正、身体健康，还需要家庭出身好、政治表现好。

同森从小也想当兵，可在村里，中农成分出身的同森与更多的贫农出身的同伴相比，如愿当兵的可能性就小太多了，当兵的适龄时间（年龄在十八周岁以上、二十二岁周岁以下）又短，从村里去当兵的机会几乎是零。

当听说部队来学校征兵的消息时，同森隐藏很深、很久的几乎快被当老师的现实愿望取代的当兵梦又被重新点燃了。他向班主任打听并确认了这一消息时，当老师的志向很快败给了当兵的渴望。

从军报国

一张《复员建设军人登记表》成为同森五年从军经历的高度概括，也记载了同森在这段时间前后的一些变化。如文化程度由初速师毕业变成了初中二年级，家庭出身由中农变成了高级社员，个人身份由学生变成了革命军人等。

同森是在 1953 年 7 月 19 日由文登专区第二速师（速成师范学校）自愿应召入伍的。

当时，抗美援朝战争正处于尾声阶段，军队已经开始着重招收受过教育的年轻人。同森所在的文登专区第二速师成为当地征召有文化的年轻人入伍的热点场所，因为读过书的热血青年报国心切，有文化的青年人也正是部队最需要的优质兵源。文登专区第二速师虽然是专门培养师资人才的，但解决的主要是一个地区的教育问题，而国防是整个国家的大事情，自然应该优先考虑。

同森和许多同学一样，当听到部队来学校征兵、学校也积极配合支持的消息后，基本上没有犹豫、没有彷徨，也没有和家里人商量，主动、踊跃地去报了名。

同森所加入的部队是前不久从抗美援朝战场上换防回来的炮兵部队，休整和补充兵员后如果停战谈判不成功，他们在集训后就会随时被派往朝鲜战场参加作战。尽管同森对战场真实情形一无所知，但通过看电影、看报纸、听广播等途径所了解的抗美援朝英雄事迹，他对上战场作战不仅没有恐惧，反而还有所期待。

可是这份热血差点遇到了"冷水"。在体检过程中，同森按体检要求排队完成了抽血、五官、内科、外科等专业检查后，审定医生看着身高不到一米七、略为瘦弱的同森，在签署体检合格前犹豫了一下，目光禁不住扫向同森的脸庞。

同森的脸色由于经常参加户外活动而略黑，眼白部位略黄。但眼睛瞳孔里充满了热切、坚毅和自信。审定医生又看了下体检报告表和所附的化验单，询问同森平时的饮食情况，在得知同森家里还有个已成年的弟弟时，审定医生没有细究同森血色素偏低的化验结果，终于签署了"体检合格"四个字。

当同森兴冲冲地回家告诉父母这一结果时，父母没有责怪同森，反而为他能参军感到光荣和自豪。当时，家里有三间不算旧的茅草屋，有十五亩耕地，还有一头小毛驴。一家人靠天吃饭，靠劳动致富，生活不算多富裕，但也不算太贫穷。父母身体硬朗，年纪也不算大，同森的弟弟尽管还在上学，但已经长大了，有他在父母身边，同森可以安心地入伍。

同森所在的部队，驻地就在文登县附近，离学校和同森老家的距离不算太远，也就一百多里地。

入伍伊始，同森就开始了最艰苦的新兵连训练。听身边战友们讲过新兵连训练如何艰苦，同森心里已经有所准备。刚开始的时候，在操场上反反复复的稍息、立正、齐步走练习让同森觉得很轻松，甚至有点厌烦，等真正开始体能训练以后，其艰苦程度是同森完全没有想到的。而同森当时不理解的是教官对此却视为平常，一样地全程参加并指导新兵的训练，显得轻松如常、游刃有余、毫不费力，因而对新兵的要求丝毫没有放松。

对于训练科目不合格后的强化训练，如在正规训练后再多跑两圈操场、负重急行军五公里往返、单杠多做二十个引体向上，都是稀松平常的事。同森的个性是不愿落后，但也不会冒进，在各项训练的考核中，他都成绩合格。

新兵训练前后，教官结合训练大纲的实施与完成情况，进行了分段总结和个别特殊情况的点评，这使同森领悟到：反复、严格，苛刻的训练，是要新兵养成集体主义的意识和服从命令的观念，养成集体作战的意识和团队一致的习惯，十根筷子折不断，步调一致能得胜。足够的体能是完成艰巨任务的基础，只有平时多流汗，才能战时少流血。体能越好，战场上取胜的把握就越大。部队是集体作战，战斗力不仅取决于体能好的急先锋们，也取决于体能不合格者、拖后腿者。强化训练的目的就是要把每个人都训练成为体能上的优秀者，至少是合格者。

新兵连训练虽然十分艰苦，对同森来说也是思想意识和体质体能的双重锻炼和考验，不服输的个性让他咬牙坚持了下来，各科目考核结果都是及格或良好。在操场上徒手跑十公里已能一口气完成，负重越野五公里也不在话下，引体向上能连续做三十多个，都在合格水平偏上。自己的体能提高得如此快、如此好，同森心里很高兴。最值得同森自豪的是几次理论文化考试成绩都是优秀，在老家坚持上学和学校的系统教育使同森的文化功底很扎实。也正是他的优秀，让同森在服役期间好运连连。

由于同森上过师范学校，在那个年代的部队里属于文化水平比较高的人，所以新兵训练后被分配做文书工作，主要负责收发信件、起草文件、营区板报宣传等具体工作，是相对轻松的工种。

同森对这样的工作非常喜欢和热爱，始终认真负责，因为他知道文书工作尽管职位不高，但政治性要求更强，因而做工作极其负责任，严格按照规章制度要求和公文程序处理事务，仔细了再仔细，不敢有丝毫的马虎，确保工作万无一失。对于不明白的问题，总是虚心请教。对于不确定的问题，总是及时请示领导，从不自作聪明或者自作主张，老老实实做人、踏踏实实做事，因而深受领导的信任。

文书工作看似轻松，实则不然。文书工作体力上轻松，脑力上却一点也不轻松，因为工作烦琐，丝毫马虎不得。刚开始做文书工作时，同森总是按照自己的兴趣安排工作的顺序，比如每天第一件事是去收发室取报和信函，私心是看看有没有自己的信件，然后再去做换板报、写材料、整理材料等工作。后来部队首长因为急需的一个材料同森没有第一时间送到而显得很不高兴，但压着性子没有批评同森，嘱咐同森以后要急事先办、重要事先办、平常事抽空办，要分清轻重缓急。这善意的提醒让同森早早就养成了分清轻重缓急的好习惯，而且受用一生。

同森不仅善于察言观色，对周围的人和事物很敏感，也善于自我分析总结和及时改进，耐心细致就是他在部队服役期间就养成的习惯之一。这得益于一次尴尬的经历。有一次换板报，同森写了一篇有关号召战友们开展炮兵相关专业业务自学的倡议，希望提高大家的专业知识理论水平，以有助于炮兵团整体业务技能水平的提高。

同森满怀激情，把稿子写得激情洋溢，写完后就迫不及待地在战友们训练时写到了板报墙上。正暗自得意时，政委路过这里，看到了同森刚完成的新板报。看到标题，政委大加赞赏，满面笑容，但再往下看，政委的脸色就变得凝重起来，笑容逐渐消失了。

同森注意到了政委脸色的变化，知道肯定是板报内容中有问题，不免仔细看向板报墙，试图尽快找到其中的错误之处。政委注意到了同森的情绪变化，没有直接指出板报中的错误，而是佯装不明确地问同森："业务的业是专业的业，好像不是叶子的叶吧？"同森很快就找到了政委所说的地方，"叶务"两个字非常显眼。

同森的脸红了，赶快承认自己写错了，保证立刻改正。政委拍拍同森的肩膀，以示安慰和鼓励。同森赶快爬上梯子，把"叶"字先擦掉了。对于要改写的"业"字，同森一时无法确定是怎么写的，转身跑回办公室查阅报刊予以确认。此事让同森反思了很久，更让同森意识到自己文化知识储备的局限性，并下决心去买一本字典，装在口袋里随时随地查阅。

同森所在的部队是炮兵部队，驻地附近有一个演习基地。基地面积很大，但位置比较偏僻，远离村庄，他们经常去那里进行训练。演习基地需要经常进行维修保养或者改造升级，同森于当兵的第三个年头被师部选调到演习基地，参与设计和施工管理。这里由师部直接管理，对人员业务知识和综合文化知识的要求较高。同森在速师的综合学习为他做好演习基地的工作提供了良好的知识储备和保障，为他适应工作需要、完成任务打下了良好的基础。

正如师部出具的书面鉴定意见所说的："该同志（同森）思想意识好，能经得起和平环境不同情况的考验。作风正派老实，不闹个人问题，能为整体利益着想。尊重上级，服从领导。当上级分配给他任务时，接受虚心，执行认真、愉快，并能按时去完成。对同志较团结，从不闹无原则问题。斗争性强，能开展批评与自我批评。接受别人意见虚心，并能及时改正缺点。学习认真、安心，能勤学苦练，能抓紧时间进行业务学习，不懂的地方能及时地提出来问，业务水平提高得快。他所学习的科目均达到良好以上的成绩。能虚心地向别人学习和帮助别人。当调师工地指挥所时，设计业务在上级的帮助下由不懂至懂、不会到会，并且圆满完成了任务，同时掌握了绘图的基本技术，学会了小型的通风机通风系统计算的初步设计知识及低压导线线路的计算。工作积极主动，不计较个人得失。在天气炎热的情况下，牺牲个人休息的时间进行工作。在进行工作任务时，责任心强，如在师工地指挥所的设计图案从未出现过差错，并能按时完成任务。由于工作认真、学习积极、按时完成任务，曾获师、营奖励和短期休假奖励共计6次。"

在同森服役初期，正值《中央军委关于在军队中实施文化教育的指示》（简称《指示》）收官之年。该《指示》要求凡是没有作战任务的部队都要组织开展以在职教育为重点、在职和脱产相结合的文化知识教育，使部队形成一个巨大的学校，用三年时间全面提高部队指战员的文化知识水平。同森作为新兵没有机会参加脱产学习，只能跟战友们一起参加集体组织的文化知识学习。部队为指战员的学习提供了教材和参考资料，使部队的小图书馆藏书更加丰富。同森除了参加集体学习外，也坚持借阅相关书籍在空闲时自学。虽然不是正规的学历教育，同森的实际文化水平得到了较大的提高，知识面也得到了拓展。

五年的军队生活很快就过去了，同森在这里接受了锻炼，经受了考验，经历了成长。虽然抗美援朝战争在同森入伍的第二年就结束了，同森没有机会到前线作战，在部队养成的良好工作和生活习惯却让同森受益终生，尤其是服从组织、严守纪律、不断学习、自省自律的习惯和品质，既保证了同森能守住底线、不犯错误，也让同森业务上不断精益求精、不断进步。在当兵的第四年，即1956年9月，同森经团政委龚九如、团长赵增桂介绍加入了中国共产党，于1957年3月转为中共正式党员。1957年5月，同森根据所在部队的规定和要求，拿着军便衣一套、鞋袜各一双、肥皂一块、手巾一条、布十六尺（布票），现金券150元和48元现金转成复员团成员而集体复员了。

另外，师部机关还赠送给他一个印有"抗美援朝纪念"字样的笔记本和钢笔，团里保管物资的战友赠送给他一个崭新的军用水壶，空军基地的战友朋友赠给他一副空军驾驶员风镜。同森带着满满的成就和荣誉、战友情谊和纪念物品，办完了复员手续后兴冲冲地回家了。

同森本来不愿意离开部队，但部队规定服役期满或到一定年龄时就必须复员或转业。同森之所以兴冲冲地复员回家，主要是要回家成亲。

结婚成家

同森有一个姐姐、一个弟弟。姐姐在十几岁的时候就跟着解放军部队离开了家乡，到太行山区参加游击战争。后来随着爱人转业，她留在了河北省武安县列江公社列江村，一个太行山浅山区的大村庄，豫剧《朝阳沟》的原型故事发生地。同森服役期满时已经 22 岁了，在当时的农村地区已经是典型的大龄未婚青年了。父母早就催促他赶快成家，在继续当兵和尽快回家结婚两个选项之间让同森自己选择。同森当然明白父母的意愿，也知道朝鲜战争早已结束了，还听说他们的部队属于新一轮裁军优先裁撤的单位，继续在部队干的话，自己在年龄、文化水平等方面都丝毫没有优势。本单位同龄的战友也都先后复员了。因而，到期复员回家就是自己最好的选择。

同森在当兵期间获得过一次部队的休假奖励，正式奖励假期是 7 天，外加往返路途各 1 天，同森又请了 3 天假，因而回家待了 12 天的时间。别人曾在这次休假前给同森介绍过对象，但由于同森当时心气高，比较挑剔，都没有成功，所以仍然单身。这个假期回家的主要目的就是按照父母的愿望找对象。

同森父母很着急，托了不少亲戚朋友帮忙寻找合适的女孩儿。那时农村的男青年一般会选择比自己年轻或跟自己同龄的女孩子谈婚论嫁，对比自己年龄大的女孩子不会去关注或追求。但这次同森要见的对象比他大一岁，父母很满意，等同森回来点头同意。

其实同森也认识这个女孩儿，以前在他二妈妈家见过面，但只是匆匆的一面。他们之间还真有拐着弯儿的亲戚关系，只是他们之间好多年没见面了，印象已经模糊了。

这个女孩是同森二妈妈亲姐姐的女儿，家在同森的邻村楼底村，大名王玉花，小名巧儿，身材高挑、皮肤白皙、五官端正，神态矜持，说话时声音像银铃般悦耳，干起活儿来手快脚快，走起路来风风火火，整个人显得落落大方又干脆利落。这次见面因为目的很明确，两个人又都对彼此印象不错，因而都有点期待。

那个年代的青年人已经有了自由恋爱的意识，也有了自由恋爱的成功案例。不过在形式上还是要通过媒人的介绍或去提亲开始正式的恋爱交往，直至结婚。媒人也大多是一方的亲朋好友，跟另一方也能说得上话。这是长期以来形成的传统，也是一种习惯做法，好处很多。一是知根知底的人了解情况和传话更可靠；二是给媒人的谢礼也是给了自己的亲人，可以起到亲上加亲的作用；三是万一小两口闹了矛盾或婚姻出现危机，媒人要负责说合，起一个给婚姻上"保险"的作用。

二妈妈对同森的婚姻大事关心多年了，以前也介绍过女孩子给同森。二妈妈对同森找对象时的挑剔能理解，但很不赞成，总是说差不多就行了，世界上没有十全十美的人，也没有十全十美的婚姻，大部分人都是凑合着过日子。但同森就是不愿像大部分的人一样在婚姻大事上凑合。

同森二妈妈是介绍人，又是双方的亲戚，俩人的正式相亲就安排在二妈妈家里。同森属于比较腼腆的人，玉花也比较矜持，偶尔的对视让同森老觉得除了亲戚该有的热情和亲切外，玉花的眼睛里还有点别的什么。好像是喜欢，也好像是敬佩，又像是喜欢加敬佩。同森见了不免心动，总喜欢偷偷地多看几眼。玉花看着身穿军装的同森感觉好英俊潇洒，尽管皮肤和脸色略黑点儿，个子也不是很高，但显得很健康，眼神和表情也很温和、诚恳、亲切，一看就是个老实人。事先同森二妈妈已经分别向同森和玉花介绍了对方的情况，对他们都夸奖有加。这次见面两个人都是带着六分喜欢、三分期待而来，愉快的交谈和愉悦的相处把最后一分找齐了，同森的终身大事就这样波澜不惊地解决了。两个人互相满意，三家人皆大欢喜，只等着良辰吉日正式成婚了。

因为同森和玉花是邻村，两个人见面比较容易。同森在归队前又到姨家（也是未来的岳父岳母家）走了两次亲戚，送了点从部队驻地带回来的土特产和新买的礼物。其实，主要目的是能多看两眼玉花的身影，两个人交流下爱慕的眼神，有机会互相说说心里话。

玉花平时话不多，总是同森提起一个话题或问题时才用最简单的回答或者自己的真实想法、看法作为回应。关心、询问多的是同森的家人情况，尤其是性格、脾气、爱好等，以及同森的愿望、对未来生活的打算等。一切都是为了过门后能与家人更好地相处，为了把日子过得更好。

通过交往，同森和玉花都觉得对方是自己一直在等待的人，而且有一点是两个人高度一致，那就是在婚姻面前绝不儿戏、绝不将就，没有遇到自己真正喜欢并愿意厮守终生的人决不轻易谈婚论嫁，要对自己的终身大事负责任。玉花就是在这样的观念下才至今未婚的，好像就等着同森来牵手。在同森结束休假返回部队前，两人约定并和家人商定，等同森一复员就结婚。

同森和玉花的婚礼没有像当地传统婚礼一样有坐花轿、拜天地的仪式，更没有要公家准备的彩礼，也没有要求公婆家必须具备"几条腿"（高档新桌椅板凳等）、"几个箱"（高等被褥衣物等）或"几大件"（手表、自行车、缝纫机）才能结婚。那时候手电筒几乎是家里唯一用电的器具。因为玉花明白，同森家的条件尽管比自己家略好一些，但也是农民家庭，同森本人的收入也不高。如果硬要求公婆家花费太多、置办太多东西，会让同森和家里有压力和为难。

看到玉花这么通情达理、这么为未来的公婆家着想，同森心里真是乐开了花，庆幸自己娶了个好媳妇。但同森也不是不明事理的人，还是主动用自己的复员费给玉花买了些时兴的布料、衣料和全新的日常用品，作为结婚的准备。另外就是把新房进行了翻新和修饰，炕上堆放着五颜六色的丝绵被褥，窗上贴着红彤彤的剪纸窗花，雪白的墙面，崭新的家具，一派喜庆。同时，同森也在心里决定，将来玉花家里有什么需要添置的物件，同森力所能及的，也会及时买回来。同森也真的做到了，这是后话。

　　同森和玉花的婚礼简单到只是在公婆家办了一场家宴。同森的爷爷奶奶坐主位，同森的父母为主陪，叔父和二妈妈既是亲人、也是媒人，自然是家宴的嘉宾，同森和玉花一一地跪拜、敬酒，全家人热热闹闹就把婚事办了。没有大鱼大肉，没有好烟好酒，饭菜也说不上多丰盛，毕竟比平时吃得好、吃得饱，而且不时地拿新郎、新娘小时候的趣事开玩笑、寻开心，大家吃得、玩得都很高兴。同森和玉花满心期待着开始全新的生活。

门口的槐树

　　在同森家老宅子门口西侧，有一棵比大海碗口还粗的槐树，是当地现存仅有的、比较珍贵的槐树品种——老国槐。粗壮的主干近 3 米高，6 个枝杈支撑的树冠近 20 平方米，枝叶繁茂，生长旺盛。这棵树是同森亲手栽下的，至今有 60 多年了。

　　在同森小的时候，院门口外的东侧有一棵老槐树。树干都有明显的朽烂了，仍然倔强地活着，靠树皮输送的养分努力地伸展枝干、发芽长叶、开花结果。相传，这棵是同森的老老老爷爷种的，到同森这辈已经传了五六代人了。

　　那时候，家里养的牛和驴干完活中午拉回来休息时，就被拴在这棵槐树上，在树底下吃草、打盹、拉屎、撒尿。如果有牵了牲口路过的人往往也在槐树下歇歇脚，把牲口拴在槐树上。这牛、驴和马等牲口的屎尿给树增加了养分，让这棵老槐树一直到同森当兵复员回家还坚强地挺立着。但树干已基本空心，能藏进去一个大人，而树皮只剩下一半多点。如果没有院墙的依托支撑，恐怕早就拦腰折断了。

　　同森复员回来时看到这棵自己小时候经常爬上去提知了、捋槐花、摘槐果的老树，心里倍感亲切和惊叹，感觉这才是真正回到了熟悉的老家。老槐树和自己的家在同森的记忆里完全融为一体了，可见感情之深。

　　同森结婚那一年，那棵老槐树已经苍老无力了，有的枝干完全干枯了，叶子和花逐年减少，树冠也成了哑铃形。更让人担心的是，靠近街道一侧的树枝有随时断掉的危险，给行人带来安全隐患。

同森听说过"门口有槐、财富自来"的说法，但自己从小到大并没见到自动送上门来的财富，微薄的收入和缓慢的积累都是靠一家人辛勤劳作、省吃俭用积攒下来的。同森全家当时共有 10 口人，拥有耕地共 32 亩、住房 11 间，饲养的牛、驴各一头，在村里属于人口规模中等、生活很一般的住户。与门口没有槐树的人家一样过着不富裕的农耕生活，并没有因为门口有棵槐树而得到飞来之财。

但是，这种"门口有槐、财富自来"的说法还是让同森觉得可能有道理，只是自己还不知道、不明白。再说，即使没有自来的财富，门口有棵槐树已是他们家的独特标记，全村独一户。除了拴牲口，夏秋季节还可以遮阳乘凉，开花的时候绿叶葱郁、鸟语花香，看着美观、闻着清新、听着悦耳。老树发不了新芽了，何不再种一棵呢？让槐树像自己的大家族一样不断延续，也作为自己结婚成家的纪念。

于是，同森就把老槐树根部长出来的新根苗选一棵最健壮的挖了出来，在院门口外的西侧挖个坑种下了。在同森及时的浇水、灭虫和细心呵护下，这棵小槐树成活了，第二年就明显长高了。同森怀着送别亲人的感觉，依依不舍地把那棵风烛残年、枝枯叶败的老槐树伐掉了。

槐树总体上长得比较慢，在春、夏、秋三个季节长得明显，而冬季基本看不出有生长的迹象。由于北方的气候四季分明，槐树也按照四季的节气呈现出截然不同的样貌，不断地循环、轮回着，看得见的枝干在不停地增粗、长高，年轮也悄悄地增加。

春天，槐树四周的树梢慢慢吐出了新绿，由一个小白点，到小白芽，再到黄绿芽、绿叶枝芽，一点一点，新枝干和新树叶就不停地长着，直到满树枝桠都长满了绿叶和更新的黄绿枝芽。树干和树冠像把墨绿的阳伞，槐树的春天是绿色的。

夏天，槐树的枝芽长出了一串一串的米粒大小的黄色槐花花苞，槐花香味淡淡地在空气中飘荡。蜜蜂在串串槐花间飞来飞去，寻觅着、吸吮着。再过些日子，花苞不断长大、开放，白色的花瓣成了主角，一串一串的黄米粒变成了一串一串的白花串，垂在枝头随风飘荡。成群的蜜蜂在花串间迎风翩翩起舞，抓住花蕊随风飘来飘去。蜜蜂的嗡嗡声和浓郁的槐花香能弥漫到百米开外。槐树的夏天主色调是白色的。

秋天，槐树的老叶子逐渐由绿色变成了黄色，整个树冠逐渐由绿中带点黄，到绿黄相间，再到绿少黄多，直至满树黄叶。之后，个别经不住风吹的黄叶子被吹落了，翩然飞舞着奔向地面。再接着有更多的叶子纷纷翩然飞舞着奔向地面。在阳光的照耀下，树上、地上都是耀眼醒目的金黄。最后，树上的黄叶都落在了地上，苍老的枝干就像长在金子上。槐树的秋天是黄色的。

冬天，槐树的叶子掉光了，树上只剩下树枝和一串一串淡绿色的槐树荚果挂在树梢上。饱满的荚果逐渐脱水、干瘪。串珠状荚果有的顽强地挂在树枝上，大部分都被风吹落了。树上光秃秃的枝桠成了麻雀和喜鹊的天堂。大雪后，槐树的枝桠上留下白白的雪带。黄昏后和黑夜里，黑黑的树干和枝桠隐去不见了，只有白白的雪带映着微光，成了一个树冠状的淡淡倩影，静静地悬在半空中。深扎地下的根须悄悄地吸收着水分和养分，为来年的喷发吐绿默默地储蓄着能量。槐树的冬天是静默的。

槐树并不是好的木料，生长得也慢，所以没有人专门去种植。由于对槐树的很多功用和价值不了解，同森家的槐树基本上就是观赏的。除了盛夏季节树下的遮阳乘凉，似乎没有其他用处。

玉花有几年在槐花盛开的时候摘些槐花拌上面粉蒸熟，或做成馅料，包包子食用，味道清香，饱腹还保健。可惜孩子们不爱吃，玉花也没有坚持年年做。吃槐花是她在三年困难时期的实践经验，在那三年里，山上的野菜根都被挖出来吃了，后来只能吃树叶和树皮。玉花怀着儿子和儿子刚出生时，正需要营养，她忍着饥饿把凡能填饱肚子、凡有点营养能吞咽下去的东西强忍着咽下去，又把那点有限的营养化作奶水喂给了儿子。自己浑身浮肿，经常打晃。玉花多年后回忆起那三年还心有余悸，也庆幸自己和孩子都活了下来。

槐树又名国槐、金药材、护房树、家槐等。树型高大，花期在夏末，与其他树种的花期不同，是一种重要的蜜源植物。槐树的花可烹调食用，也可做中药或染料。未开的槐花俗称"槐米"，和荚果都可入药，有清凉收敛、止血降压作用。叶和树皮有清热解毒作用，可治疗疮毒。枝干做木材，富有弹性且耐水湿，可供建筑、船舶、枕木、车辆及雕刻等用。种仁含淀粉，可供酿酒或做糊料、饲料。皮、树叶、花蕊、花及种子均可入药。种子可榨油供工业用。可从荚果的外果皮提取馅糖等。槐树是全身都有用、全身都是宝的树。槐树也是我国北方很多城市的市树。有了浑身都是宝的槐树，本身就是财富，而且年复一年、四季轮回，取之不尽、用之不竭。所以说"门口有槐、财富自来"是有道理的。只是，要明白道理、善加利用才行。

这些都是笔者写作时查询到的，可惜同森和玉花当年不知道。

代课教师

1957 年是实施"大跃进"计划的前一年，整个社会浮躁、激进的氛围已经初步形成。这年的 5 月，《人民日报》发表了中共中央发出的《关于整风运动的指示》，决定在全党开展"整风运动"。中共中央先后三次发出关于干部参加劳动的决定，全国有百万干部下放到农村和工矿企业参加劳动。

同森就是在这样的背景下，于 1957 年 5 月复员后回到了村里准备继续当农民。他虽然在部队被授予上士军衔，但还不属于干部级别，复员时尚不够资格由国家安排工作，只能回本村继续务农。即便这样，同森回村后的政治地位也与以前也大不一样了。入伍前同森的家庭出身是中农，在政治斗争中只能算是"可团结、争取的力量"。当兵复员后，同森已经是一名光荣的中共党员了，而且是当过兵、给国家做过贡献的复转军人，是社会的领导力量、无产阶级阵营中的积极分子，也是本村党支部里文化水平最高、最年轻的人。

在这一年的 7 月，时任北京大学校长的经济学家马寅初在全国第一届人民代表大会第四次会议上做了书面发言，认为中国的人口增长太快，主张国家要控制人口的过快增长。但他的科学研判和真知灼见随即受到了强烈批判。"众人拾柴火焰高""人多力量大"的偏见占了上风，压制了这一科学研判。

就同森所在的村子以及周边村子的实际情况而言，这几年随着农村地区生产力水平的提高，群众的生活条件和医疗卫生水平都得到明显改善，每个家庭普遍都生五六个孩子。这就导致广大的城乡地区大量的儿童不断地出生并成长起来。

五年前同森上师范学校时国家就大力鼓励支持发展教育事业，经过五年的积极努力，胶东地区城市的教育师资状况得到明显改善和提高，而偏远的农村地区改善得并不大，各个学校里普遍师资配备不足，优秀的教师更是缺乏。为了满足新出生人口的教育需要，各村都想方设法建立了初级小学（简称"初小"），最不济的也是两个相邻的村庄共建一个初小。

有这么多学校自然需要大量的教师去从事教育事业，有能力的教师都想方设法调到城市里的学校了，因为城市里的学校不仅工资收入有保障，而且对子女未来的教育和成长、工作都有很现实的政策优势。当地基层政府对此无能为力，只能把当地现有的资源用好、用足。有了城市户口或工作的人都不愿到农村地区从教，当地能用的合格教师在数量上远远不能满足实际的需要。在当时的情况下，教师的培养数量和速度远远没有孩子们的增长速度快。在这种情况下，由乡镇政府或者村集体出资雇民办老师或临时代课老师就成为当地政府无奈的应急举措，以至于在相当长的时期内成为农村地区的普遍现象。

因为同森是党员，又接受过速成师范学校的专门培训教育，政治上可靠，业务上又有专业基础，正是当地教育部门急需的人才。所以回村后不久他就很顺利地被村里和乡里选为代课教师。因为当年速师毕业，同森没有参加教育部门的分配工作过程，而要成为正式教师得履行一定的程序和手续，不能一下子成为正式教师，只能从代课教师干起。即便是当一名代课教师，同森心里也是很高兴的，因为这是他除了当兵之外的最优选择，也是上师范学校的初衷。9月，在新学期开学之际，同森就作为代课老师就走上了讲台。

与民办教师和正式教师相比，代课老师不仅仅身份不同、收入也更少。最大的区别在于代课教师属于学校聘任的临时教师，随时有被顶替的可能。而民办教师是乡政府、村委会都承认的在编教师，正式教师更是具有国家干部身份，工资都由政府部门列入预算和统发，而且不能随便被开除或顶替，工作比较稳定。同森深知这种身份的差别，因此干起来就更加努力和小心翼翼。努力把要讲授的课程教好，让学生听得懂、记得住、喜欢学；时刻谨慎小心，处理好各种关系，让各级领导和共事的教师满意，尤其是在政治上和生活上，懂礼貌、慎说话、不误事。

同森代课的第一所学校是他小时候上过学的吉格庄初小，当年的完小由于缺乏足够的教师而和附近村庄一样改成了初小。由于同森在吉格庄完小上过学，学校的地点和校舍没有变，只不过是只有自己村里的孩子在这里上学，师生规模比完小时小了，按照教育改革的统一要求名称由完小变为了初小。同森对能回小时候的母校当代课教师感到十分高兴，对当代课老师的机会也十分重视和珍惜，决心通过当个优秀的代课教师逐步转变成为正式教师。

有了这样的打算和心理准备，同森对学校里准备安排他教的课程无条件地接受，学校需要他教哪门课他就教哪门课。教学中遇到他没学过而不会的知识点就虚心向其他老师多学习、多请教；讲解内容不熟悉的就多花时间去认真备课；有时间和机会就去观摩学习有教学特长的老师教的课程。有各种困难都是自己积极、主动地想办法去克服。他备课、讲课都非常用心、认真，绝不会糊弄了事、得过且过，不会拖拖拉拉让小困难变大、让小问题变成大问题。

除了认真教学外，同森每天都坚持第一个到学校。他先把教师办公室所有的暖水瓶打满开水，然后把所有的办公桌擦拭一遍，把垃圾倒掉，把地扫干净；再把当天要教的课程温习一遍，以保证课堂上讲授流利、清楚，不犯错误；再有时间时把昨天未看的报纸和教育专刊杂志浏览一遍，以保持对国家大政方针和行业发展态势的了解；再有时间就到校园里跑一跑、转一转，既锻炼身体，又可以看一看板报是否完整如初，校园是否整洁、安全。总之，他将全部身心都放在教学和学校事务上。

同森的坚持和付出是实实在在的，取得的成绩也是实实在在的，并得到了吉格庄初小校长和老师们的广泛认可和好评。

在吉格庄初小一个学期的代课结束后，同森的业绩和为人得到了所在学校和乡镇主管教育工作的领导的高度认可，因而他又被乡里安排到本公社卧龙初小继续代课。这个期间，县教育局为进一步充实基层学校的教学力量，准备招收一批正式的教师，并向各个乡镇和县有关部门发出通知，组织推荐和优选工作。按照招收程序和规定，同森经过村、乡的推荐和一番考试选拔，很快被县里选调为正式教师。由此，他开始了终身热爱的教育事业。

大展身手

按照县里的统一部署，县教育局正根据各个学校的需要和新入职教师的实际情况（主要是家庭住址和所了解的个人意愿）进行统筹安排，按照教学急需、职住就近、工作生活两便的原则进行分配，具体分配方案得一个月后公布。

同森作为待分配的正式教师，想尽快开始教学工作。经叔父帮忙，同森在叔父教书的朱吴公社下院口完小得到了临时实习的机会。

当时下院口完小有一名年轻的女教师因为要生孩子，她的算术课暂时由其他老师代上。

本来校长没有招人代课的想法，像教师生病期间、女教师生孩子期间或其他特殊情况下，由同教研室教师或者其他科目的教师代课是很常见的事情，大家都习以为常了。专门招一个代课老师，学校还要多付一份报酬。叔父在学校里是老教师、教学骨干，所以校长在了解了同森的情况后，还是同意了同森来实习的请求。但校长明确提出了学校报酬非常少和只管午饭，此外没有其他任何福利待遇。

叔父理解同森的急迫心情和需要，也知道同森没有看重报酬、待遇什么的，对校长能同意让同森来实习深表谢意，同时嘱咐同森到学校里要谨言慎行、多方学习、别惹麻烦。同森都一一答应下来，并牢记在心。

下院口完小位于同森所住村子的东北方向，距离不算远，同属海阳县，但在行政管理体制上属于朱吴镇（当时称为公社），同森属于发城公社。

到下院口完小徒步要翻过两座不算高的山梁、大约 3 公里弯弯曲曲的山路才能到达，这是最近的距离，由于需要上坡下坡、拐弯过沟，走快了需两个小时左右。如果骑自行车需要绕道走西边的河谷大路，路程比走山路远 3 公里左右，但是时间上可以节省半个多小时。

同森把两种走法比较了以后，决定攒钱加借钱买辆自行车，这样可以大大减少路上花费的时间，可以将更多的时间用在教学准备上。另外，自己买辆自行车也可以扩大活动范围，以后去哪里都方便，也省得临时借用别人的。

尽管是临时实习，同森像正式教师一样认真对待所代教的课程，甚至在每天往返的路上也在思考如何把算术课程讲得通俗易懂，如何通过提出一些悬念或问题把课程变得更有吸引力，如何结合现实生活中的情景把课程讲得更有启发意义和实用价值。

在钻研课程业务的同时，同森还特别学习、了解了国家和上级机关的教育政策和管理规定，以便在正式入职前就把规则、规矩先了解清楚。因此，校阅览室是他除上课外待的时间最多的地方，为了查阅方便和清静，有时备课也在阅览室里进行。同时，他还特别注意观察和了解学校的整体情况，时不时地向其他学科的老师请教教学经验；时不时地插空帮助厨师兼锅炉工干点零活儿，如到菜园里帮忙浇浇水、拔拔草，往锅炉里填点煤块，顺便了解些学校后勤工作情况。拉近了关系，讨得厨师喜欢，中午打饭时的饭菜质量和数量也大不一样了。

1958 年，全国上下忙于赶英超美"大跃进"，各家各户都捡废铁，甚至砸锅毁盆地支援建设小高炉大炼钢铁，农业生产亩产数量一地比一地更高，甚至有的地方上报亩产粮食上万斤。在不切实际、盲目跟风、浮夸成风的时代背景中，同森于当年 8 月份走上了正式教师岗位，在离家将近 4 公里的西车格庄初小开始了教学生涯。

西车格村是一个总人口只有 200 多人的小村庄，位于许世友曾指挥作战过的榆山东麓的山脚下，村里人几乎都姓从。村东北边有一条小河自东向北擦村子边上拐弯流过，河上的小桥是通往村子的唯一通道。

西车格村初小位于村子的西北角，是全村最隐秘、最安全的位置。由于村里人口少，学校的规模也小，只有五间正房作为教室和教师办公室，一排厢房作为辅助用房，一块不大的空地作为师生们集合、运动、活动的场所。校园没有围墙，完全是开放的。

同森来校之前，这个学校的校长长年休病假不上班，只是挂名而已。学校一直由一名正式教师和一名村里的民办教师负责实际的教学和管理。但那位正式教师因工作调动已经离校三个多月了，学校实际上只是由本村的民办教师一个人勉强艰难地维持着。

同森的到来，不仅让那位民办教师很高兴，村支书和整个村子的百姓也都很高兴。学校终于盼来了上级派来的一名正式教师。村支书和村干部在同森报到那一天专门在村口等着，对同森的到来表示了热情的欢迎，陪着同森来到学校。作为村办的初小，村支书不能决定上级教育部门的人事安排等教育行政事务，但在具体管理上还是有发言权的。村里经征求乡里意见后，已经决定让新来的同森在老校长长期休病假期间临时负责学校的日常管理，村里的从老师协助同森工作。其实在报到前，乡政府分管教育的同志跟同森谈过话，同森已经知道了这样的安排。在这个过程中，同森特别注意观察从老师的反应，希望对从老师多些自己的观察和了解，因为以后的教学工作离不开从老师的参与和支持，希望两个人的配合能协调和默契。从老师似乎对这样的安排也有所准备，立刻表态将来既要做好自己的本职工作，完成好自己的教学任务，也一定努力协助同森管理好整个学校。村支书听了从老师的话很欣慰，表示对同森的欢迎和感谢后才依依离去。

同森来之前就知道这个学校规模很小，但如此小还是有点出乎同森的意料。校舍陈旧，但房屋还算坚固、整洁，空地不大，也还算宽敞。但因没有围墙，鸡、狗甚至猪、羊随便到里面溜达，角落里还残留着干硬的和新鲜的鸡屎、狗粪；教室窗户的糊纸已经陈旧破裂，风一刮就乱飘乱响；厕所里污秽满地、脏水横流、臭气熏天，隔老远就能闻到，村里的民办教师、学生们对这些已经习以为常了。

同森是个对学校环境尤其是卫生状况有要求的人，不要豪华、奢侈，但一定要干净、整洁。因而，在与从老师就教学科目进行协商分工的同时，也试探性地与从老师商量改变学校现状的可能性。从老师有些悲观，学校里的陈旧不堪和脏乱情况村里、乡里都早已知道，但一直没有人去关心或设法去改变。从老师跟村里说过几次，但村支书苦于村集体经济状况不佳，维持村里的正常运转都捉襟见肘，哪儿有资金支持学校的改造。对改变学校现状从老师已经基本失望了，只能尽力维持着。学校实际上就是孩子们相聚游乐的地方，因为孩子们汇聚到学校里，家长们可以放心地下地干活儿，对孩子少些牵挂而已。

同森了解这些情况后，觉得村支书和村民对办学还是重视、支持的，学校的建设既要依靠村里的支持，也不能完全依靠村里，关键是如何利用好各种资源，尤其是学校的自身资源以及有效的管理。有些硬件改造需要村里的资金，有些改造依靠学校自身的资源也能办到。加强学校内部的管理，有些方面也可以改变，比如校园和卫生间的卫生状况，这样的改变是不需要资金的。

同森暗下决心，要尽快先改变学校的整体环境和卫生状况，学校就要有个学校的样子，自己新官上任的"三把火"也要烧出点名堂来。

在与从老师协商教学科目分工和具体课时安排时，同森充分尊重了从老师的意愿和选择，把从老师不愿意教的科目全部承担起来，保证了教学任务能全面落实。同时，他对教学课时也进行了调整，从以前每节课只能教一个年级的课程，改为每节课分为两个时间段，分别教两个年级班的课程。这样每个年级的班都有半节课的时间学新课，有半节课的时间通过做老师留下的练习题或复习来消化听过课程的知识。这种安排最辛苦的是老师，教学工作量增加了一倍。从老师对这样的安排有所顾虑、犹豫，但在同森提出每天最后一节课不再上新课，留给学生写作业和自习，从老师可以提前回家的许诺后，才答应试一试。

尝试的结果当然是学生们十分高兴，因为与以前相比缩短了等待讲新课的时间，每天也有了在学校里写完作业的时间，大部分作业在学校里就写完了，回家就没有写作业的负担了，而且最大的好处是同学们有没听懂或没明白的问题可以在学校里及时互相讨论或询问老师。这样不仅大大提高了教学效率，也使学生的学习效率和效果大大提高了。

从老师对尝试的结果也十分满意。虽然上课时工作量比过去大，但每天可以提前回家，这让从老师方便了不少。挑水、劈柴、搬运粮食、清理猪圈、堆肥沤粪等家里的活儿，播种、收割、除草、锄地、往地里送粪、施肥、浇水等地里的活儿，每天都要花费从老师不少时间，以前经常忙不过来。现在每天有了将近一个小时的富余时间，干起来轻松多了。

因为村子人口规模小，又是单一的农业村，上级机关也没有什么拨款或项目支持，村集体的经济基本没有积蓄，每年只有交完公粮、分配完各家各户的口粮后的余粮能换点钱，而粮食价格长期以来一直低迷，村集体经济状况一直不好，极不富裕。

为了改变学校的环境状况，同森先在村里转了转，暗地里看是否有现成的砖或石头可用。同森巡查几天后向村支书提出了建学校围墙和翻修厕所的要求。同森也知道村里穷，没有富余的钱用来改造环境，但他对学校的环境实在是看不下去了，就向村支书报告了自己的想法，并表示不要村里出钱，主要依靠学校的人力、物力进行改造。村支书对改造学校无能为力，但态度很积极，表示一定在人手方面给予大力支持。

原来，同森在往返学校的路上注意到，路边河道里乱石遍布，河道有点淤积，流水也不顺畅，需要在石头间曲折前行。河道里这些石头形状各异，有大有小。巨大的石头，人根本搬不动；中不溜的石头以不规则形状的居多；小的以鹅卵石居多。这些中不溜的石头大小比较适合垒墙，而且在河道里数量最多。

同森为了确定这些石头是否可用，专门下到河道里，拿起几块石头仔细观察，这些石头有坚硬的质地、没有风化的外表、适中的重量、均匀的大小。同森心里暗喜，建学校围墙的石材有了，这些石头就是现成的。

同森到学校后把这一发现告诉了从老师，从老师也觉得这是个好办法，可问题是谁去挑拣这些石头并运到学校呢？请村里人帮忙吗？如果请村里人帮忙，得请村支书去组织安排，村支书会同意吗？

同森心里其实已经有了打算。河道离村子的最东端大约有300米，学校离村子最东端大约也是300米，学校离河道总的距离也就是五六百米远。同森仔细盘算过：10分钟的课间休息时间刚好够同学们往返一趟，这样既是休息，也能锻炼身体，还能捡回来用于垒校园围墙的石头，一举三得。男同学可以捡稍微大一点的，女同学捡稍微小一点的。要求每人每次只能捡一块，绝不能冒险贪多。路上同学们可以说说笑笑，但绝不允许追逐、打闹，全程务必注意安全。班干部要带头参加和遵守纪律，还要监督其他同学遵守纪律。

同森与从老师商量后对同学们发出了号召，组织、鼓励高年级的同学们在课间休息时自愿到河道里捡石头，将其搬回学校里。同学们听到号召后，自然是热情高涨、争先恐后，纷纷加入课间捡石头的行列。

两周后，学校的要修建围墙的空地上堆满了从河道里捡回来的石头。

村支书听说后，主动送来了村里建养猪场剩下的石灰，并安排村里有瓦匠手艺的两个壮劳力和两个小工，免费把地基打好，并把围墙修了起来，又用木棍扎起来做了个临时的木栅栏大门，一个崭新的校园建好了。从此校园里没有了鸡、狗的身影，也没有了猪、羊的哼叫声，同学们可以更安心地学习了。

紧接着，同森又请村里老乡们帮忙，利用剩余的石头帮忙改建、扩建了学校的厕所——扩大了空间和面积，加盖了能遮雨的顶棚，增加了蹲坑数量和男生专用的小便池，清理、挖深了化粪池。厕所不再那么脏、乱、臭了。

为了进一步美化校园环境，同森又亲自动手，和学生们一起在紧邻围墙的地方种了六棵小杨树。树苗是村里为绿化山坡、植树造林育的苗，它们长得很快、很茂盛，没几年就长得又高又大，枝干粗壮，树叶茂密。春天，杨树给校园增添了绿色；夏天，杨树给校园增加了阴凉地。它们也给师生们增加了清扫的劳动量，每年秋天都要打扫落叶。

两年的辛勤实践使同森收获了很多荣誉，西车格初小连续两年被评选为全公社的先进初小，同森也连续两年被评为先进个人。西车格村党支部也因为支持村初小的发展获得了公社的表扬和奖励，支部书记作为代表去参加公社的表彰会议，戴着大红花上台领取奖状。

在西车格初小的工作经历锻炼了同森教学和学校管理的双重能力，初步积累了一些经验。西车格初小的巨变也显示了同森的学校管理水平，同森作为优秀人才被同行、同事和上级部门认可，自信心大增，可谓意气风发、前途光明。

同森在西车格初小全力以赴地改造校园、改革教学，与从老师团结友爱、密切合作，在彻底改善了学校面貌并明显提升了教学水平的同时，还迎来了第一个爱情的结晶，他的大女儿于 1958 年 6 月出生了。

走上领导岗位

1960 年春季，新学期伊始，同森奉命被调到离家更近的楼底村完小。

楼底村位于从同森家去西车格村的必经之路上，同森的岳父母就住在这个村，同森对其早已非常熟悉。

楼底村比西车格村大了很多，有 600 多人。人口多，孩子就多。因此，村里建立了完小（类似于全日制小学），年级设置比初小更多、更全，师生数量在临近的几个村里是最多的。

同森被调到楼底村完小得益于他在西车格村初小的优异表现，经村里提名、乡里推荐、县教育局审定同意，他被破格提拔到了楼底村完小，而且是担任学校的副校长。

按照当时的教育体制，完小与初小的差别不仅仅在于学生的多少、年级的多少，在很多方面也都不一样。首先是完小的师资配备更充足，政府安排的正式教师的数量更多；其次是政府除了负担正式教师的工资外，还有少量的财政教育补贴，用于支持学校配备和更新教具或开展一些专门的教育探索活动，如新教材的试用、新教学方法的试验、教学内容的优化与教学效果的研究探讨；再次是教师的发展前景更好、进步更快。另外，学校的生活条件和福利待遇也比一般初小更好，在那个经常吃不饱、吃不好的困难时期，学校食堂的饭菜更有保障、更好一些。

同森从初小的教员到被擢升为完小的副校长，几乎算是一步两个台阶的巨大进步。

这也是他自己没想到的。在西车格村初小正干得热火朝天的时候被调离，他还有点舍不得。他舍不得与师生建立起来的友谊，舍不得刚建好的校园，也舍不得与村里建立的良好关系。能一正式工作就有施展才华的机会，能遇到一个如此理解和重视学校教育并给予有力支持的村支书是多么不容易。西车格村被同森看作福地、宝地，这么快就离开，他心里真是不舍得。

既然组织上做出了新的安排，又是被明显地提拔、重用，而且新学校离家也更近，同森便愉快地接受了新的安排，按时到楼底村完小报了到。

楼底村完小年级全、学生多，教学任务量与初小比明显更重。现任校长是一名老资格的校长，还有三年就该退休了。老校长已经不再讲课了，将全部精力都用在了参加上级组织的各种活动和学校的管理上，尤其是参加上级召开的会议和举办的学术活动，协调各种关系，争取更多教学资源等。学校的管理制度比较完善，教师也都是在本校教学两年以上的有经验的教师，整个学校运行得按部就班，非常平稳。

老校长对同森早有耳闻，听说过他的事迹，也亲自去过西车格村初小。西车格村离楼底村仅一里多地，出南边村口跨过小河就到了。老校长曾在散步时悄悄地到周边村的初小观察过，对西车格村初小教学秩序和教学效果以及校区的显著变化可以说了如指掌。也正因如此，老校长才在村支书提议下主动找乡政府及县教育主管部门，要求把同森"挖"到楼底村完小，一方面是为了进一步增强学校的教学能力，另一方面是为了观察和培养一名接班人。作为一名老共产党员、老教师、资深校长，他深爱教育事业并有着高度的责任心，在自己退休前想着一些长期打算和计划安排。

同森的到来，受到大多数教师的热烈欢迎，有些教师以前通过开会、培训、交流等活动已经与同森相识。他们大部分都是附近村的人，有的与同森还是不错的朋友，因而大家很快就熟悉起来。唯一例外的是一名老教师，在表面的和睦下对同森总是隐隐约约有点敌视和冷漠。同森敏感地注意到了，因而对他格外尊敬，与他相处时也倍加小心、谨慎。

同村有位村民在这个学校当代课老师已经两年多了，同森与他在往返学校的路上经常一起走。利用路上的时间，代课老师向同森透露了很多学校里的"小秘密"，同森了解了许多学校里的教学情况和人际关系状况，这为同森尽快全面了解学校现状、避免"误触地雷"帮了大忙。

同森也由此知道了那位老教师的敌意的根源。原来他之前想接老校长的班，并且这几年一直在极力讨好、巴结老校长。据说去年还给乡、县有关人员送了厚礼，但结果因为个人私心太重、群众基础不好而被人检举。同森的到来就等于断了他的念想，因此，他把对上级部门和有关人的怨恨都转嫁到了同森身上。

同森无意中挡了别人的道儿了。

同森心里的猜测由此得到了验证，他对于该如何与这位老教师相处心里更有数了。这位老教师虽然私心重，但教学上还是一把好手，语言表达能力很强，讲课通俗易懂，而且教学经验非常丰富。这也是他不满于现状、想升职的资本。

同森想，自己难免在教学上要与这位老教师打交道。处理好关系对双方都有好处；处理不好双方的关系，则会两败俱伤。因而，同森对其格外尊重，平时见面同森总是老远就主动地和他打招呼，遇到涉及个人利益的事情，总是向校长建议在公平公正的基础上优先保障这位老教师的利益。几件事情之后，这位老教师的敌意不知不觉中逐渐消失了，还能经常就改进教学方法、丰富教学内容和进一步加强学校建设提出有思考、有深度、可操作的建设性意见。同森的真情、热情、公正和尊重感动了他，两人的关系日趋和谐、紧密，结果是皆大欢喜。

老校长将这些都看在了眼里，对同森的胸襟、思路和做法很满意，也逐渐放心地把学校管理的担子提前压到同森肩上。

学校根据上级的指示精神和要求，也为了保证教学质量，要求教师在工作日坚持住校办公。白天，教师各自去上课、查阅资料，晚上则集体办公、备课或者批改学生作业，有时开会或集体学习。在不影响教学秩序和教学质量的情况下，教师的政治活动一般都安排在晚上，大家的政治觉悟也普遍很高，几乎谁也不会请假。那时候一周上六天班，只有星期日一天是法定休息时间。所有教师周一至周五都需要住校，只有在周六下午，除了周日值班的教师外，其他教师放学后回家休息。同森离家很近，虽然时刻挂念着玉花和正在咿呀学语的女儿，但他强抑思念之情，坚持与其他老师一样住校，带头尽职尽责地集体办公。

同森在老校长退休后担任了学校的校长。不久，"文化大革命"开始了。同森对待"文化大革命"的态度和做法是：绝对不利用机会整人、更不害人；坚持少数服从多数的原则，不管是教师还是学生，在有不同意见或提议的情况时，以大多数人的意见为准；坚持集体主义，学校是一个整体，好则大家都好，败则人人俱伤；道理要讲清楚，利弊要想明白，两害相权取其轻。

在同森的管理下，整个学校在当时纷乱的社会环境里几乎算是世外桃源。绝大多数师生的想法相同并集中在一点上：学校是教与学的地方，教师教不好就是失职、罪过，学生学不好则无前途、无出路。即便是在"文革"期间最混乱的时候，楼底村完小也一直保持着良好的教学秩序和基本正常的运行。教师们没有分成派别互相斗争，而是团结一心、坚守岗位，没有受到过多的影响或冲击，相对比较安宁。

在大多数教师和学生都保持理性的情况下，个别人的不当言行也没有掀起大波澜。学校比较平稳地渡过了那段困惑、艰难、混乱的时光。同森在政治上变得更加成熟了，参加了烟台地委组织的"四清运动"，也就是新中国历史上著名的社会主义教育运动。

同森在楼底村完小共待了 10 年，从副校长当到了校长，从兼职管理变为专职管理。这期间，同森家里又喜添一子一女。玉花在家里负责照看三个子女，同森回到家只管和子女们亲热，出了门就全身心地投入自己的工作。

参加"四清运动"

"四清运动"的主要目的是要纯洁基层党的队伍，提高领导水平和管理能力，切实加强党中央对广大农村的有效治理。

同森于 1965 年在本单位完成了党员甄别登记后，下半年按照统一部署参加了烟台市委组织的"四清"工作组，受委派到村级组织继续开展"四清运动"。

同森受委派的地方是文登县铺集公社洛格庄村，离自己家有 100 多里地。洛格庄村位于昆嵛山南麓，紧挨着公社所在地铺集村。能受到市委的委派是很荣幸的事，因而同森迫不及待地做好了出发准备。后来的事实也证明，能到洛格庄村开展"四清运动"，对于很少出远门的同森来说可谓天赐良机。

同森在"四清"工作组的主要任务是收集和整理材料。作为先遣人员，同森按要求提前一个人进了村子。

去之前同森心里觉得这个任务是光荣的，对任务的艰巨程度也有所估计。他能明显觉察到村干部的敷衍、警惕甚至是对抗情绪。而接待户（同森和工作组借住的人家）也没有多么热情，就是按照村里的安排提供房间和一日三餐，对于村里的事情讳莫如深，像防特务一样高度警惕。

这些情况没有让同森特别意外，因为在动员会上领导也做过分析和针对性指示，要求工作组成员正视现实，要在忍耐中想尽一切办法打开工作局面。

因是独自先行，也没有便捷的通讯设备，没有人可以请示、商量，面对这种情况，同森只能自己想办法。

同森是在农村出生和长大的，对农村的情况和人情世故都比较熟悉。他明白，村干部在工作方面难免有问题，甚至有错误，对教育运动也难免有抱怨和不满，尤其是怕工作组只看个别问题，忽视整体成绩，以偏盖全，片面下结论，不能公平、公正地做出客观评价。村干部也怕有人趁机诬陷和造谣中伤，害怕工作组时间有限，不能明辨是非。村干部们无论有没有问题都有些战战兢兢。

村民们知道工作组来村的工作时间是有限的，完成任务就走了，而他们和村干部要在一个村里生活，抬头不见低头见，有了矛盾、冲突有可能记仇一辈子，树敌是谁也不愿做的事情，也生怕被村干部当成告状户而秋后算账。

同森首先与村干部进行了简短的交流沟通，把运动的背景和以教育为主的原则向他们做了介绍，取得他们对教育运动的初步理解和配合支持。而村民们的工作则从搞好与住户的关系开始。

首先，同森坚持每天提前半个小时起床，先把住户的院里院外打扫干净。这也是他多年来养成的习惯，无论在学校还是在家里，都要保持居住环境的清洁干净。

其次，每当看到住户的水缸不满时，他放下手里的事情就去担水，保证住户家里用水充足。他还利用从事教育工作的优势，主动拉近与住户家孩子们的距离，询问他们上学的学习情况，经常与孩子们讨论各门功课的学习重点、难点，帮助他们解决不懂的问题，成了住户家专属的家庭教育辅导员。同森的指点和帮助经常让孩子们醍醐灌顶、豁然开朗，学习热情高涨，学习成绩也快速提高。

当看到住户起床后站在清洁干净的院落里流露出的欣喜表情，看到住户家孩子越来越活泼、自信，左邻右舍都带着羡慕的目光，见面主动和同森打招呼的次数越来越多。同森知道，群众工作的局面逐渐打开了，他心里很有成就感，信心和干劲也更足了。

当工作组其他成员和组长到来时，同森已经按照方案要求把村里的基本材料准备完毕，为后续的验证核实、深入调查、分析汇总和完成报告打下了坚实的基础。组长对同森的工作态度和效率很满意。

九个多月的社会主义教育运动很快就要结束了，工作组除了向烟台市委提交了洛格庄村的工作情况报告外，工作组成员都按要求进行了个人总结报告，并存入了个人档案。同森在个人总结报告中写道："我接受党的委托来参加这次伟大的社会主义教育运动有九个多月了，在这九个多月的实践斗争中，我经历了一次伟大的社会主义革命。这次的革命斗争实践，不仅教育了别人，也教育了自己；不仅改造了客观世界，同时对主观世界也有所改造。我在思想认识和工作方法上都有不同程度的提高，这是我生平不能忘怀的一件大事。"

由此可见，同森作为一名已有十年党龄的年轻干部，对参加这次社会主义教育运动的重视，体现了一名共产党员的强烈责任感和使命感。

洛格庄村是胶东著名的抗战英雄于得水的老家，有习武之风。于得水从小习武，18 岁时已在附近地区小有名气。于得水在 1935 年就参加了胶东农民暴动，任特务队队长；在 1937 年又参加了天福山武装起义，任大队长。1939 年，于得水任八路军山东纵队团长，1946 年任胶东军区第一分区司令，1949 年率部队南下，任浙江军区分区司令。1961 年，于得水转业到安徽省民政厅任副厅长。"文革"期间受迫害，1967 年在狱中去世。1979 年被中共安徽省委追认为革命烈士。

同森在洛格庄村知道了于得水在狱中服刑的情况，也能经常见到于得水的父母和家人。由于当时特殊的政治环境，于得水的父母和家人也受到牵连。同森每见到于得水的父母，心里就感觉像遇到了战友的父母，不由自主地升腾起一股敬意和暖意，但也只能用目光柔和亲切地进行交流，给予一丝鼓励和温暖。

　　洛格庄村附近有胶东地区著名的风景名胜、历史文化遗迹圣经山和无染寺。同森利用周末或公休时间去参观游览。

　　圣经山景区内有老子头像和《太上老子道德经》摩崖石刻，道教遗迹遍布。无染寺曾是胶东军区指挥抗日作战的指挥部所在地，对于退伍军人同森来说同样具有强烈的吸引力。

　　无染寺位于昆嵛山南麓，曾是胶东盛极一时的第一古刹，历史悠久。寺内原有古石龛，下有空洞，是战国时期"无盐皇后"的墓葬地。寺庙东北部有齐王坟，传说齐康公被田氏放逐东海岛，去世后葬于此地。无染寺建于东汉时期，为"居之者六根清净、得大解脱"之意。寺庙周边森林茂密，清泉、

洛格庄村的住户门口（照片拍摄于 2022 年 5 月 23 日）

洛格庄村的鸡笼（照片拍摄于 2022 年 5 月 23 日）

溪水、瀑布相连，主要景点有古银杏、王母娘娘洗脚盆、摩崖神龛、仙女池等。

昆嵛山也是胶东著名的革命根据地。1935 年 11 月 4 日，中共胶东特委就以昆嵛山为中心，组织发动了席卷整个胶东地区的"一一·四"暴动，指挥部就设在无染寺，还利用无染寺房舍建起了兵工厂。

同森游览无染寺后百感交集，既感慨历史的无情变迁，也感慨抗战时期胶东人民的无畏奋斗，对自己更是一种无声的鞭策。

最舒适幸福的一年

同森从 1959 年起到 1969 年一直在楼底村完小教学，先当副校长，原老校长退休后他接班当了校长。在学校里，同森很民主，各项工作安排都得到了绝大多数教师的拥护和支持，工作上可谓顺风顺水、得心应手。

这期间，玉花在 1961 年生了一个儿子，在 1964 年又生了一个女儿。小家庭增加到了五口人。三个孩子都健康、聪明、乖巧，同森喜爱至极。同森在儿女双全、无比幸福的同时，也感受到了养活三个孩子的经济压力。情感负担和经济负担都越来越重。五口人的吃、穿、用，还有下一步三个孩子上学学习的书本费、学杂费等全靠他的工资支撑。

"文化大革命"初期，同森主张学校以教学育人为宗旨，要给学生一个相对安静的学习环境，保持正常的教学秩序。学生年龄尚小，应该以学习为主。而小学生有好多道理还不明白，也有很多事情不清楚，因而他不鼓励学生参与社会上的政治斗争。这样的想法也得到绝大多数老师的认同和支持。为防范在学校里出现混乱的情况，他特意以个别谈话的方式让几个可靠的教师私下里时刻注意各个年级的苗头，高度关注并掌握学校里师生的动向。

根据可靠消息，同森得知自己学校里有个别教师和学生蠢蠢欲动。

一系列的运动让同森感到厌烦，各种非教学事务要处理，让他疲惫不堪。他对其中一些以革命的名义发泄私愤、打击报复的情况尤其看不顺眼。同森丝毫不担心自己受到冲击，但考虑到家庭心里就有了颇多顾虑。同森是个务实的人，也算是一个识时务者，他打心眼里认为当领导真不如当个普通教师好，自己能省很多心力和时间，也能让家里人少些担忧和挂念。

同森把这个想法和玉花悄悄地进行了交流，希望听到玉花的意见，让她帮助自己拿个主意或提个建议。同森深知玉花不会出去乱说，也不会说出太多的意见建议，哪怕她只是静静地听一听，表示理解，对同森来说都是一种安慰。

玉花对学校里的事情只是听到别人议论的只言片语，不了解详细情况。凭她对同森的了解，知道同森不会做出格的事情，也不会说不合时宜的话。同森的小心谨慎让玉花一直很放心。玉花从没担心过同森会在工作和生活上犯什么错误。听了同森的担忧，她不免也为同森担忧起来，怕别有用心的人故意借政治运动的机会难为或者整治同森。同森虽然一直与人为善，也难免会无意中得罪人。人心叵测，不得不防。

其实同森在跟玉花商量前已经得知，县政府针对当时的形势对学校和教师有可能采取新的调配政策，心里已准备好不当校长了。那个时期，当校长的压力太大。对于自己不担任校长职务，同森也没有想好该以什么合适的理由向组织上提出来，也顾虑组织上不同意，思虑再三他还是犹豫不决，只能走一步看一步。恰在这时，县教育局的临时政策下来了，要求所有的教师都回原户籍地参加"文化大革命"。教育主管部门既不愿意看到各个学校的混乱局面，也不愿组织正式任命的校领导被无理罢免，更不愿意看到学校里发生像社会上一样不文明的行为。把校长、教师的位置临时变一变也许能保护很多人，所以临时出台了这样的政策要求。同森长长地舒了一口气，心里也暗暗地庆幸，甚至有点喜出望外的感觉。

当时村里有个初级小学，规格和规模都比完小低一些，校长是上任不到一年的本村人。同森户籍所在的铁口村是附近有名的师资大户，在外当校长的就有多人，其中同森的资历最高。公社领导在按照县里的精神抓落实的过程中专门与同森进行了谈话交流，了解他回本村后的意愿。同森心里明白这是公社就他回本村后是否当校长征询他的意见，公社领导在重新调配方面遇到了难处。同森对自己由完小校长改任初小校长兴趣不大，他向公社领导表态，回本村后就当个普通教师，也恳请领导以后有进步的机会时别忘了他。公社领导看到同森诚恳的态度，紧皱的眉头舒展开了。

同森就这样回到了本村，向村支书报了到。村里也不知道该怎么安排他，因为他的身份还是国家干部，工资待遇没有变化，户口和各种组织关系也都不在村里，只能让他等着。等什么，谁也不知道，所以同森临时闲起来了。职位变了，没有了被批斗的风险了，同森也乐得在家里围着玉花和儿女转，过几天舒适日子。

村支书询问乡镇领导后，对调整安排政策有了进一步的了解，对如何安排同森的工作心里有了数。这次教师大调整中享受国家干部待遇的公办教师回本村后继续当老师，继续享受国家干部待遇；民办教师由乡镇政府和各村根据本村学校教师的实际情况和需要决定，身处师资不足的学校的教师或者教学成绩突出的个人可以续聘；代课老师原则上完全由各村自行决定，参照民办教师的办法处理。村支书根据同森的教学资历、学科特长和乡里的意见，决定让同森在本村小学继续任教，根据本人意见不再担任校领导职务，仅做个普通教师。同森因这样的调整而得福，不用工作日住校了，也可以天天回家吃饭、回家睡觉，天天见到玉花和三个儿女。

这时，大女儿和儿子都正在同森任教的小学上学，学习成绩一直很优异，各科老师都交口称赞。小女儿也在家里盼着快快长大，也和姐姐、哥哥一样每天挎着书包去上学。

有同森在身旁，玉花再也不用有体力活儿就去求人帮忙了。挑水、担柴、搬运粮食的活儿也交由同森负责。玉花的生活担子轻松了很多，脸上天天挂着笑容，笑声更是爽朗。

玉花的精力主要放在了洗、补衣服和一天三顿饭上。同森穿的衣服一定要干净、整洁，孩子们的衣服补丁一定要大小合适、颜色协调。三顿饭菜的主要原料虽然一年到头是玉米、红薯、芋头、土豆、白菜和萝卜，玉花尽可能地变着花样让同森和孩子们吃好、吃饱。不能经常买鱼、肉，就买便宜很多的豆腐，后来自己还学会了做豆腐和豆腐乳。豆腐乳其实就是自己做一次豆腐要吃好几天，切成块分开保存，一块一块地食用，保存时间长的就自然发酵成了豆腐乳。玉花自制的豆腐乳只有淡淡的咸味和略微的腐味，没有刺鼻的气味，更不会吃坏肚子，因为玉花有她自创的保存秘诀：略微腌制后用纱网罩着放在阴凉处自然通风和发酵，隔绝了苍蝇的污染，绝对干净。

院里的石榴树

同森家的院子并不大。他嫌养猪费事费力、又脏又臭，就把猪圈拆除了，之后院子里的空间似乎大了许多，同森就在原猪圈堆放猪屎尿的位置种了一棵石榴树。

在决定种石榴树之前，同森寻思了好长时间。种高大的树木显然不合适，空间小，而且树长大了以后会严重影响屋里采光；种花草空间倒是合适，不过只能观赏，少了实用价值。反复斟酌后，同森觉得种石榴树好，石榴树开的花好看，还能结果食用，综合利用价值高。

同森是在朋友家看到盆栽石榴并获知栽种方法后才想到种石榴的。朋友家的石榴是从经营苗圃的亲戚家讨来的，他答应同森帮他再向亲戚讨要。朋友自己家里没有院落，只拿了一个盆栽的，如果同森要把石榴种在地上，可以直接要一棵成品树苗。

朋友种的是临潼石榴，据称是国内引进最早、开的花最艳丽、结的果实最好吃的石榴品种之一。

同森听了介绍对石榴更感兴趣了，当时就托朋友帮忙向亲戚要一棵树苗，而且就要和朋友一样的正宗临潼石榴树苗，朋友立刻拍着胸脯答应了。

在等树苗的过程中，同森把自家的院子重新进行了规划和硬化，在靠西墙中间留了一个约一米见方的裸露地面，用砖砌边，中间挖坑，准备种石榴。

石榴苗种下时有一米多高了，没有两三年就长出了五六个枝杈，整棵树就有一人高了，在不大的小院里成了风景。春天里，枝杈上长出了对称的、碧绿的新叶。就这样不断地生长，石榴树就成了一把绿伞，在风的吹动下摇摇晃晃的绿伞。等到夏天来临，绿叶中不断冒出红红的小球。小球逐渐长大，顶端的花瓣逐渐伸展、散开，火红的石榴花绽放了。整个夏天，绿叶中朵朵红艳艳的石榴花若隐若现，就像绿毯上挂了红灯笼，漂亮极了。石榴花由开始时的向上生长逐渐开放，再后来花瓣逐渐向下，花蒂逐渐膨大，最后花瓣脱落，一个绿中含着暗红的石榴果挂在枝头上。石榴花是陆续开放的，石榴果也不断地结成，直至石榴果成熟时还会有新开的石榴花。这时，有的石榴果已经有碗口大小，表皮红多绿少，甚至有的已经裂口笑了；有的石榴果如苹果大小，表皮红绿相间；有的石榴果只有乒乓球大小，表皮绿中含着红。一棵绿树在枝杈间既有红花，又有大小和颜色不一的果实，自成一道美丽的风景。到晚秋，大部分石榴果的皮被撑裂了，出现了小裂口，继而成为大裂口，里面的石榴籽粒就像排列不整齐的牙齿。这个时候，一般也快到农历八月十五了，石榴果就被摘下来品尝了。

同森家的石榴树每年能结十几个大个儿的、裂口的果实，还能有十几个小一点的、没裂口的。裂口较大的果实随时会被分食，如果不及时吃掉，裂口处的籽粒会发蔫。每当发现有裂口的石榴果时，孩子们就会经常去观察裂口里石榴籽粒的情况，垂涎欲滴地盼着能早点品尝到那甜中带酸的美味。

同森家一起品尝石榴的时间是农历八月十五的晚上，吃过晚饭后一家人围坐在院子里，果盘里放着擦洗干净的石榴果。先是裂口的石榴果人手一个，顺着裂口掰开，沿着里面的分隔膜一块块地掰下来一粒粒地吃。有时觉得一粒粒地掰着吃不过瘾，就拿个碗来把籽粒先掰到碗里，然后再大把大把地送到嘴里，大口大口地咀嚼后让汁液满嘴了再小心地吞咽下去。小心吞咽是指要在嘴里把石榴籽和汁液分开，免得吞咽时把石榴籽也吞下去。

为了让孩子们慢慢品尝，同森曾开玩笑地告诉孩子们，如果误吞下了石榴籽，会在肚子里长出石榴树，把肚子撑破。孩子们不懂是不是真的，吃的时候倒确实是更仔细、更认真了，意外的好处是掉落、浪费的石榴籽更少了。

为了让孩子们增长知识，同森总是利用一切可能的机会给孩子们讲些故事，或者翻找出一些相关的诗词与孩子们一起学习。在分享石榴的前后，同森不失时机地找了几首诗让孩子们读。

李商隐的《石榴》：榴枝婀娜榴实繁，榴膜轻明榴子鲜。可羡瑶池碧桃树，碧桃红颊一千年。

孔绍安的《侍宴咏石榴》：可惜庭中树，移根逐汉臣。只为来时晚，花开不及春。

还有杜牧的佳句：一朵佳人玉钗上，只疑烧却翠云鬟。

另外，同森还教导孩子们：山石榴虽然也被称作石榴，但根本不是石榴，是杜鹃花。白居易在《山石榴寄元九》中曾写："日射血珠将滴地，风翻火焰欲烧人。闲折两枝持在手，细看不似人间有。"这其实是赞美杜鹃花的。

养花怡心美环境

同森非常喜欢养花养草，尤其喜欢养月季花。他喜欢养月季花是因为月季花最好养。他心里最喜欢的是兰花，长的叶、开的花都不显山露水地争奇夺艳，但细细的叶片绿得养眼，幽香清新扑鼻，沁人心脾，醒脑提神。他的性格和品行像兰花。他在办公室里养过君子兰，这是北方地区最容易养的兰花品种。兰花对温度、湿度、水肥的要求不是很严格，但是比养其他花卉要费心很多。同森养的君子兰叶片宽厚、碧绿，花朵茎秆挺拔，花朵红艳，摆在屋里窗台上，进来的人夸赞，外面路过的人也赞赏不已。君子兰不算难养，但很不容易开花，需要细心养护才行。可是一个长假或较长时间外出后，虽然也托人照管，但不是水浇多了烂根，就是缺水萎缩，叶片上也落满了细细的灰尘，像个"灰姑娘"。

同森喜欢月季花一是因为好养，月季花对土质、水肥的要求不高，可以盆栽，也可以地栽；二是因为月季花的花期长，晚春和夏、秋季节开花不断。如果是盆栽，冬天放在温暖的室内也能花团锦簇，给冬天增添一抹春色、一丝馨香。同森最喜欢红色和粉色的月季花。红的要大红、紫红的，红得鲜艳、浓郁；粉的要粉嫩、偏黄，粉得娇艳、剔透。他在自家大门两边就分别种了一棵大红的和一棵粉色的，像迎客的门童，摇曳间馨香盈门。

同森种的这两棵月季花不仅是用来观赏的，同森还用它们杂交以创造出新的花色。

同森进行的月季花杂交其实很简单。他在月季花朵盛开的时候就做好标记，开春天气转暖后把生长了一两年的枝桠分别从红、粉月季枝干上剪下来一两枝，用裁纸刀火上消毒后把残留的枝干上的切口削成斜面，再把剪下来的枝桠根部削成斜面，然后把红色的枝桠接到粉色月季的枝干上，把粉色的枝桠接到红色月季的枝干上，并分别用切开的适当宽度的塑料布扎紧，嫁接就完成了。

经他这样嫁接的枝条基本上都能成活，生长出来的叶子没有任何不同，但开的花与原来的不一样了。原来大红的月季花瓣变成了以大红为底色、花瓣边缘带有粉色的花瓣，整朵花是红里夹着粉；而原来粉色的月季变成了粉中带着红边花瓣的花朵。一棵月季花开出了两种不同花色的月季花。

后来同森又从别人家剪来其他花色的月季花枝条，用相同方法嫁接后，一棵月季花树就能开出四五种不同颜色的花朵，甚是漂亮、美观。

四五年后，月季花长得比一个大人还高，像两个高大武士，把守在大门口（胶东村民一般称院门为大门，称房门为屋门）。"武士"绿色的身体上挂满了五颜六色的花朵，寂静地日夜守护在那里，月季花成了门神，独特的花门神。

同森家里也有盆栽的月季花，冬天同森就把它们搬到室内。受水仙花的启发，他尝试着让月季花在春节盛开，但始终没有成功。他养的月季冬天能正常生长，暖冬的时候也能开花，但开花时间总与春节无缘，不是早了，就是晚了。这成了他的一个遗憾。

困难的抉择

同森在自己村小学当老师的日子只过了不到一年，第二年就被调到了本公社的长宇联中继续当老师。由初级小学老师变成联合中学的老师，在公社领导、同森本人和其他人看来是一个进步。

本来同森不愿意离开本村小学，调动到长宇联中事先也没有人征求他的意见，任命正式下达后同森才知道。同森对这样的安排感到意外，认识的朋友中，原来任职副校长的这次都安排了正校长职务，而自己当过正校长却仅被安排为普通老师。虽然是中学的老师，从小学升到了中学，给人的感觉却不是提拔重用。这让同森心中不解，而且堵得慌，心里很不踏实。

一位以前分管人事工作的朋友告诉他，这次是在上次"回村令"之后在全县范围内开展的又一次大范围的教师岗位调整。这次调整的原则中有一条规定是教师不能在自己家乡教学，以防止出现因为教师子女被袒护或获得特殊照顾的现象。

朋友根据自己的了解和分析，认为同森被安排到这个离家较远并且没有人愿意去的学校的原因，可能与县教育局某位领导的意见有关。据称其对同森一年前回本村坚持不当校长而当普通老师的行为颇有微词，认为他不敢担责、私心太重、只顾自己的小家庭。

同森知道这些情况后心里倒感觉释然了。自己虽然一直谨言慎行，在本村小学时也确实是自己不愿意担任学校的领导，但同森骨子里不是个不愿意担责任、挑重担的人，自己也不是胆小怕事的人。选择不当校长只是在大环境影响下不得已的选择。

同森在自己村教学一年，等于享了一年的福，天天过着"老婆孩子热炕头"的舒心日子，幸福中也有不甘。看到社会大环境的变化、看到能力和水平不如自己的人飞黄腾达，同森心里也有起伏。只当个称职的老师，同森在完小校长位置上显露出来的管理才能似乎无用武之地，自己都觉得有点浪费。他内心里有种期望在涌动，期待着东山再起的机会，期待着为深深热爱的教育事业发挥更大的作用，造福一方的孩子们。

从朋友处同森还得知，新任长宇联中的校长是自己的老朋友。同森了解了情况并经过仔细思索后，觉得即便是继续当个普通老师也不错。想通了，同森的情绪也稳定下来了，欣然接受了新的安排，到长宇联中按时报了到。

同森在报到前通过各种渠道对长宇联中有一些了解，对到学校后如何处理与工作和同事关系有了相应的准备，言行也更加小心谨慎了。

在铁口小学时同森教的是语文，课程量很大，很辛苦。到了长宇联中后，初中课程难度也加大了。语文课有基本规律可循，有统一的教材和教师参考书，衔接起来并没有多大的教学难度。

语文教研组的老师已经满员了，而且都是教了多年语文课的老教师，学校领导不希望因同森的到来而打乱原有的教学安排，希望同森能够教历史课。

同森没教过历史课，但也大致了解一些基本知识和规律。当老师最基本的功夫就是按照教学大纲的要求备好课、把课讲明白，自己能创造性发挥的

同
森
篇

是将课讲得生动，让学生有兴趣、记得住。同森对国内外历史都有一定的了解，这成了他的一个优势，但学生们对历史课重视程度不够，学习积极性不高，因此，教的和学的都提不起精神来。

经过一番思考，同森决定，首先自己要扩大历史知识面，提高对历史事件具体情况的了解程度。其次是在授课时将课本中的历史事件编成故事讲给学生听，通过设计问题、制造悬念，引起学生的兴趣。三是向学生推荐与课本中历史知识点相关的书籍，让同学们在课余时间通过阅读增强理解、强化记忆、深入思考、受到启发。

同森的尝试获得了成功，枯燥无味的历史课被同森像讲故事一样讲得跌宕起伏，充满吸引力。学生的学习热情和学习成绩都明显提高了，课余时间主动找同森求教、探讨历史知识和问题的学生越来越多。与学生互动获得的反馈也给同森讲课提供了参考补充和真实案例，教和学变得更融洽且相得益彰。

同森课教得好，领导对他也很尊重，在涉及学校管理、建设发展和改革创新的事情上经常与同森交流、沟通。同森对这些问题也有自己的观察和思考，提的一些建议都具有全局观念。他总是从一名普通教师的角度提出建议。同森的谦逊、真诚让大家喜欢和他相处，领导也觉得浪费这样的人才太可惜，在暗中也帮助同森留心寻找重回领导岗位的机会。

一年以后，同森被县教育主管部门找去谈话，准备调他到临近的徐家店公社大窑联中工作，职务暂定为副校长。

大窑联中位于海阳县最北边的徐家店公社，离同森的家铁口村有二十公里路，中间隔着同森所在的发城公社所在地，行政体制上不属于自己家乡发城镇，而且离家更远了。虽然从发城公社到徐家店公社有省级公路，但要翻过三个大高坡，其中两个高坡还属于隔壁莱阳县的管辖范围。而从同森家到发城公社十公里的路是土路，如果骑自行车往返徐家店，单程得将近两个小时，遇到下雨、下雪的天气就得三个小时，接近半天的时间。领导找同森谈话前已经征询过两个乡镇的意见，两个乡镇的领导原则上都不反对这样的安排，但发城镇担心同森不愿意去这么远的学校，而且也不方便出面动员同森

大窑联中旧址（照片拍摄于 2022 年 5 月）

服从组织安排，怕被同森误解。县教育局的谈话带有明显的征求个人意见的意思，对同森的安排尚不是最后的安排，让同森仔细考虑后再决定。

大窑风波

大窑联中的校舍、校园修建得非常好，可学校管理有些混乱。学校乡镇领导不断地做工作，但收效甚微，后来索性不怎么管了。学校教学质量低、校风不正，在教育系统内部以及社会上都有不良影响。公社和县教育主管部门都很头疼，但也没有什么好办法。最大的困难是选个好的"一把手"太困难，能坚持下去更困难。

在谈话中，同森大概了解了大窑联中的情况。领导为了不影响同森的调动没有告诉他全部实情，只是希望同森到新岗位后能够全面配合，做好学校的领导工作。

当年大窑联中的教室，如今有的住了人，有的空置（照片拍摄于 2022 年 5 月）

同森返回后第二天就骑上自行车赶到大窑联中，亲自对校园进行考察。因为恰逢周末，校园里没有人，他和看门的大爷聊了一会儿就回家了。同森心里对学校的具体情况有了大概的判断，对路途情况及来回所需时间也有了具体的了解，对如何回复县教育局领导也有了主意。

他对当校领导没有多大兴趣，一番思考后，同森如实坦承了自己的真实想法。同森的真实想法是要么不去，要去就当"一把手"。

由于对结果不抱希望，谈话后同森就把这事淡忘了，准备继续当个好的历史老师。而实际结果完全出乎同森的预料，县教育局的领导通过两次谈话对同森有了信心。同森很快被正式任命为大窑联中的校长。大窑联中的原校长被调到了另外一所学校。

徐家店公社也属于浅丘陵山区。海阳县的火车站就位于徐家店公社所在地，而县城在大南边靠海的地方。除了有火车站，徐家店公社还是国道的必

大窑联中原来的体育场，现在盖成了草莓大棚，校园里的空地上也栽上了果树或种植了蔬菜（照片拍摄于2022年5月）

经之地，因此交通比较发达，轻工业也比较发达。

　　大窑联中位于离徐家店公社不远的大窑村，徐家店火车站的汽笛声能清晰地传到学校里。大窑是因为当地的土层厚、土质细黏，适合制砖瓦而且制砖瓦历史悠久、制砖瓦规模很大而得名。除了有好土，这里没有别的矿藏或特色资源，村子里的经济状况比城镇的很多村子好，但也谈不上多富裕。不过，由于村里有窑厂，而且声名远扬，虽然烧的砖瓦售价一直很便宜，大窑还是成为周边村庄中最富裕的一个，因而几个村联合建立的中学就设在了大窑村，简称为大窑联中。

　　大窑联中是在村外平坦处专门新建的，因为大窑村生产砖瓦，校舍是清一色的砖瓦房，校园有用砖砌的高大的院墙，铁管栏杆的铁门也很高大。要是不细看门口的牌子，要不是里面不时传出的琅琅读书声，这里真会被误认为工厂。

　　都说"新官上任三把火"，同森上任后同样也烧了"三把火"：领导层原分工不变、教师原分工不变、原校长教的课程由教研组承担。同森不再教具体科目，把教学任务和课时补助给了教研组老师，自己专心致志当校长。

同森先和班子成员个别谈话，了解一些具体情况。在同森看来，谈话既是一个互相了解的过程，也是一个沟通感情的过程。同森在谈话过程中将自己的真诚与对对方的尊重和重视均表露无疑，谈话气氛也由开始时的拘谨少语逐渐转变为畅所欲言。班子成员都是老党员、老干部了，政治觉悟自然很高，理解能力和办事能力也很强。谈完后每个人都感觉舒畅，都愿意少些计较、多些合作，团结一致，努力把学校风气扭转过来，让每一个教师都能心情舒畅、全身心地投入教学工作。在同森的努力下，校领导班子很快就团结起来，学校的风气明显好转了。

班子的思想、意愿统一了，然后是与各教研组的集体谈话，统一所有教师的思想认识。同森在集体谈话时首先着重强调的是党的组织原则和纪律，要求党员领导干部要在各个方面起模范带头作用；其次是为大家讲"团结出干部"的道理和案例，号召大家要互相宽容、理解，团结合作，形成合力。通过座谈，同森也全面了解了教学一线的实际状况，尤其是教学方面的困难和问题，并就这些困难和问题可能的解决办法征求意见，广开言路。

在此基础上，同森主动加强了与上级主管部门和村里的联系。他向上级主管部门汇报工作开展情况，争取上级部门在项目、资金和设备上的支持，改善教学条件。他和村里加强联系，主要是了解村里当下开展的"扫盲"运动的情况。学校里的学生是各村里扫除"文盲"的主力军，学生们都有明确的帮助对象和"扫盲"任务；同时也想利用村里的瓜果蔬菜和粮油富余资源充实学校的食堂，改善教师的生活，优质优价地购买材料。

经过近一年的努力，学校在校风校纪、教学效果、教师生活等方面都有了明显的改善，校领导班子团结了，教师之间的矛盾减少了，整个学校变了个样且平稳运行。

平稳中突然起了风波。

风波起源于一个大龄女青年，原因是其私人感情出了问题。

这位大龄女青年姓于，虽然教学工作很优秀，但婚姻大事一直没能如愿，三十多岁了还单身。

与其同教研室的王老师是军人家属，爱人在北京的部队里服役，虽说军官可以带家属，可因为进京指标受限一直随不了军，结婚两年多了一直两地分居。

于老师和王老师关系很好，在学校里除了上课，其他时间几乎是如影随形、形影不离。

王老师的爱人去年在训练时受伤住院了，怕王老师担惊受怕就没有告诉她，但事后写信告诉王老师，在他住院期间他的一位大龄单身战友看望他的次数最多，出于感恩就托王老师介绍合适的对象给他的战友，既是报答，也算成全一桩美事。

王老师详细询问了爱人战友的籍贯、年龄、职务、家庭背景等情况，就想把自己的好姐妹于老师介绍给他。

王老师把自己的想法和于老师的情况告诉了爱人，爱人又基本据实转告了他的这位战友。说基本据实是因为在女方外貌的介绍上做了一点美化，没有完全据实描述。

王老师爱人的这位战友来自北方农村，外形属于中等略偏上，几次恋爱不成功都是因为家庭条件太差，能娶到一位公办教师自然是比较理想的选择，又是战友爱人的闺蜜，虽然觉得女方年龄比自己大了点，可俗话说"女大三，抱金砖"，自己也没有其他的可挑选对象，就同意与于老师进行恋爱交往。

经过联系，双方都好感日增。军官身份让于老师觉得很满意，将来能随军入京也让于老师很期待，于老师的工作让对方也很满意。两个人很快就实质性地谈婚论嫁了。王老师和爱人也觉得媒人当成、喜事将成，就等着吃"猪头"了（胶东地区的旧习俗，为人介绍对象成功后，男方要送媒人一个大猪头作为谢礼）。

问题和风波起于两个人互换照片。

　　王老师爱人的战友收到于老师的生活照片后觉得于老师的样貌和自己想象的很不一样，不是太满意，要了一张全身照片看后更不满意，再一细想于老师年龄又比自己大，于是就想分手，而且把自己的真实想法告诉了王老师的爱人。

　　王老师夫妻俩在介绍对象方面都是新手，没有经验，更不专业，王老师直接把男方的想法告诉了于老师。

　　于老师觉得自己受到了愚弄，甚至受到了感情欺骗，心里接受不了，很是抑郁、焦虑，饭也吃不下，觉也睡不好，讲课老出错，和王老师单独聊天时就要死要活的。王老师想尽办法劝导也丝毫不见成效。

　　万般无奈之下，王老师就悄悄把这一情况告诉了同森。同森到学校后的所作所为大家看在眼里、记在心里，知道他是一个可信赖的办法多的人，希望同森给指点一二。

　　同森知道这事后让王老师千万不要声张，免得进一步刺激于老师，同时让王老师再确认一下男方的最终态度，并注意照顾好于老师，要更加形影不离地密切观察于老师的情绪，防止真的出现意外，并答应想办法帮着做做于老师的思想工作。

　　正在同森绞尽脑汁想办法的时候，王老师说于老师收到一封男方的来信，之后更加郁郁寡欢了。同森嘱咐王老师继续密切注意于老师的动向，周末也全天陪着于老师。

　　第二周，王老师硬拉着于老师晚饭后在操场上散步时，同森与她们"巧遇"了，于是一起边散步边聊了起来。同森当过兵，对部队生活有亲身经历和体会，对军人情怀也有些了解，就从自己在部队时的经历聊起来，装着很随意的样子顺便问起于老师对象的情况。

　　王老师找个借口离开了，剩下于老师和同森在操场上慢慢地踱步，边走边聊。

　　于老师觉得自己特别委屈，也正想找个人倾诉一番。王老师虽是于老师的闺蜜，可又是媒人，她说话有些顾虑。于老师对同森有尊敬、有钦佩，也有信任，就顺着话把自己遇到的情况和内心的憋屈告诉了同森，也赌气说准备主动放弃，被人甩的结果太伤自尊、太不能接受了。

同森告诉于老师先不要急着下结论、做决定，先把事情弄清楚、想清楚再说。一辈子的婚姻大事不能草率处理，但也不要轻易放弃。

同森一边开导、宽慰于老师，一边让王老师弄清楚男方是决心已定还是在犹豫不决。当深入了解了男方的具体情况后，同森感觉男方对于老师不是绝对不满意，只是相对不满意，就好比想考一百分，结果却只考了七十五分或八十分，心里有落差，但实际成绩是及格以上。男方对于老师还是有好感的，只是嫌于老师不够俊俏、什么事情都唠叨，把不满意给放大了。

同森又找机会和于老师交谈，告诉她感情需要交流，也需要培养；交流的内容和语言要选择，不能老是不满和抱怨；女性不能仅仅被选择，更需要主动追求、大胆选择，毕竟幸福是自己争取的。

于老师逐渐冷静了下来，一边思考到底应该如何处置这段感情，一边把回信速度放缓了。以前是收到男方来信后当天晚上就写好回信，第二天寄出。现在是收到男方信后至少过一周才写回信。回信内容也改变了，不再什么事情都告诉男方，尤其是不再说自己不顺心、不如意的事情和发牢骚，更多的是询问他的身体和生活情况，更加关心体贴。

王老师的爱人也对男方进行劝导，还不时地介绍自己的经验。男方感受到了于老师回信的延迟和内容的变化，不再觉得于老师"负能量"了。男方心情好转，也不觉得于老师不好看了，两颗心反而贴得更近了。男方心里反而开始隐隐担心于老师变冷淡，甚至分手。

后来，王老师被调到了北京。于老师和男方确定关系后，也被调到了北京。王老师被安排到邮政部门工作，于老师继续当老师，两个人也继续姐妹情深，经常相聚。同森去北京时她俩还一起请同森吃饭，回忆往事，这场风波也成为趣谈。

守岁游戏

在 20 世纪 70 年代末，按照胶东地区当地的习俗，过年都要在大年三十晚上守岁，直到过了半夜十二点，进入新的一年，吃了新年饺子才睡觉休息。

第二天早晨还得天不亮就起来，穿戴好早就准备好的新衣服、新鞋帽，先放鞭炮，然后在大人忙活早餐的时候，孩子们排着队伍一起到长辈家和亲友家挨家挨户地登门去磕头问好，要糖果，要压岁钱。回来后每个人清点自己拜年的收获，收获多的孩子往往还要炫耀一番。实际上过年最高兴的就是孩子们，大人纯粹为了孩子们高兴而忙碌、辛苦。

当年过年没有电视看，更没有春晚。同森家一般吃完年夜饭后，一家人点个油灯或蜡烛聚在炕头上，玉花拿来一袋带皮的花生，再拿来几个夹子，全家一起剥花生。有了收音机后，他们就在音乐声中剥花生，偶尔也会剥棒子，就是用专门的铲子样的金属工具将玉米粒从玉米棒上剥离下来，以便做饼子，或打成颗粒熬粥喝。

同森家的花生夹子一般都是自己动手做的，将一根柳树枝折下来，掐出长短合适的一节，把枝杈去掉并修整齐了，在一面的中间部位连皮带枝干削去一半左右，形成一个凹槽，然后用手把两端向凹槽侧用力挤压，让中间凹槽的两面紧紧贴合在一起，再用细绳子扎好晾干。千万不能往凹槽反方向挤压，否则树枝就断了。因为农村的各家各户都会种很多花生，用来榨油和食用，所以花生夹子就成了各家各户必备的用品。市场上也有售卖的，绝大部分是金属的，既沉又凉，还不如自制的木头夹子好用。

要剥的花生必须干透了，因为花生仁干透了会缩小，在果壳里形成一个空间，花生壳才能在被夹时裂开，也才能发出噼噼啪啪的声音。秋收后刚刨出来的花生因为果仁饱满，剥起来极困难，而且剥出来的花生仁也很可能被挤碎。所以花生都放到春节期间剥，到春节时无论是把花生放在哪里都肯定干透了，而且春节期间最空闲，剥花生的噼啪声也能烘托热闹的气氛。

剥花生其实包括拿、夹、剥、扔四个连续的动作。"拿"是一手从篮子里拿上一颗花生果，而且一次只能拿一颗，只有手很大、剥花生极有经验的人才能多拿几颗；接着是另一只手用花生夹子在花生壳的头部沿着两片果壳的结合处纵向用力一夹，花生就会裂开一个小口，这就是"夹"；再用双手空闲的手指一起用力把裂口撕大，花生壳被分成两半，花生仁就掉出来了，顺手丢进碗里、盆里或其他容器里；再顺手把手里的花生皮扔进专门的袋子或另一个专门放花生皮的容器里，一颗花生果就剥完了。如果是手劲大的男人剥花生，也可以不用花生夹子，直接用手指把花生挤压破裂后分开果壳取出花生仁，这样一来剥花生的速度就快多了。

全家人一边剥花生，一边听同森讲故事或者笑话，所以在噼噼啪啪声音中时常会有笑声，以及笑呛了的咳嗽声，一片欢乐。谁觉得晚饭没吃饱或者馋花生了，就剥几个放进嘴里，香味立刻充满了整个口腔，还能弥漫出来，边上的人都能闻到。有时，剥好一些以后，玉花就会去灶间点火炒花生，不一会儿满屋子都是炒熟的花生的香味，盛回来晾在一边，等不烫了一边抓着吃一边继续剥。

同森一边剥花生，一边给孩子们讲故事、讲笑话或出谜语让他们来猜。同森讲的故事大多数是他小时候听大人讲过的，比如抗日战争期间八路军战略转移，不能白天明目张胆地走，怕被日本人发现了，就在晚上趁天黑赶路。为了不发出大的声响惊动了鬼子，就在马蹄子上绑上破布。这样马蹄铁踩在硬石头上也只会发出轻微的声音。如果赶了羊，就不时地往羊嘴里塞一把炒熟的豆子，羊不停地咀嚼就不会乱叫了。

不剥花生时大家手里都空着，同森会让孩子们玩更有趣的隔字取字游戏。方法是拿来一张报纸或翻开一本书的某一页，找到一段话，至少要有几个完整句，要尽量长、字数尽量多。每个人选择自己的隔字方式，不能相同。比如隔一个字、隔两个字或三个字、五个字，以此类推。确定后在这段话里把选定的字拿出来重新组成句子，结果肯定是语法不通、字义混搭、不成句子，意思也大相径庭，家里笑声不断。

一家人也会打扑克玩，玉花只会打"争上游"，全家都上时就打"争上游"。

"争上游"得有好牌、大牌，否则只能是输家。输家一般要在春节期间刷碗的，谁都不愿意干，因此大家"争上游"都争得很认真，至少孩子们是这样。同森很少去争第一，往往有好牌也只争个"中游"，输得最多的总是玉花。这倒不是自己的牌不好或不会打，而是仅仅凑个数陪孩子们高兴。她也知道家务活儿无论派给谁，最后往往都落在了自己的身上。

为了"争上游"，也有人会藏牌作弊，把不容易跟出去的小牌偷偷藏起来。不过打牌作弊很容易被发现、被识破，因为有规律可循。抓牌是赢家先抓，洗牌是输家洗牌。如果一局结束后有人主动洗牌，这个主动洗牌的人很有可能就是作弊了，趁着收牌的机会把藏的牌还到牌堆里。所以非输家主动洗牌总会引来怀疑的目光。不过，家里人打牌是为了娱乐，没有什么彩头之类的，一般都不会当真，有时发现谁作弊了，也只是会意地互相看一眼、笑一笑，意思是如果自己作弊时也请对方不要声张。

过年是一家人最重视的事情，也是人聚得最全、吃得最好、玩得最痛快的日子，好多记忆经久难忘，都成为再次见面时的笑谈，什么时候说起来都如昨日再现，温暖如旧。

两个苹果

又是秋收繁忙的季节，玉花和孩子们正忙着刨花生。平时家里的好吃的儿子得的多，他几乎和姐姐一样高了。儿子虽然年龄比姐姐小，可力气不比姐姐小，就和玉花一起刨。大女儿和小女儿负责往一起拾掇和打捆儿。

同森这一年在二十里地外的徐家店公社大窑联中教学，这天是周六，知道家里秋收活儿多，就提前出发赶回来帮忙。走到村西边时，有村民告诉他玉花和孩子们正在西山上刨花生，他把自行车锁在路旁就直接上山了。

小女儿干活儿最不专心，其实就是在玩，东张西望地第一个看见了同森，于是一边喊着"爸爸来了，爸爸来了"，一边跑向同森。同森抱了抱小女儿就放她下来了。小女儿又长胖了，快抱不动了。

小女儿看到同森的口袋里鼓鼓的，就忍不住摸了摸，好奇地问同森口袋里是什么。

同森一边走着，一边从口袋里往外掏东西，最后是一手撑开口袋口，一手在口袋底下托推着才从口袋里挤出来一个带红条花纹的大苹果，又从另一个口袋里拿出来一个同样的苹果，一起交给小女儿保管，然后快走几步，到花生地里接过儿子手里的镢头就刨了起来。

小女儿的小手还没有苹果大，只好手心向上用小手小心地托着苹果。苹果的个头顶本村种植最多的小国光苹果的三四个，比近几年开始种植的大国光也大了许多，而且外皮白绿色中有红色条纹，甚是喜人。

同森一边刨花生，一边告诉家人这两个苹果的来历。同森教学的徐家店公社是海阳县最北边的一个乡镇，紧挨着邻县栖霞县。栖霞县是全国知名的烟台苹果的主产区之一，苹果产量大、品种多、品质好，很是畅销，供不应求。徐家店公社受此影响也把果业作为主要的农副业来发展，前几年也引进了一批日本的红富士苹果，今年正是盛果期，而且雨水也很丰沛，红富士苹果长得又大又圆又红，喜获大丰收。

同森在大窑村联中当校长已经两年多了，这两年来校风校纪明显转好，教学成绩也连续提高，与村里人的关系也处得比以前更好。有位学生家长是果农，他与村支书商量后把苹果里最大个头的红富士挑选了一大筐，送到了学校。学校分管食堂的副校长做主，把苹果按照教师数量平均分了分。如果一人分三个苹果，数量不够；如果一人分两个苹果，苹果略有富余。所以就给每个教师分了两个，其余大家在现场分食了。同森没舍得吃自己分得的两个大苹果，就带回了家。

有同森的加入，花生很快被刨完了。花生秸秆晾晒干后是农村烧火做饭的好材料。花生和秸秆共捆了三大担，由同森、玉花和儿子各挑一担。大女儿已经学会了骑自行车，同森把车钥匙交给大女儿，告诉了她具体位置，由大女儿把自行车骑回家。两个苹果也由小女儿高高兴兴地拿回了家。

总是感觉吃不饱的儿子回到家放下担子就要吃苹果，玉花赶紧把一个苹果洗干净，让同森拿刀切成了均匀的四块。三个孩子各拿起一块大口地吃着，另一块玉花让同森吃。同森说在学校里已经吃过了，就让玉花吃。玉花拿起来咬了一小口，尝了尝就放下了。红富士苹果果肉细腻、果汁充足，比酸酸的国光苹果好吃多了。玉花把好东西尝一尝就放下已经成为一种习惯，她把自己那块苹果塞到儿子手里，就去忙活着做晚饭了。

同森利用吃饭前的时间，把花生码好了垛，等花生干一干后再摘果。

儿子闯祸

同森刚开完乡里的一个会议返回学校，在办公室门口就听到屋里电话铃声急促地响个不停。拿起话筒，里面传来自己村中学孙校长的声音。因为是相识多年的老朋友，也没有寒暄，就直接说起事情来。

同森一边听，一边就变了脸色，放下电话到旁边副校长的屋里交待了几件急事，然后说家里有急事，骑上自行车就往家里赶去。

由于心里着急，他自行车骑得飞快，比平时早半个小时就赶到了村里。平时感到吃力的上坡路竟然也不怎么费力就骑过去了，他心里只想着尽快赶到家，好好教训一下儿子。

敢在课堂上公开顶撞老师，这不是对老师的不尊重吗？孙校长在电话里虽然没有责难或抱怨，但儿子作为教师的孩子在学校里发生这样的事情，同森心里的气愤可想而知。

儿子不到十点半就回家了，而且耷拉着脑袋，跟平时不太一样。玉花见儿子回家了，顺口问了一句："这么早就放学了？"

以前，学校偶尔也有提前放学的时候，她对儿子今天这么早就回家也没太在意，接着又问了一句："中午想吃什么？"玉花最关心的就是孩子们能吃饱、吃好。

儿子有气无力地回答"随便"两个字就不吭声了，小脸绷得很紧，没有丝毫以往放学时的喜悦，情绪很低落。

玉花伸手摸了摸儿子的额头，不发烧。额头还是那么宽大，也和平时一样略微有汗，但不是运动后热乎乎的，而是凉凉的。

这时，玉花听到院里有自行车的声响，而且根据声音判断是同森回来了。一回头，她果然看见同森急匆匆、气呼呼地往家里走。

玉花有点懵了，同森和儿子都提前回家了，这是发生什么事了吧？心里正嘀咕，只听同森边走边问儿子在哪儿。

玉花有点忌惮同森发脾气，赶快告诉同森儿子在屋里。

玉花知道同森轻易不会发脾气，一旦发脾气肯定是有什么大事，而且今天发生的大事应该和儿子有关。

玉花也紧跟着走了进来。她怕同森控制不住自己的怒火而动手打儿子。虽然儿子从小就乖顺懂事，但极倔强，万一这次闯大祸了真的被打呢？

儿子见了同森怯怯地叫了一声"爸"，眼睛匆匆一瞥，小嘴轻轻地蠕动了一下，站在平时写作业的缝纫机前，眼圈也红了，眼里含着泪快哭了，好像气哭了老师，自己心里倒委屈，倔强地昂着头。

同森见状心里的愤怒暗自消了很多，疼爱之心油然而生。自己平时在外忙忙碌碌，也没有多少时间管儿子。儿子打小就老实，没惹过祸，从上学开始一直自觉、努力地学习，学习成绩一直很优异，经常年级考试第一名，是自己的骄傲。今天发生的事情是同森万万没有想到的，非常意外和吃惊，刚知道的时候确实非常愤怒。

同森在回来的路上也免不了对孙校长说的话又回忆、思考了一遍，总觉得儿子今天的行为与平时的儿子完全两个样，总感觉不对劲。究竟什么地方出现了差错，他也想不明白。

同森进屋后顺势坐到了炕沿上，严厉地逼视着儿子，口气严肃地对儿子说："说说，怎么回事？"

其实同森在孙校长的电话里已大致知道了事情的经过和处理结果，对儿子在课堂上顶撞老师的行为既感到震惊，又感到气愤和不可理解。他想让儿子详细说说事情的经过，既弄清楚原委，也找出儿子错误的地方，以便有针对性地进行批评教育。

原来，儿子在课堂上公开顶撞老师，把新来的实习女老师气哭了，气得不再上课，哭着跑出教室，去找校长评理。

学生在课堂上公开顶撞老师是对老师的极大不尊重。所以孙校长一边安抚老师，一边亲自到教室叫同森的儿子立刻收拾书包回家去反省。他转身就到办公室给同森打了个电话。

儿子如实地把事情经过详细地叙述给同森听，说到自己觉得难过的地方声音还有些哽咽，好像是自己受了委屈，但强忍着一直没有掉下眼泪来。

这天的语文课是实习老师赵老师第一次讲课，讲授的是一篇古文。赵老师备课很用功，讲得也很投入，对古文的分析很透彻，学生们听得都很入迷。赵老师在总结的时候就感慨作者作为明朝人就有如此高深的见解和缜密的思考，讲到这时同森的儿子举手了。赵老师之前了解过，知道同森，也知道同森的儿子是"尖子"，就笑眯眯地问他有什么问题。

同森的儿子回答说老师讲错了，作者不是明朝人，是清朝人。

赵老师立刻沉下了脸，坚称自己没错，作者就是明朝人。同森的儿子则坚称作者是清朝人，而且列举了作者其他的作品，还举起课本让老师看。赵老师很尴尬，没有去看课本，而是冒出来一句："别仗着你爸爸是校长就欺负老师。"

赵老师这句话让同森的儿子不依不饶了。平时自己只想让父母高兴，努力给父母争光添彩，深怕自己行为不当给父母丢脸或惹麻烦。今天明明是赵老师自己讲错了，不仅不承认，还扯上了自己的父亲，于是便毫不退让地和赵老师继续争吵，拿着课本据理力争。

赵老师第一次讲课就遇到了这种突发情况，这是她万万没有想到的，更是感觉受到了莫大的欺辱，也没心情再继续讲课，就哭着找校长告状去了。

同森的儿子这时也后悔了，知道自己闯祸了，坐下手拿着课本发呆，不知下一步该怎么办。虽然有同学翻着课本也附和着说确实是赵老师讲错了，但同森的儿子并没有因此而高兴起来，而是在担忧事情的后果。

校长之后的处理让同森的儿子以为自己被学校开除了，既害怕又委屈。

同森听完了儿子的叙述，弄清楚了事情的原委，情绪逐渐恢复了平静。他知道儿子没有错，但为了维护教师的职业尊严，又不能不反对和批评这种顶撞老师的行为，于是依然严肃地问儿子："知道自己错在哪里了吗？"

"不该指出老师的错误，不该和老师顶嘴。"儿子小声地回答道。

同森严肃地告诫儿子：第一，老师讲课有错误可以指出来，但最好是下课后私下里跟老师说，不要在课堂上公开指出来。否则会让老师下不来台，老师当然会很不高兴。第二，不该在课堂上和老师顶嘴，会扰乱课堂秩序，是对老师的不尊重。第三，不能有搞特殊的思想和行为。自己的学习成绩再好也是个学生，也是老师教出来的，自己的父亲是校长、老师，就更应该格外地尊敬老师，自觉维护老师的形象和尊严。

同森教训了儿子半天，见儿子不再拧着劲了，就缓和语气让儿子好好反省，下午在家里写书面检讨。

同森、玉花和儿子都没有什么胃口，中午草草吃了一点东西，让儿子下午在家里写书面检讨，自己代表儿子到学校去向赵老师和孙校长道歉，顺便也查下资料。同森对这篇古文和作者也有印象，但记得不准确。

午饭后，同森见儿子坐在缝纫机前写起了检讨，写几个字就抬起头来思考一会儿，然后再写几个字，写得很慢，比平时写作业慢多了，显得很用心，字斟句酌地认真写。

同森到学校后，直接到了孙校长的办公室，握手、道歉、寒暄后就请孙校长找资料，想亲自查阅验证一下。孙校长笑眯眯地告诉同森不用找了，把语文课本和教师参考书同时摆在同森面前，让同森自己看。这一看同森也明白是怎么回事了。

原来在课本的注释中只是简单地说作者是清朝的著名文学家，在教师参考书中对作者的生平介绍得比较详细。他是明朝末期出生，到清朝时期才获得官职和名声，一个人横跨了两个朝代。

赵老师是以教师参考书的介绍为据，说他是明朝人，对课本上的注释就没注意。而同森的儿子只看到了课本中的注释，不知道教师参考书中的介绍，对这个作者的生平也不了解。误会就这样产生了，还闹成了课堂风波。

同森心里感到释然了，还是坚持要去当面向她道歉。

孙校长告诉同森，已经和赵老师谈过话了，赵老师上午向孙校长哭诉后回到了宿舍，等心情平静后又到教研室拿起课本对照了一下，发现了课本和教师参考书上的不同，主动告诉了孙校长，并承认自己有备课不仔细和没有教学经验、在课堂上情绪失控的过失。孙校长对赵老师的粗心大意进行了善意的批评和提醒，也对其肯定和鼓励了一番，还从心理学的角度分析了学生这个阶段冲动莽撞的特点。赵老师的情绪已经完全恢复正常了。同森听罢就放心地回家了。

同森回到家见儿子的书面检讨也终于写完了，仔细检查了一下，觉得写得还算深刻。同森又把查阅资料的情况告诉了儿子，告诫他自己看书知道的事情往往是局部的，不一定是全部，以后千万注意不要武断，不要以偏概全并再犯同样的错误，让他明天上午就去向赵老师道歉、交书面检讨，态度一定要诚恳。

得知明天能继续去上学，儿子立刻转忧为喜，高兴地去收拾书包了。

玉花悬着的心也放下了，脸上有了笑容，忙问同森晚上吃什么。

同森看看时间才下午两点，上午交代给副校长的几件事情都是不能马虎、拖延的急事，不知道进展和结果如何，决定不在家里吃晚饭，立刻赶回学校去。

同森儿子第二天一大早就来到了学校，一去就到语文教研组找赵老师道歉和交检讨。

赵老师像以前一样早早地来到教研室打水、扫地，态度平静和蔼。刚坐到办公桌前，她就看到同森的儿子在门口探头往里望，四目相对、温情依旧。同森儿子冲到赵老师面前，深鞠一躬，说了声："赵老师好！对不起！"他就双手恭敬地举起了书面检讨。赵老师接过同森儿子的书面检讨，打趣地说了句："以后可不许再欺负我了。"

同森的儿子羞赧地说了声"哪儿敢"就转身跑出去了。

大块朵颐

在20世纪六七十年代，全国人民生活都不富裕，能吃饱就算是幸福了，吃鱼、肉的机会很少。

同森在大窑联中的一年冬天，学校马上就要放假了。同森把学校假期间轮流值班等事情安排好后，让老师们稍事整理就放寒假回家准备过年，自己坚守在学校里防火防盗、看管校园。村里过年有杀猪的，他去割了五斤肉挂在屋外高处冻了起来，准备回家时带回去过年吃。割肉时他看见地上放着一个肥硕的猪头和一堆湿淋淋的"下水"，顺口问了下猪头的价格和买一个完整的猪头大概需要多少钱。杀猪的人告诉了同森猪头的单价，并声明这个猪头已经卖出去了，买主回家拿钱去了。杀猪的人知道同森是本村学校的校长，还主动告诉同森如果他要买，价格还可以再优惠点，同森就有点动心了。

同森觉得如果能买半个猪头，在大小和价钱上最合适，因为过年也不能就把钱花光了。买一个完整的猪头，同森有点不舍得，那得将近小半个月的工资呢。同森就跟杀猪的人约定，下一头猪的猪头给同森留着，他回学校去取钱，并与其商量能否尽可能把猪头切得小一点。杀猪的人自然愿意，猪头的价格低，切得越小对他越有利，何乐而不为呢？等大年三十回家过年时，同森带回来一个冻得硬邦邦的生鲜大猪头。同森的学校教学成绩突出，年底时被县教育局评为先进单位，县里发了一点奖金。公社看到学校得了荣誉，也发了一点奖金。校领导班子研究后决定把这两笔奖金一并发给全校老师。同森最后决定用这笔奖金买个完整的猪头，让孩子们吃个够。

猪头上平整地方的猪毛很快被收拾光了，但在猪脸的皱褶里还有不少黑毛，凹陷的猪眼里也有睫毛和黑毛，这些残留的猪毛需要人工拔除后才能下锅。

家里有镊子，同森把镊子翻出来准备拔毛，看到儿子跃跃欲试的样子，就让儿子拔毛，自己干别的事情。年底农村处于农闲季节，但准备过年的家务活儿特别多，例如打扫屋子、准备劈柴、做新衣服、蒸馒头、熬皮冻、采买备用的酱油醋。忙年就是忙着准备过年期间的吃、穿、用。

儿子年龄小，劲儿也小，拔猪毛很费劲，也没有耐心，拔了一会儿觉得很难拔，也觉得没有意思，就罢工不干了。两个女儿也想吃肉，但是看着生猪头不太干净的样子，也没有想动手的意思。玉花正忙着赶制面点呢，同森只好自己来拔。同森拔了好一会儿，一个皱褶的猪毛还没拔完，手指就累得酸酸的，就决定歇一会儿再拔。

歇息的时候同森想起了在学校里同事提及的处理猪头的方法。猪毛很硬，如果是用刀刮断，表面的猪毛被刮掉了，看着很干净，但是毛根还留在肉里，吃的时候得小心翼翼地用舌头分出来、吐掉，否则毛根会扎嘴和有异物感，吃得很不爽。后来有人用沥青放在弃用的锅里加热熔化后浇在有残留猪毛的部位，等沥青凝固了揭下来，猪毛被连根带了下来。沥青再加热后还能重复使用，几次浇、揭后猪头就干净了。沥青加热时气味难闻，据说那个气味对人体健康也有影响，后来有人不用沥青而是用自制的松香去猪毛。用松香就没有沥青那种难闻的气味，而是散发着淡淡的松木味道，拔毛效果是一样的。

同森询问玉花和孩子们村里谁家有沥青或松香，孩子们都摇头不知。玉花提示同森，隔壁的隔壁，谭大爷家里有二胡，他家里可能有松香。因为拉二胡需要用松香固定垫在弦的底部，松香粉末能起到润滑和增涩兼顾的作用。玉花小时候学过拉二胡，懂得这些事情。

同森到谭大爷家问有没有松香，说拔猪毛用。谭大爷担心拔了猪毛的松香里面夹杂猪毛就不能用来拉二胡了，有点犹豫。同森见状，就保证拔完猪毛后一定把猪毛都捡出来，保证松香照样能用。谭大爷第一次听说松香还有这个功能，知道同森不会说谎，家里攒的松香有不少，就挑选了几块给了同森。

松香比沥青融化和凝固得快多了，不一会儿同森就把猪头收拾好了，整个猪头连猪毛残根也没留下。松香的气味好像也能开胃，孩子们看到光溜溜的猪头都喊饿了，同森累了半天也觉得饿了。

同森让儿子去把松香还给谭大爷。为了表达感谢，还把带回来的点心包了一包，一起送给了谭大爷。

即便是年景再不好，家里再穷，年夜饭也一定是每家人一年中最重要、最丰盛的一顿饭。

玉花焖了一盆去皮芋头，又当菜又当饭，这顿饭吃不完可以下顿饭热一热接着吃。她又炒了一个醋溜白菜和芹菜炒肉，因为后面要炖猪头吃，所以芹菜中炒的肉就特别少。她又把自己腌的萝卜捡了一盘，热了两个馒头、两个玉米面饼子。馒头是分给孩子们吃的，饼子是玉花和同森的。在大锅里炖煮猪头的同时，愉快的晚餐开始了。

说说笑笑中，饭桌上除了芋头，都被一扫而光了。这时，满屋里都是猪头肉的香味，孩子们刚吃过饭的肚子立刻又觉得空空荡荡的了。

同森这次准备让孩子们吃个够，答应让孩子们吃到"顶了"为止。"顶了"在胶东话里就是过瘾了、腻了的意思。

玉花把猪脖子上最肥、最厚的肉切了一大盘让同森直接端上了桌。接着，同森回灶间给猪头剔骨。同森是第一次剔骨，对猪头骨的大小、位置和走向一点也不了解，只能顺着露了头的骨头往里切，玉花也得配合，帮着固定或转动猪头。这时同森感觉猪头炖得还不透，就继续放回锅里炖着。等同森和玉花忙活完回到炕上准备也吃点肉时，两人同时惊呆了，桌上的盘子都空空的，那一大盘子肉早被吃光了，而且三个孩子手拿筷子，明显地期待再来一盘。

同森没给猪头肉配佐料，没想到一大盘猪头肉这么快就被消灭干净了，不知他们是怎么吃下去的。

旧凉鞋和新球鞋

同森和玉花三个孩子的出生时间间隔都是三年，从1958年到1964年，隔三年生一个，而且孩子的出生月份都在上半年。那个时候全国各地的衣服颜色基本上都是黑、白、蓝、绿。绿颜色的都是军装，只有当兵的和当过兵退役的人才穿，地方上很少有人能穿上军装。地方老百姓穿的衣服基本上就是黑、白和蓝三种颜色，样式也都差不多，很单调。那个时候穿衣服最流行的说法是"新三年，旧三年，缝缝补补又三年"。大人的衣服是这样，孩子的衣服也是这样。只不过孩子的衣服要换着人穿。一个孩子穿三年新衣服，三年后长个头了，衣服就显小了，只能重新买或做更大的衣服。穿了三年的旧衣服就洗干净了让家里的老二穿。老二穿三年后衣服就又旧又破了，再洗干净了，破的地方补一补，让老三接着穿。实在不能穿了的衣服会被裁成块或条，作为补衣服的补丁。不适合做补丁的柔软材质的布片一般会用来做尿布，自己家或别人家生了小孩就再次被派上用场了。

衣服颜色、样式单调也有好处。最大的好处是打补丁容易。那个时候也很少人没穿过打补丁的衣服，有的衣服是补丁摞补丁，只是补丁的颜色深浅和大小不一而已。打补丁的衣服洗得干干净净的，有另外一种别致的美。

当时没有计划生育政策，一家生三五个孩子很常见。这种穿衣法能给家庭节约不少开支。同森和玉花家的三个孩子因中间出生的是个儿子，这样的穿衣规律只能在儿子小的时候执行，等儿子有了穿衣服的性别意识后，就死活不穿姐姐的剩衣服，怕被别人笑话。老大的旧衣服只能留给小女儿穿。如果有亲戚朋友家的孩子喜欢，也就随手送人了。

玉花是衣服打补丁的高手，主要高在补丁不是简单地贴补上去，而是能巧妙地做成原始拼接的效果，从针线活儿的角度难以一眼看出是打了补丁。但原布料和补丁颜色深浅的不同或布料材质的不同在仔细观察下就能让人看出是打补丁了。即便是补丁衣服，玉花也始终让孩子们的衣服干干净净的，从不会显得邋里邋遢和破烂不堪。

鞋子的情况也差不多，但凉鞋除外。那个时候穿得最多的是凉鞋，鞋底、鞋面、鞋带都是塑料压制而成的，穿久了鞋底和鞋面容易脱落，鞋带也容易断裂。塑料凉鞋如果出现脱落或者断裂都不会马上被扔掉，可以在家里自己动手简单地修复。办法是用一块薄铁片在火里烧热，然后在脱落或断裂处快速把两端同时熔化后马上按压在一起，略等一两秒钟两端就粘在了一起，基本上和原来一样结实。

这个动作的要领是速度一定要快、两端一定要对准、热熔时间不能太长，对不准容易把鞋子粘歪了，热熔时间太长容易使局部缩短或变形，导致穿着不合脚或穿不进去。

粘的时候会发出一阵刺啦声和一股刺鼻的难闻气味，据说人如果吸多了会造成中毒，所以在粘合的时候要屏住呼吸。

同森粘塑料凉鞋最拿手，家里谁的凉鞋坏了都是同森负责修理。同森的秘诀就是粘之前仔细打量、反复观察，看从什么角度和位置进行粘接，粘的时候先把粘连的部位擦拭干净并保持干燥，把鞋放在腿上暴露出要粘的部位，左手拿住要粘的另一端，先比划两下要粘的动作，然后才用右手将烧热的铁片快速地在左手挤压的瞬间从中间轻轻滑过，左手保持轻轻挤压，略一停顿就好了。他每次都这样操作，鞋在修理后几乎不变样，而且粘得结实，几乎没有失误过。家人的一双凉鞋可以比别人家至少多穿三年。

同森还能重新组配塑料凉鞋。大女儿穿着显小的凉鞋，小女儿穿着显大。同森把大女儿穿过的鞋底和鞋面全剪断，把鞋底、鞋面按照小女儿脚的大小均匀缩小，然后重新粘在一起。这样重新粘的凉鞋就会有一双略大的鞋底，小女儿穿这样的鞋走路更稳当，而且能更好地保护脚趾头。

村里学校旁有一个简易的篮球场，露天的，全天候开放。同森的儿子从小喜欢打篮球。经体育老师同意，他从学校借了一个篮球自己保管着，方便和本村的小伙伴们随时去打。他经常打球，穿鞋就比较废，把新鞋子穿破的速度比别人家的孩子都快。同森和玉花每次嫌他废鞋时，他都埋怨鞋子质量不好，总是借机提出让父母给他买一双早就心仪的正规球鞋或者军用胶鞋。那时的正规球鞋其实就是鞋底鞋面一体的运动鞋，样式和材质有点像当年的军用胶鞋，非常结实、跟脚、耐穿。其缺点是容易臭脚，穿着时间长后脚易出汗，容易产生非常难闻的气味。即使有这样特别明显的缺点，好多脚爱出汗的年轻人还是喜欢这样的鞋，因为结实、耐穿，而且当时也没有其他更好的选择。

买一双新胶鞋要花去同森月工资的四分之一，当时对于儿子来说基本是奢望，同森一直没舍得给儿子买。心疼钱是一个方面，另一方面是儿子长得快，新鞋也只能穿一年，第二年就小得不能再穿了，又没有弟弟可以接着穿。不舍得不等于这个问题不重要，同森心里一直想着这个事。有一天路过一个集市，同森看到一个卖鞋的摊子。摊主正在起劲地推销一种新材质的鞋子，卖点是材质新、鞋底厚、重量轻、穿着舒适。同森停下来拿起一双鞋仔细地掂了掂重量，确实很轻，又看了看鞋底、鞋帮、鞋面的材质，和常见的布鞋一样，再一问价钱也与普通布鞋差不多，但比球鞋、胶鞋便宜多了。同森决定给儿子买一双，等到周末回家时带给儿子。

儿子看到新鞋眼睛都快直了，盯着新鞋翻来覆去地看，用征询的眼神看着同森和玉花，意思是："现在我能试穿一下吗？"

那个时候家里只有在春节的时候才给孩子们买新衣服、新鞋帽，这不过年不过节的，同森拿回来一双新鞋，儿子以为要等到春节才能开始穿呢。

同森正想知道鞋子的大小是否合适，就随口说了声"穿吧"。

儿子立刻脱下脚上穿的旧鞋，换上新鞋，在院子里走了几步，感觉鞋有点大，脚趾头前有将近一手指的空余，但是把鞋带勒紧点也跟脚、能穿。同森得意于给儿子买了一双合脚的新鞋，就随口说了句："出去玩会儿吧。"

于是，儿子穿着新鞋，抱起篮球就跑出了家门。

同森家在村子的东边，村里的学校在村子的最西头，篮球场在校园北边的空旷处。这天是周末，校园里静悄悄的，没有学生在校时的喧闹声。

同森儿子从村东走到村西，这一路上招呼出来几个小伙伴，准备一起打篮球。

这时，有眼尖的小伙伴发现同森儿子穿的新鞋，不禁羡慕一番，还有小伙伴询问多少钱一双，自己也准备让家长买一双。看到小伙伴们都喜欢这双鞋子，同森的儿子很得意。

校篮球场是非常简易的篮球场。简易到什么程度呢？篮板和立杆是学校请村里的木匠帮着做的，球场地面是村里帮助平整、碾压成形的，几次雨水后泥土里残留的小石子就裸露在地面上，所以在打篮球运球时还要注意别把球拍到石子上，否则篮球会在回弹时改变方向而失去控制。边线是白石灰水浇涂的，几场雨后就难以辨认了，每次学校搞篮球比赛都得重新浇涂。只有篮圈是上级教育主管部门发的，配带的球网已经破烂不堪了，只有两块残片还挂在篮圈上。

即便是在这样的篮球场上，大家依然玩得很开心，经常因为不服输而打得昏天黑地。

小伙伴们很快就分成了两队，同森的儿子穿着新鞋和平常时一样闪、躲、冲、撞，急停、跳投不断，不亦乐乎。新鞋好像也有魔力一样，穿着比平时跳得更高，整个人也更卖力气。

正得意间，同森儿子觉得脚底下打滑，鞋不跟脚了，停下来抬起脚一看，鞋底脚掌的部位横向裂了一个大口子，只有鞋帮和鞋面还连在一起，鞋底断裂了，露出了里面像海绵一样的填充物。同森儿子只好遗憾地退场，回家了。因为鞋底断裂，走路的姿势也跟平时不一样了，好像一只脚受了伤的样子。玉花看到忍不住哈哈大笑起来，一边笑一边喊同森快来看看。

同森看到儿子抬起来的脚和鞋就像咧着嘴的鲨鱼，也忍不住笑起来，但笑得比较尴尬，在笑的同时也在想这鞋怎么会这么不结实呢。

同森拿着鞋端详了半天，原来这鞋的鞋底由海绵填充，用外面一层非常薄的橡胶包着压制而成。穿这样的鞋走平路基本没有问题，能穿几年。儿子打球的篮球场上有许多小石子，地面不是平整的，坚硬的小石子与鞋底接触形成撕扯作用，就把鞋底横着撕裂了。

将鞋帮和鞋面还崭新的一双鞋丢掉太可惜，同森只好暂时把鞋放在外面窗台上当"展品"。

同森没有埋怨儿子，心里感叹真是"便宜没好货"，并在心里打定主意：下次一定给儿子买双真正的胶底球鞋。

同森篇

支持孩子们养兔、养蚕

在那个年代，农村的各种粮食蔬菜基本上只能靠自己种植。

养鸡是最简单、成本最低的，而且基本上都是散养，各家各户普遍养鸡。

养猪也是比较普遍的，家家户户在不大的院里寻个角落，挖个深坑，抹个水泥板当遮盖，再放个猪槽子或者猪食盆，就修成了一个简易猪圈，剩饭剩菜甚至烂水果等都是猪的好饲料。只要是能吃的，不管好吃不好吃，最后都给猪了。

也有养兔的，长毛兔，养兔不是为了吃肉，而是为了剪兔毛去卖钱。兔子毛织的布是上等的衣料，既轻又软，保暖效果还好，做成衣服当然也更贵。胶东地区曾经流行过饲养新西兰长毛兔，同森的孩子们就曾养过。

还有养蚕的。养蚕可以一举两得，蚕茧出售卖钱，蚕蛹可以水煮或者油炸后食用，是高蛋白食品。养蚕需要有桑叶，而且要满足供应，否则蚕宝宝会被饿死。

玉花分别养过鸡、猪、兔、蚕。不过养鸡、养猪是自己的主意，目的是改善生活。养的鸡平时下蛋，过年过节或家里来了贵客时还可以宰了招待，既方便，又省钱。所以在买鸡雏时要特别挑选母鸡鸡雏。如果母鸡没被宰了吃肉，就成了老母鸡，虽然下蛋少了，鸡肉的营养价值却高了，是农村妇女坐月子、病人滋补身体的首选。养猪既是为了不浪费剩饭剩菜，也是为了过年过节有肉吃，还能多卖点钱。一头猪养大了怎么也得200多斤，杀了后自己家能自留二三十斤肉，一部分吃新鲜的，一部分用盐腌起来慢慢吃。其他的都卖掉。玉花靠养鸡、养猪补贴了不少家用。

养兔和养蚕是孩子们要求的。

先是养兔。那个时候在当地流行养新西兰长毛兔，有专门的机构提供新西兰长毛兔兔苗，并负责收购兔毛，不少人通过养兔发了财。养兔子不像养鸡那么简单，而是要修建专门的兔笼、兔舍，要准备兔子爱吃的青菜、萝卜等，要每天清理兔舍，否则整个家都会臭气熏天。

同森和玉花在同意孩子们养兔子之前先商量好了条件：首先是不能耽误学习，不能顾此失彼、玩物丧志；其次是要及时清洁，保持兔笼干净，不能搞得家里气味难闻；第三是孩子们要自己保证供应兔食，要保证在天气允许的情况下每天挖野菜或割鲜草给兔子，冬天除外。孩子们都答应后，同森用碎砖头和旧木头在院墙边盖了个兔笼，分成两层，每层四格，可以同时养八只兔子。

孩子们放学后第一件事情就是打扫兔舍，并察看下兔子饲料的储备情况，揪着兔子的大耳朵并提起来，在兔子继续不停地用三瓣嘴猛嚼的同时，把兔舍地面清理干净。打扫干净后，孩子们就商量着去上山挖野菜或割青草，专拣兔子爱吃的苦麻、车前草、蒲公英、荠菜等挖一大篮子，远远超过一天的实际需要量，即使兔子吃不了蔫了或坏了，也不能不够吃的。多余的菜或草自然风干后还可以留着冬天给兔子吃，作为冬天家里的白菜、萝卜、南瓜、红薯等冬储粮菜的补充。胡萝卜、黄瓜、菠菜等的下脚料也都成了兔子的口粮。

养蚕是应儿子的要求养的。蚕宝宝蠕动的样子让两个女儿见了就想躲，有点害怕它会像"百刺毛"（夏天时的一种浑身长满了毛刺的虫子，学名叫作褐边绿刺蛾，还有好多别名。由于身上的毛刺多而被胶东人俗称为"百刺毛"。由于这些毛刺扎人后会引起剧烈的局部刺痒，又被俗称为"痒辣子"）一样会蜇人。儿子想养蚕有两个原因：一个是蚕成蛹后能吃，味道鲜美；一个是茧能卖钱，邻近公社徐家店就有缫丝厂，每年都收购大量的蚕茧，卖了钱既可以补贴家用，也可以买自己想要的书。

那一年儿子已经十四五岁的年纪了，有了朦胧的性别意识，自己晚上独自睡在小厢房里，晚上看书看到很晚也不会影响到母亲和姐妹休息。蚕宝宝就养在小厢房里搭的架子上，平放在两个巨大的筶笭里，和桑叶混合在一起。筶笭底下是一个专门装桑叶的大筐，里面始终有半筐以上的新鲜桑叶，方便儿子随时给蚕宝宝增添桑叶。

桑叶是儿子每天去村里的桑树林里摘的。为了支持大家养蚕，村里专门拿出五亩离村近的坝子地种桑树，供村民们采摘叶子来养蚕。儿子每次去都选摘一大筐厚实又碧绿的新鲜桑叶回来，即便是下雨天也从不耽误。

一只蚕宝宝吃桑叶时人基本听不到有声响，但一堆蚕宝宝一起吃桑叶时会发出明显的"唰、唰、唰"的声音，像有人在慢慢地撕扯纸张。如果是睡眠轻的人会被影响得睡不着觉，但儿子每晚都看书到累了才休息，这种"唰、唰、唰"的声音对儿子一点影响都没有，倒像是海潮声有助眠效果。儿子睡觉前会上个厕所，回来后再给蚕宝宝们添加些桑叶。

天亮起床后，儿子还有一样必须做的事就是，要小心翼翼地把蚕宝宝倒换到另一个筐箩里，把蚕宝宝夜里拉的屎清理一下。

同森和玉花同意孩子们养兔养蚕的出发点并不完全一致，玉花主要是为了让孩子们高兴，农村孩子没有多少玩具，养个宠物只图他们高兴。同森除了也有这样的想法外，还想让孩子们通过饲养小动物多学些知识，也可以多增长点本领。另外也可以通过劳作培养孩子们的责任感，养成爱劳动的好习惯。所以，他在垒兔窝的时候就让孩子们一起参与，还专门买或借来有关养兔和养蚕的书籍，自己阅读后带给孩子们，鼓励孩子们多阅读，尤其是有关动物习性、饲养要求和疾病预防等知识。周末回家后，他也询问一下饲养情况，对孩子们能坚持饲养，经常给予表扬和小小的奖励。

业余木匠

在工业尚不发达、商品供应紧张的年代里，农村地区很多物件都靠小木匠、小银匠、小铁匠做或修补。小木匠负责木工活儿，打家具、修门窗；小银匠负责修补铁桶铁壶、锅锅锅盆；铁匠负责打制斧头镰刀、各种铁制农具等。同森也被逼无奈地准备自学点木匠手艺，做一些简单的家具，而起因来自于玉花和儿子。

玉花把全家人使用的锅碗瓢盆都堆放在灶间的锅台上，很凌乱，也难看，但没有其他合适的地方。剩饭剩菜也放在锅台上的碗盘里，苍蝇经常被赶走了又回来，防不胜防，很不卫生。

玉花看到别人家做的饭橱既能摆放锅碗瓢盆，也能把剩饭剩菜放进去。饭橱门上的纱网既可视，又通风，还能防止苍蝇进入，于是就特别想自己家也有一个饭橱。

儿子冬天见小伙伴们有人在冰上滑小冰车玩，用冰凿猛扎两下可以滑行很远，比自己站在冰上打滑溜还快且稳，还不容易摔倒，更安全。他好不容易把小冰车借到手滑了两下，就被人家要回去了，心想要是自己也有个小冰车就好了，可以随心所欲地玩个痛快。

爱人需要个饭橱，儿子希望有个小冰车，同森觉得两个人的愿望自己都有责任去满足。这两样东西同森都觉得很重要，而两个物件做起来也不很困难，没有多大的技术难度。

说不困难是因为做饭橱所需要的活页、钉子、插销、纱网这些东西都能方便地买到，自己家里有现成的木板材。家里房前屋后种的梧桐树长得非常快，前几年伐了几棵已经分割成了板子晾晒干了，还有村里集中拾荒时从河道里砍回来的柳树、山上砍回来的松树，拆成板子也能用。木材都是现成的，缺的就是加工技术——手艺了。

同森没有专门拜师学艺，只是观摩了几次木匠做工后自己购买了最常用的工具，如木工专用的锯子、刨子、凿子、拐尺、墨斗，个别不常用的工具需要时就去找人借。

同森随后去仔细观摩和研究了玉花推荐的饭橱，又讨教了一下女主人的使用体验，回家把自己要做的饭橱先设计了一下，又在心里把加工过程、所需材料反复设想了两遍，然后按照设计的尺寸把板材量好、锯好。原来想也用纤维板做背板和侧板，现在决定自己黏合薄木板代替纤维板，这样做费点工夫，但省钱，反正橱子背面和侧面别人也看不到，而且木板毕竟比纤维板更耐用，防潮效果也更好，也没有纤维板的气味，更环保。同森在完成木板的备料后，看着锯剩下的板材和木条，决定先给儿子做个小冰车，实际上是想先练练手，也熟悉一下工具，毕竟做小冰车更容易。小冰车做得难看点也没有关系，只要做成了儿子就一定很高兴。

同森按照做小凳子的方法选料、加工、钻眼、拉榫、上胶，一把小凳子面很快做成了。然后是四条腿前后两两地用粗木条连接，用钉子钉在一起，倒过来插进凳子面预留的孔眼里，用长钉子固定好。再顺着粗木条在底下像镉锅一样各安上一根粗铁条（将铁条两端向同方向折弯约 2 厘米，倒过来用锤子钉入粗木条上），一个简易小冰车就做好了。他又用两根一样粗的木棍，锯成长短相同，分别在两根木棍上各插进去一段直的粗铁条，两个简易冰凿也做好了。儿子坐上去试了一下，小冰车的高度和稳定性、冰凿的长度和粗细都挺合适，就等着拿出去比试、显摆了。

有了做小冰车的经验，同森利用三个周末把饭橱也做好了。只不过在背部挡板的安置上，同森"偷了懒"，他没有费劲去边框上开槽把木板镶嵌进去，而是直接量好尺寸切割好，钉在了背面的框子上，从前面根本看不出来。这样的简化反而有了意想不到的好处。由于有板子的固定和牵拉作用，饭厨更加坚固、稳定，使用年限预计也更长。

会了木匠手艺，以后同森就更忙了。自己家里家具坏了、窗棂断了都是同森亲自动手修理，不用再去求人。有时候邻居家有了这样的问题也请同森帮忙解决。农村人都讲究交换，同森用木匠手艺换回来的吃的、喝的或其他物品，经常让玉花和孩子们自豪和高兴好几天。

湖西联中迎高考

同森在徐家店公社大窑联中校长职位上的成功不仅让县教育局的领导们对其刮目相看，也让其户籍所在地发城公社领导艳羡，并怀着"肥水不流外人田"的心态，想方设法把他调回发城公社任职。当时社会形势已经出现明显好转。在海阳县的教育界，各村小学、各个联中和高中已经全面恢复正常的教学秩序。于是，同森于 1975 年被调回发城公社湖西联中任校长。在自己户籍地任教，离家也近一点，同森乐得有这样的调动。

湖西联中原址，现在被村里改造成了冷库。上面的桥梁是新建的荣潍高速湖西大桥。
后两排的教室用房尚保留着。（照片拍摄于 2022 年 5 月 4 日）

湖西村与同森的出生地铁口村一样，都是明朝洪武年间建的村。当时此地有一个大水塘，里面开满了莲花，人称"莲湖"。村子位于莲湖西岸，因而得名湖西村。

湖西村于 1970 年出资 3 万多元建了一所联合中学。这时的中学是初中和高中合一的学校，只是高中班级的学生数量少，因为那时的基础教育尚不普及，有的学生因考不上学或家里贫穷交不起学费而辍学。1975 年正值第一任校长五年任期刚满，学校管理不善导致村里对学校的运行情况和总体教学质量感到不太满意，校、村之间有些劳资矛盾、人事纷争。第一任校长比较傲慢、强势且固执己见，老师们也普遍对他看不惯，尤其是几个资深教师。村里人和老师们不断有人向公社反映，要求公社利用任期届满的机会换个新校长。

这让公社领导有些犯难，本公社的所有中学校长、副校长和教导主任，都是一个萝卜一个坑地在岗，而且都是前年刚任命的，调动谁都不合适。最理想的解决方案就是这些人员都不动，另外调合适的人到湖西联中任职。这时公社里有人提议把同森调回来，发城公社的人不能"种别人的地，荒了自己的田"。就这样，应公社的要求，经县教育局同意后，同森就被安排到湖西联中当校长了。

有了在大窑联中当校长的四年多的历练，同森对中学的教学工作有了全面的了解，也积累了一定的管理经验，深知团结的领导班子、保持教师关系的和谐融洽是治校的关键；完善各项管理制度、鼓励学生积极向上是形成好的学校风气的关键；与村里搞好关系、互相支持帮助是保证学校教学工作正常运转的关键。

按照这样的思路，同森很快就熟悉了湖西联中各方面的情况，在保持总体工作延续、个别岗位进行调整后，学校很快就进入了良性发展轨道。同森在主持学校常规运转的同时，在湖西联中任职期内着重抓了三件大事。

第一件事是开展爱国主义教育。

在湖西村东边隔一个山口有个战场泊村，这个村有悠久的革命历史。

1940 年日伪军扫荡此村时，杀害村民 60 多人，抓走数人。1941 年战场泊村解放，同年就在村里建立了中共党支部。1942 年 8 月 1 日村里举行了隆重集会，纪念"八一"建军节。这个村改水通电、实行联产承包责任制等方面也走在其他村前面。新中国建立后，这里被作为革命遗址保护了起来，成为开展爱国主义教育的基地。

经与战场泊村里协商，湖西联中每个学期可以组织在校师生到村里参观，村里负责现场引导和讲解。从此，到战场泊村参观成为湖西联中广受师生好评、师生踊跃参加的活动。虽然要用时一整天，但在现场看到很多实物和历史照片时所受到的震撼和感动让师生们久久不能忘怀。师生们完成参观后都觉得不虚此行、深受教育，是一种与在课堂上听讲完全不一样的感受和体会，让爱国主义教育更生动、更有成效。

第二件事是支持村里的水利建设工程。

在全国农业学大寨的号召下，湖西村决定把山坡上的梯田改造成水浇地，以增加可耕种农作物的品种，丰富农民的饮食生活，也提高粮食产量，并且保证大旱天气也能丰收。

经过县水利部门和水利技术人员的勘测，村里准备以建立扬水站的方式，把山下水库里的水分级提升后到达山顶，利用水往低处流的自然属性再通过渠道分流到梯田里，以保证在缺少雨水的情况下农作物也能正常生长。

根据山坡的高度和抽水机的扬程高度，村里最后决定修建三级扬水站和配套的输水渠道。要完成这样的工程除了需要购买抽水机外，还需要大量的水泥和沙土，需要大量的人工去开山挖渠和修砌管网。修砌管网需要泥瓦匠专业人员配上小工操作完成，村里有足够的人手。工程需要挖掘的土石方量很大，需要的人手很多，村里人手明显不足。村支书向同森求援时，只是想发动联中的本村高年级学生利用休息的时间参加挖渠，不要学生义务劳动，年底由村里给学生按户计算工分作为报酬。

同森仔细询问了村支书工程的计划，得知要挖的水渠主要在山下平坦处和浅山坡，离学校距离很近。同森与班子成员商量后决定，不仅要动员本村的高年级学生参加挖渠，而且要动员全校的教师和高年级学生都抽时间参加挖渠，组成小队轮番参加。每队参加挖渠劳动的时间限一节课，并临时把体育课变成了劳动课，既不耽误其他文化课的学习，又能充分利用人手，加快挖渠进度。难题是要有足够的挖渠工具，主要是挖、铲、运所需要的镢头、铁锨和筐子。

村支书得知后非常感动和高兴，表示挖渠所需要的工具村里想办法解决。于是，村里把各家各户能用的镢头、铁锨和筐子都收集起来带到工地，又购买了一些新的，都放在工地上供师生们轮流使用。同森把年轻教师合理组队，带领学生们有序参加劳动，并反复叮嘱带队教师要注意劳动安全，尤其是现场不能打闹，身体不适的师生不能参加劳动。

体育活动变成挖渠活动让所有的学生都有了活动手、腿、脚的机会，锻炼身体的实际效果比上体育课还好，而且在说说笑笑中就把课上完了，看到自己挖的渠越来越深、堆的土越来越高，也很有成就感。班级间还逐渐有了竞赛意识，不到两个月，挖渠任务提前完成了，共挖渠近1万米。

村里为感谢学校的大力帮助，在扬水站和渠道完成建设、成功通水后给学校送了锦旗，并作为先进事迹向公社党委专门进行了报告。

第三件事是组织参加高考。

国家于1977年开始恢复了高考制度，1978年，国家在全国范围内实际上组织了两次高考。

上半年的高考由于应届高中生尚没有毕业，参加高考的基本上都是工人、农民、下乡知青、回乡知青、复员军人和社会青年。

同森所在的学校也是考场之一，实际报名并参加考试的人不算太多，学校只负责提供考场和考务服务，这项工作很容易就完成了。

下半年的考试允许应届高中毕业生参加，也允许没毕业的高、中、低一年级的学生参加，参加考试的人就比较多。

同森所在的学校除了鼓励应届高中毕业生参加高考外，还特别鼓励非应届、低一年级的学生中成绩优异者参加高考。学校根据学生平时的学习成绩进行评估，让班主任确保将国家考试新政策通知到人，积极鼓励被通知到的学生报名，当然也不拒绝名单外的其他同学报名。

由于参加考试的人比较多，学校需要准备的教室以及所需的考务人员就更多。同森亲自做了比较精准的测算和专门的动员工作，在具体安排时还特别强调考场纪律必须严明、统一。

这次考试和第一次考试题目的难易程度差不多，参加高考的人员中本校应届高中毕业生占了总数的将近一半，也有几名非应届毕业的学生提前参加了高考。最后，提前参加高考的本校学生一个也没有被录取，只有学习成绩一直优秀、每次考试都发挥稳定的几名应届毕业生被大学录取了，不到一半的学生后来考取了中专级别的学校。

即便是这样的结果也给了全校师生极大的鼓舞，教师们教学更加投入，学生们学习更主动、积极、认真，通过学习改变命运的决心更大、信心更足，学习的氛围更加浓厚，"比、学、赶、帮、超"在学校里蔚然成风。同森的管理工作也更加轻松了。

提前打地基

同森是个做事喜欢未雨绸缪的人，1977年在儿子刚满16岁的时候就把给儿子盖新房的地基打好了。在农村地区，要想娶媳妇，新房是必须要有的，最起码也得是翻新或者重新粉刷的房屋。

同森的住房是原来两进院落的后院，南屋的房子在弟弟迁建后一直空着，经村里同意后这块地就成了同森儿子的宅基地。同森要给儿子建一栋别致的住宅，为儿子成家立业提前做好准备。

同森的整体设想是把儿子的新房建设成外观与其他民居基本一样、内里却有上、下两层的村舍，增加房屋的使用面积，并与老屋形成前后两进院落北高南低的整体格局，使布局更加合理。

提前打地基是村里建造房屋的惯例，因为地基打好后要经过两三年的雨

同森
篇

水冲刷、泥土沉降后才能变得稳固，万一有渗水、局部塌陷的情况也有时间去修补和加固。同森想把新房建成两层，地基需要打得更深、更稳固。为此，同森与约请的泥瓦匠、石匠一起商量了地基的具体打法和大概的施工日期，大家分头做施工前的准备。

打地基需要先挖出一个长方形的深坑，同森在邻居的帮助下经过丈量后拉线确定了开挖位置，然后借助挖菜窖和壕沟的经验，利用周末时间亲自挖出了一个宽和深达半米的深沟。同森前期已经采购了结实耐用的优质大青石，堆在前院的空地上。石匠约摸着用量挑选了石头，把厚度相近的石头用凿子加工后堆在一起备用。同森根据泥瓦匠的建议购买了优质水泥，又利用周末时间到村西边的埠后河淘挖回来两车沙子。

一切准备就绪后，施工如期开始，同森不亦乐乎地当起了小工，主要负责搅拌水泥和沙子。打地基是为了给儿子盖新房，同森吩咐儿子负责到河里去挑水，帮着搅拌水泥和沙子，让他当起了小工的小工。同森虽然也疼爱孩子们，但从不娇生惯养，从小就注意培养他们的自立意识和热爱劳动的习惯，这么好的机会自然不会放过。

石匠挑剩的石头和凿下来的碎石被一层层码在底下，由泥沙固定在一起。石匠挑选加工的规整的石头被仔细地摆放在最上层。说说笑笑中，一座略高于地面的整齐美观的地基打好了。

归置完施工现场，看着打好的比自己预期效果更好的地基，同森的腰酸背痛也减轻了。憧憬着未来的新房和儿子的生活，同森的心里很满足，为自己是一个出色的父亲感到自豪。同时，同森也在思考着如何攒钱和备料，为下一步建新房做准备。

三年后，地基稳固如初，同森也积攒了不少木料，并做了防腐和防虫处理，仔细地保管着。可这时儿子已经去省城读大学了，将来是否还回来居住、是否需要在村里建新房都成了未知数。同森心里粗略盘算了一下，供儿子上大学可比盖新房子贵多了。但儿子是村里唯一的大学生，供他上大学的重要性是任何其他事情都无法相比的。

进入中心联中

1978 年同森在湖西联中组织完高考后，在新学期开始前又被调动到了夏屋庄联中当校长。夏屋庄与公社驻地发城村相邻，而且距离很近。夏屋庄联中的规模与湖西联中相仿，师生规模、学制和年级设置、课程安排基本上大同小异，同森很快就接手了。麻雀虽小，五脏俱全。学校规模小、易于管理，但在维持学校正常运转上困难重重，同森的主要精力几乎全用在了协调关系、争取资源上。同森虽然极不愿意求人，可为了学校也只能厚着脸皮到处求人。

这期间，同森得知县教育局正在研究对全县的中学教学进行改革，主要是将临近学校适当合并、集中，同时将教师进行合理的统筹调配，进一步优化师资配置，提高教学质量。同森觉得政府的想法很贴合实际情况，符合现实需要，内心一百个赞成。

发城公社按照改革方案的要求进行了摸底和调研，根据现有学校数量和年级分布以及当地的经济状况以及与教育相关的资源情况、学生数量和年级分布、教师数量和学科分布情况进行了统筹分析，很快就提出了具体改革实施方案和要求。根据方案，公社决定将各个学校的师生按距离就近、规模适度的原则进行合并。初中部分的师生按照东、南、西、北、中五个片区设立初中，选择片区中校舍条件最好的现有学校作为校址。其中北片区离公社所在地很近就选择规模最大、条件最好的公社中学（发城联中）作为校址，将高中部分的学生统一集中到发城联中（也是中心联中）。教师原则上跟随学校走，初中部的教师可根据学校需要和个人意愿适当调整优化。在全公社教高中课程的老师中，适当选调一部分充实到发城联中高中部，配齐、配强高中的师资，以便提高学生高考的成绩。

按照这个方案，同森在夏屋庄联中执教一年后，学校就被整个合并到发城联中。发城联中由以前的三个联中整体集合而成，以前空余的校舍几乎全部用上了。这还没包括其余联中没有实质性地整合过来的高中师生，新学年开学教室马上就不够用了。好在公社党委和政府已经有了计划和安排，明年开春就给发城联中增加土地、增建校舍，包括教室、教师住房和学生宿舍，也会建一个更大的运动场。没到第二年的春天，公社和村里很快就派人来校园西边丈量土地、喷洒白石灰做标记了。

这次的合并整合工作开展得很顺利，但对同森来说喜忧参半。喜的是在公社联中任职，行政地位上比公社里其他联中高，公社联中对其他联中有学术指导和协助公社进行管理的职责，各学校的统计、汇总、报告等不少工作实际上由公社领导委派公社中学去完成，行政地位上有优越感。忧的是自己只能在行政管理上降为副校长了，原来的校长还在任，同森和另一个被合并到联中的校长都被任命为新联中的副校长。其实同森在内心里反而有些窃喜，不是自己一个人单独被降职，任职、位置变了，自己的行政级别、工资级别都没有变，但身上的担子轻了很多。

当副校长的另一个变化是必须要授课。这一点对于同森没有什么困难，虽然快 10 年没有站上讲台了，自己授课的基础还是很扎实的，按照教学大纲认真备课是讲课的法宝，讲哪门课都可以如此。同森选择继续讲授历史，因为历史科目的师资力量最弱。

儿子参加高考

同森在儿子的学习方面基本上没操过什么心。

儿子从小学三年级开始就养成了自学预习的习惯，每学期开学之前就把下学期要学的各门课程提前自学、预习完一遍，把不明白的问题醒目地标出来，遇到这些问题时他会迫不及待地问姐姐或其他人，同森回到家时要准备好解答儿子的问题。实在没法解决的问题，在开学后老师快要讲解到的时候，同森的儿子会特别注意听讲或者专门向老师请教。所以，儿子在学校里是"学霸"，同森为之自豪，每个期末放假前为儿子准备下个学期的课本和练习册已经成为习惯。

儿子开始上高中时，全公社的高中学生名义上都已经归属于发城联中，但由于发城联中的校园扩建、改造工程还没有完工，教室和教具不足，没有足够的宿舍，再加上当时上级部门鼓励学校自办农场、自给自足，以弥补教学经费的不足，发城联中在发城南部的榆山上建了一个农场，有两排平房和猪舍、鸡舍，又开垦了几亩耕地种蔬菜，作为学校的基地经常派人去劳动。

学校看到宿舍短缺的情况一时难以解决，就决定一边加紧校园本部的施工，一边对榆山农场的房舍进行改造，将部分房舍改造成教室和宿舍，让靠近榆山十几个村的高中学生暂时到榆山农场上学。学校本部也不再派人去劳作了，就由在那里上课的学生和老师们代替。同森的家就在榆山东边的山脚下，同森的儿子就与小伙伴们一起上了山。周一一大早他就带足了干粮上山，一待五天，周六下午才能带着空干粮袋回家。

一年后，国家办学政策发生了变化，不再允许中小学办附属农场或工厂，要专心致志地搞好教学工作，学校运转的基本经费由国家财政保障。这时候，发城联中主校区的校舍改建、扩建也完成了，在农场上课的学生全部搬迁到了主校区，同森和儿子也同时出现在一个校园里了。

又过了半年，县里的教学政策变了。为了提高高考升学率，县教育局决定开办高中试验班，把各个学校的学习成绩优异者集中到一起，挑选教学经验最丰富的各科优秀教师，集中给这些学生授课。这些试验班所在的学校被称为重点高中。全县在南、北两片各选了一个高中做试验学校，每个学校设两到三个班，每个班招收约50人，针对高考进行强化教育。也可以说，进入重点高中的这些人被事先优选入大学生的预备队，县里重点进行强化培养。

根据现有学校的综合条件，南方片区的重点高中设在了县城里，被称为海阳一中。北方片区的重点高中设在海阳县最北边的徐家店公社，被称为海阳二中。

发城镇属于北方片区，发城联中的优秀生经过几个科目的考试选拔后，按照综合分数排名，有十几名学生被选拔到海阳二中试验班集中上学。同森儿子是完全凭实力被选上的学生之一，从乡镇所在地发城公社来到了徐家店公社，到离同森曾经工作过的大窑联中不远的海阳二中上学。

海阳二中有两个试验班，全是聪明、用功的孩子，而且目标非常明确。同森儿子在发城联中的学习成绩是名列前茅的，但到了这里就没有以前那么突出了，成了学校里的中等生。所以在1978年有提前参加高考的机会时，同森的儿子综合权衡自己的实力后感觉一点把握没有，就没有报名。回家同森问起时，他只能实话实说，同森没有流露半点埋怨或不满，而是鼓励儿子一定要努力，要心无旁骛地做好毕业时参加高考的准备。看到儿子对"心无旁骛"一词懵懂的表情，同森只是微笑着轻声提醒儿子，别早恋耽误了高考的大事，随后又告诉儿子其实先考一次也无妨。

同森原想鼓励儿子提前试一试的，反正考不上也没什么，既不丢人，也不会影响毕业时继续参加高考，也就损失个报名费而已，而且可以体验高考的过程，也能熟悉题型，积累考试经验。但这些话已经属于"马后炮"，同森后悔没提前告诉儿子，让他大胆地尝试一下。

同森虽然不能代替儿子学习和考试，但这一年对与高考有关的事情都特别关心，希望给儿子多提供些有效的帮助，至少多给儿子提供些有用的信息和资讯。听说有私下流传的高考模拟试卷时，同森放下不求人的习惯，主动打听，想方设法地弄到手，回家时让儿子练习；听说有人押题很准，答题很有经验，同森也主动去请教；听说谁家孩子考上大学了，也不辞辛苦地去找家长讨教高考前后的孩子饮食、作息安排和考出好成绩的经验；也更加关注和频繁查阅国家高考的新政策和动态，所有与高考有关的讯息同森都高度关注。同森根据儿子模拟考试的成绩感觉儿子考上全国重点大学的可能性不大，自己和玉花也不想儿子到外地上学，最好在山东境内，这样离家近一些，需要时见个面，假期往返家乡也容易一些。再说，儿子至今也没有长时间离开过同森身边。同森还想办法打听省内各个大学的学科设置、优势学科和特色学科介绍，各个学校的学费标准和食宿费用，为儿子考试后选择学校和专业提供参考，并提前为儿子顺利入学和完成学业做资金方面的准备。

1979 年很快就到了，同森的儿子作为高中应届毕业生准时参加了高考。那时候应届高中毕业生如果不能继续上大学读书，城里的孩子可以找份工作提前就业，而农村的孩子只能回家继续当农民。另外，国家还没有复读政策，所以同森的儿子只好卯足了劲头发奋学习，全力准备迎接高考。由于考场就在本校，环境较熟悉，考试时正常发挥，每门考试后师生互相对考题一分析，正确答案基本上就知道了。所以每个人对自己的考试分数都有个八九不离十的估算，是否能考上就看国家的分数线了。当儿子考完试回到家报告了估算的考试成绩后，同森的心踏实了，又开始琢磨起儿子下一步填报志愿、选择学校和专业的事情来。

当时，山东能列入国家级大学名录的院校有省城的山东大学和青岛的山东海洋学院（现在的名称是"中国海洋大学"），两个学校都是教育部直属的全国重点大学。山东大学是综合性大学，文科优势比较明显。山东海洋学院也是综合性大学，但是侧重于海洋、水产等学科。

其他的大学都是隶属于山东省人民政府的大学，比如位于省城的山东师范学院，专门培养教师的；山东轻工业学院，专门培养工程技术人才的；山东医学院，专门培养医学人才的。这些学校属于全国二类大学，每年高考的录取分数线比一类大学低一些，对英语考试成绩没有硬性要求。

根据儿子的性格特点，同森与儿子最后商定，报了山东医学院为第一志愿，山东师范学院为第二志愿。儿子对医学感兴趣，所以首选医学院。

天遂人愿，同森儿子当年的高考分数比一类大学的最低录取分数线略低，比二类大学录取的分数线高不少。儿子如愿考入了当时的二类大学山东医学院，也就是现在的山东大学医学部。

儿子成了国家高考制度恢复后，村里第一个考上大学的人，左邻右舍得知消息后也祝贺声不断。高兴的同时，同森和玉花都在做省吃俭用的准备，由此开始了天天勒紧裤腰带省钱供儿子上大学的日子。

儿子差点上不了大学

按照录取通知的要求，儿子要在报到前在县级医院进行一次全面的体检。海阳县能进行大学入校体检的海阳县人民医院位于县城里，离同森家有30多公里的路程，骑自行车去要2个多小时。

去参加体检的前一天，同森和儿子把自行车打足了气，仔细检查了各个关键部件，并在前、后轴承上加了润滑油，又试了试车闸是否正常，把体检时要穿的衣服也准备好了。

体检那天早上，儿子按照体检要求没有吃早餐，同森草草地就着咸菜吃了个馒头，不到6点就出发了。体检定在8点半开始，骑过去正好略早于开始体检的时间。去得早人会少，不用排队等待太久。

同森以前骑车去过县城，很熟悉。两个人就在小河沟旁边的小土路上蜿蜒前行。同森在前，儿子紧跟在后，快速地骑着。路两旁的树木枝叶郁郁葱葱，空气非常清新。8月份的清晨6点，天已经大亮了，小河两岸的山清晰地投影在平静的河面上。小河里不时有水鸟被惊动，展翅飞过。同森感觉这真是个好兆头，预示着儿子也要展翅高飞了。他心里高兴，骑得就更加有力，车子似乎也轻松了很多。有几段以前骑着挺费劲的上坡路，他竟然在不知不觉中轻松骑过去了。

骑了约一个小时，两个人就冲出了沿河小土路，来到了宽广的水泥公路上。翻过两个缓坡，再冲过一段平路，他们顺利到达县人民医院。

当同森带着儿子进入县人民医院大门时，里面已经人头攒动、熙熙攘攘了。同森和儿子先到体检报名处出示录取通知书，填了登记表后，领了体检表格和准备留尿样的小瓶，先去抽血化验，然后同森到门外给儿子买了两根油条和一碗豆浆，匆匆吃完了就按照体检表上的顺序进行体检。

儿子中等个子偏高，身材匀称，站在那里显得高挑、挺拔。由于儿子经常打篮球，同森对儿子的健康状况一点也不担心，心情轻松地陪着儿子做检查。不时有认识的老师或学生跟同森打招呼，简单聊聊录取的学校和专业，同森都面带微笑地一一应答，始终沉浸在幸福中。

当儿子坐在凳子上量血压时，女医生反复测量了三次儿子的血压后叫儿子先等着别动，她离开诊桌走了。不一会儿，她和主管医生过来了，主管医生亲自给同森儿子量了一遍，然后告诉同森和儿子，儿子的血压经反复测量都偏高，这项指标不合格。

同森一听立刻紧张起来，赶忙问："那怎么办？"

主管医生询问了儿子以前的血压情况，儿子主动站起来说以前没发现血压高。主管医生得知儿子和同森是骑自行车来的，分析说骑车运动后休息时间不足或情绪激动、紧张都有可能让血压出现一过性偏高的情况，让静静地休息一会儿再来测量看看。

同森带儿子离开诊室，来到院里休息等待。就在等待的时候，本村里一名在县人民医院上班的女医生路过看到了同森父子俩，高兴地过来恭喜祝贺，并关心地询问体检结果。

有点苦闷的儿子见到女医生比往常更亲切地叫了声"姐姐"，羞赧地笑了笑，刚才还紧张的心情略微轻松了一些。

这位女医生有个妹妹，是家里的老小，人长得很俊美，脸色白皙中泛着红润，就是说话娇声娇气的。她们一家人都喜欢同森的儿子，经常开玩笑要他们俩长大了成亲。同森和玉花对此也从不表示反对，两个孩子年龄上合适，家庭背景和状况也合适，如果两个孩子愿意可以成全。作为互相知根知底的朋友，两家人一直和睦、融洽地往来着。

当这个女医生听说了同森儿子血压高后，关切地嘱咐他别紧张、放轻松，这么年轻肯定是一过性、偶发的血压波动。她还告诉同森有人曾喝醋来帮助血压恢复正常。同森赶紧到最近的小卖部买了一瓶醋回来，拧开瓶盖让儿子现场就喝。儿子接过醋瓶子喝了一小口，艰难地咽了下去。

过了大约半个小时，同森带儿子回到了诊室。这次体检，医生在测量了一次后轻声嘟囔了一声"还是略微有点高"。同森和儿子听了后不免又紧张起来，怕真的因为体检不合格而上不了大学，而且如果这么年轻就有高血压，这对儿子今后的生活将产生很大影响。体检医生又去请示了主管医生后，回来在体检表上血压栏里填上了测量的具体数值，没有再说血压不正常。同森和儿子都觉得应该是合格了，但又不敢肯定，心里还是有点不踏实。

儿子的其他体检项目都顺利过关，由于遇到了血压问题的突发情况，同森对儿子血压的测量结果是否属于正常范围不敢肯定，便去求本村的女医生帮忙看一看。女医生不一会儿就回来了，说同森儿子各体检项目全部合格。直到这时，同森和儿子一直悬着的心才放了下来。

完成体检已近中午，两个人又骑上自行车往家里赶。玉花和两个女儿还在家里等消息呢。同森心里非常清楚，儿子的压力暂时没有了，自己的压力一点也没减少，全家人要一起省吃俭用，过艰苦的日子了。儿子通过了体检，毕竟是令人高兴的事。同森在半路上停下来，带儿子来到一家干净的小面馆，一人吃了一碗打卤面，算是庆贺，也稍事休息。

那个时候，国家对在校大学生有财政补助政策，根据学生家庭的具体经济条件给予不同档次的经济补助，因此叫助学金，但助学金只是生活补助性的，每学期的学杂费和大部分的吃、住、用等生活费还得学生自己负担。入学前，同森也不知道儿子能不能享受到国家的助学金以及能享受什么标准，只能按照由家庭全部负担的数额进行准备。

到省城上大学，生活成本肯定比乡下高，以同森当时的收入情况测算，他每个月的工资收入得有一半多用来供儿子上大学，而且要连续供整整5年。可小女儿还在上中学，马上读高中。玉花在生产队参加劳动的收入也很低，虽然大女儿已经工作了，自己有微薄的收入，但玉花和小女儿还得靠同森的工资养活。这些情况同森儿子并不完全知晓，同森和玉花在为儿子感到自豪和骄傲的同时，也感到了巨大的经济压力。

儿子上大学所有的被褥都要做新的，衣服也得做或买几件新的。儿子从小要面子，穿得破破烂烂地上大学肯定不行。学习用具、生活用品都得备齐了，这些都要重新置办。还没上学呢，粗算一下就得用去同森将近一个月的工资。家里的生活开销也必须保证，月底时家里都要靠借钱度日，等同森发了工资马上偿还。好在同森每个月的工资能及时发放到位或至少发放大部分，家里还钱及时，玉花的信誉好、人缘好，能继续靠借钱渡难关。

即使生活这样艰难，同森和玉花也决心即使再难也要供儿子读完大学。同森年轻时没有大学可上，只能上个速成师范，玉花也只上到完小。当老师后，同森总感觉所学的知识远远不够用，只好在工作的同时多自学课程以弥补。自己知识不够的苦不能让儿子继续吃，要给儿子未来的工作打下更好的知识基础。

玉花是村里妇女中文化水平最高的。玉花在村里当代课老师的经历让她感到了多学知识的重要性，不仅能把课讲得更好或日常表达得更清楚，更现实的是脱离农业生产转为民办教师或正式教师，文化水平起着决定性的作用。没有高中或高中以上的学历，就当不了老师。她是在三年最困难的时期生的儿子，再苦、再难的日子都挺过来了，现在生活大大改善了，再吃点苦、受点累乃至受点罪，为了儿子的前途，都值得！

儿子坐上火车去省城上学了，同森和玉花反复叮嘱儿子早点写信回来，并掐算着日子等来信。快一周时，儿子的信寄到了同森的学校。除了报平安和入校后活动的流水账，儿子还提到，在入校后的第二天，他和其他同学按照学校的统一组织安排，在校医院里进行了一次体检，血压值完全正常。同森和玉花得知后，对儿子的健康完全放心了。

明争不暗斗

同森在发城联中副校长的位置上一直干到 1981 年年初。

这一年，发城中心小学的校长到年龄就要退休了，公社党委觉得利用这个机会可以把联中两个副校长中的一个调到中心小学当校长，但调谁去呢？

公社领导首先征求了联中校长的意见，一方面是了解联中的意向，一方面也进一步增加对两位副校长实际状况的了解。校长对两个人都极力夸赞，认为谁去做中心小学校长都能胜任，学校服从公社和县教育局的决定。

公社分管教育的领导又分别与同森和另一位副校长进行了谈话，并直言不讳地询问了他们对对方的评价和个人对担任中心小学校长的意愿。令公社领导感动的是，两个人都对对方进行了肯定，都把对方的好挂在嘴上。对于个人意愿，两个人都表示服从组织的安排。公社领导由此也深深理解了联中这两年多为什么如此和谐稳定，他们都是好党员。

这一年，同森已过了不惑之年，而且大女儿已经结婚了，儿子正在上大学，小女儿马上中学毕业，玉花的身体一直比较健康，自己的教学任务也不重，得心应手、轻松自如，工资这几年也略微多了一些。作为副校长和老朋友，同森深得校长的信任，有些重要的事情或重大的决定，校长都会在做出决定之前与同森仔细商量，主动征求同森的意见。同森一如既往地认真分析、提出建议，并在校长做出决定后予以积极的配合。工作、家庭的顺心如意使同森能有个好的心态。他唯一的压力就是供儿子上大学。虽然儿子在学校里按规定享受国家一个月 18 元的补助，对于月工资只有 50 多元的同森来说能大大减轻压力，但儿子正处于求知识、长身体的关键时期，家里再难也不能难儿子。

公社党委根据联中校长的意见和个人意愿表态，又征求了中心小学的意见，最终选择同森担任发城中心小学的校长。

同森又不得清闲了。

大女儿出嫁

在任发城联中副校长时，同森相对轻松，有更多的精力关心大女儿的婚事。大女儿是 1958 年出生的，当时虚岁已经 24 岁了，属于结婚比较晚的了。农村女孩子一般高中毕业就谈上了对象，到了法定结婚年龄就结婚，怕夜长梦多产生变故，20 岁左右就出嫁了。许多亲朋好友和同事都帮忙给大女儿介绍对象，有的因为女儿眼光高，有的因为对方担心大女儿孤傲不好相处，终未修成正果。同森着急，玉花更着急，担心大女儿熬成了老姑娘。

同森和玉花也私下里问过大女儿想找个什么样的，大女儿也只是笼统地表示希望找个经济条件好的，将来能让自己过上富裕的日子。同森和玉花艰难度日的困苦经历让大女儿对家庭的贫穷、日子的艰难感受深刻。

大女儿的想法与同森、玉花的想法有很大的不同。同森和玉花早就一起商讨过希望大女儿将来嫁个什么样的人，他们希望这个人必须是有文化的，学历至少不能比女儿低；必须有稳定的工作，工作稳定了才能保证有稳定的收入养家糊口；必须是性情温和、极好相处的性格，最好能稍微愚笨一点或包容心极大，因为自己的大女儿聪明伶俐，尤其是嘴巴上从来不饶人；挣钱多少他们没有太看重，只要人好，有稳定工作就可以。从职业上来选择，他们认为最好是老师，其次是医生，如果是政府部门的人更好。他们想，如果两口子都是老师就意味着都是有文化知识的人，便于互相理解；都是老师意味着都有稳定工作，而且在家里的经济地位是平等的；都是老师意味着工作节奏相同，生活上也容易同步；都是老师还意味着将来对自己的子女教育会更便利。因此，同森这几年对学校里的年轻男老师特别关注，尤其是未婚和新入职的。他也特意委托私交很好的朋友留心，有合适的人选给推荐一下。能嫁个医生也是不错的选择。当时"手术刀"是很热门的职业，收入高而且自己家人看病也方便。但是大女儿有大女儿的主意。

这一年的年初，经人介绍，同森大女儿认识了她所在学校片区的一名刚复员的军人小栾。小栾身高一米七多一点，五官周正，鼻梁高挺，见人先露笑脸，而且自来熟，很亲切。同森大女儿觉得这人虽然挺贫，但不惹人讨厌，年龄上合适，又经历过部队的锻炼，听说还会开车，是有一技之长的人，就同意进行正式交往。

随着后续的见面和侧面打听，同森大女儿对小栾的家庭背景也有所了解。他父母是农民，共生育了五个儿子、两个女儿，并且辛辛苦苦都给拉扯大了。两个女儿早已出嫁了，一个嫁在邻村，一个随军去了大城市。五个儿子中老大在本村担任党支部书记，早已成家；老二在烟台市政府工作；老三在东北大庆油田当领导；老四投奔老三也去了大庆油田。老五就是同森大女儿交往的对象，是家里的老小，自小受到父母和哥哥姐姐的疼爱，是家里最顽皮的人。部队的生活并没有改变他顽皮的性格，但让他学会了开车。他服役的部队是空军，但他没有当上飞行员，从小喜欢摆弄机器的爱好让他在复员前成功从地面守卫岗位转到运输保障岗位，开上了大卡车，驾驶技术也越来越熟练。复员回家后难以找到合适的固定工作，也受不了别人的管制，他就当个体户跑运输，能发挥自己的特长，而且有在部队的经验，修车都不用找别人，自己都能干。在征得父母同意后，准备用自己的复员费加上几个哥哥给凑的钱买一辆大卡车跑运输。

大卡车很快就到手了，他通过各地的战友找到了货源，运输线路也搞清楚了，第一单生意进行得顺风顺水。小栾信心百倍地准备大干一场，主要目的是早日结婚，满足父母的心愿。

同森大女儿得知小栾跑一趟运输纯利能达到几千元，多的能有五位数，这对于月收入才三位数的教师来说简直就是个天文数字。这让同森的大女儿喜出望外，对小栾的好感立刻加倍，婚事也就很快定下了。同森和玉花得知大女儿的决定时，知道大女儿心意已决。他们虽然觉得小栾的文化水平不够理想，但还是点头同意了。其实同森和玉花心里也很清楚，即便他们不同意也没有用，大女儿的性格决定了她的选择不会轻易因为别人（包括父母）的意见而改变，况且法律规定父母不能干涉子女的婚姻自由。

同森在大女儿出嫁前突然得了急性阑尾炎，肚子疼痛难忍。发城镇医院建议他马上到烟台市医院手术，乡镇级医院没有好的手术设施和抢救条件，不敢做。在玉花的陪同下，同森被紧急送到了烟台医院，并做了阑尾切除手术。这时，离同森大女儿的既定婚期已经没有多少天了，玉花本来在家里给大女儿准备嫁妆，但只能同森康复后再回家接着准备。

同森手术后恢复得很不理想，刀口愈合得很慢，局部红肿不消，医生加大了防治感染的药物剂量，状况也没有明显改善。同森手术以前的胃口一直不太好，油腻、生冷的食物不敢吃，粗粮和青菜又不喜欢吃，医生认为刀口愈合慢很可能是长期营养不良导致的，就请中医科的大夫来会诊，增开了中药汤剂，由医院煎好了给同森服用，同时让三餐也加强营养。一周以后，同森达到了出院要求，总共拖延了两周多才回家。

玉花既要照顾同森，又记挂着准备大女儿的嫁妆。因为商定的婚期不便推迟，玉花就发动做针线活儿又快又好的亲戚帮忙。绸子被面、棉布被里、全新的棉花以及各色线团等已经购置齐全，请有经验的二奶奶帮忙做棉被、褥子，夹袄和单裤自己已经做完了，两套棉袄、棉裤的剪裁也已经完成了，棉花是现成的，请南屋大婶帮忙先做好一套，另一套如果来得及就做，实在来不及做可以打个时间差，等秋天再做。织毛衣的毛线也准备得有富余，大女儿抽空给自己织好了一件大红色的带领毛衣，想给小栾也织一件。妹妹也趁机学织毛衣，给姐姐和姐夫织了帽子。木柜子和装被褥衣物的木箱子同森早已托朋友打好了。所有这些准备工作在同森和玉花回家时已经基本上准备就绪，就等着新郎官敲锣打鼓来接亲了。

嫁闺女和娶媳妇的热闹程度是完全不一样的，嫁妆置办好了，女儿顺利出了门，女方家就暂时不用忙活了，同森也没急着回单位，继续在家里休养。玉花抓紧时间做同森住院这段时间落下的家务活儿，尤其是把室内卫生打扫了一下，好让同森在干净的环境里休养。女儿新婚回娘家时，玉花把亲戚请到家里吃了一顿饭，喝了一顿酒，就按照习俗把女儿送回婆家，嫁闺女这件事就完成了。

想到大女儿从此就是别人家的人了，再也不能天天相见了，他们既为大女儿高高兴兴地嫁了人感到高兴，也有不舍和失落，好几天都难以适应，时不时地不自觉地喊出大女儿的名字，等喊完了见没有回应或小女儿问他们有什么事情，他们才回过神来。

月老难当

在担任发城中心小学校长的早期，全校教学工作有序开展，同森不太忙，于是就关心起了身边人的婚姻大事。

　　同森虽然以前没有当过媒人，但觉得自己看人比较准，对自己有信心，身边又有自己认为合适的两个人选，就想当一次月老。

　　同森学校里新招收了一名年轻教师，姓王，是一个典型的大帅哥，一米八的身高，匀称的体型，红润的圆脸庞，性情温和，还喜欢笑，笑起来还有两个酒窝。在初中、高中阶段，他是学校里的运动健将，参加全县的体育比赛，获得过很多奖状，跳远拿过全县第二名。他爱好并擅长体育，在学校里教体育课。学校里的老师和学生都特别喜欢他。他正值二十一二岁的适婚年龄，尚在等待姻缘。虽然目前是民办教师的身份，按照教师的发展路径和一般规律，他将来完全可以转为正式教师，职业前景一片大好。

　　同森教过的学生里有个姑娘，浓眉大眼、皮肤白皙、声音悦耳，家庭条件比较优越。父亲是电力部门正式职工，工资高、福利好；母亲虽是普通农民身份，但夫贵妻荣，在村里基本不参加体力劳动。

　　同森觉得年轻的王老师和这个姑娘是郎才女貌、天作之合，就分别试探双方意愿后正式进行了介绍。两个人初次见面时对彼此印象都很好，就很快确定了恋爱关系，开始热恋。

　　同森很有成就感，想着这个大猪头是吃定了（本地习俗，媒人介绍婚姻如果成功了，公婆家要送媒人一个猪头作为谢礼）。他觉得自己将来还可以更用心地帮助更多的人成全婚姻好事。

　　过了几个月，王老师单独来找同森。同森以为两个人要结婚了，正沾沾自喜地准备喝喜酒、吃喜糖了，听到的却是王老师的歉意和他要分手的决定。

　　同森听到这个消息很意外，就详细询问王老师有什么严重问题以至于要分手。王老师只能如实相告。

　　两个人其实是同一所高中的校友，只是相差两级。王老师要毕业时，女孩刚入校，隔着年级，教室又离得远，所以不认识。

　　两个人单独在一起时什么问题都没有，女孩想吃什么零食，有什么小要求，王老师都欢天喜地地予以满足，甚至会主动买零食或小礼物哄女孩高兴。

　　女孩充分享受着王老师的热烈追求，志得意满，对王老师的表现很满意。

而王老师觉得女孩举手投足优雅得体、充满魅力，即使女孩撒娇任性，自己也心甘情愿地用付出赢得美人心。

在把女孩带回家时出现了问题。第一次去男方家，女孩什么也没带，两手空空，就像是平常普通朋友串门一样，而王老师去女孩家则拿着烟、酒、点心等礼物，很是隆重。

女孩进门后和王老师的父母没有眼神交流，也不愿意多说话。她不多说话不是因为第一次登门害羞或者拘谨，而是四处仔细打量、观察，看家里的陈设，并不看王老师的父母。她对王老师父母的问话和招待也是爱搭不理地随意应付，显得漫不经心。

王老师是个孝子，心里对此自然很不满意，觉得女孩对他的父母太不尊重了。王老师也是个独子，没有其他兄弟姐妹，他想这可能是因为女孩子第一次到男朋友家就原谅了女孩。后来的第二次、第三次登门也基本上是这样的情况，而且女孩对王老师父母的询问逐渐有了不耐烦的神情和炫耀的话语，两个人单独在一起时也经常会讥笑王老师的父母，显得对王老师父母极不尊重。女孩儿总觉得自己家境更优越，言谈举止经常居高临下，即便是在王老师父母在场的情况下也这样。

王老师每次到女孩家都尽全家所能买好礼物带上，到了女孩家主动问候女孩父母，除了语言交流还主动帮着干些体力活儿。第一次登门，他就帮女孩父母把一直想搬但很难搬动的大粮食缸换了位，移到了不影响空间的边角上；第二次去时，他看到水缸里缺水，就主动去井里担水。他嘴里有话说，眼里有活儿干，就像自家人一样。

每次王老师从女孩家回来后，父母都要问他感觉怎么样。王老师就拣好的说，被轻视的感觉只藏在自己心里。每次王老师送女孩回家后，父母总是小心翼翼地询问女孩有没有不高兴，就怕因为自己的招待不周或言行不当影响了儿子的婚姻大事，自从王老师与女孩交往后，活得提心吊胆的。

王老师当然知道自己的父母是什么样的人，对女孩的一言一行都很在意，也感觉到了两个人之间的思想和言行差异比较大。女孩的骄横、冷漠使他们的差异被放大。王老师的忍让、追求似乎像常说的"癞蛤蟆想吃天鹅肉"，他心里的落差感很大。

王老师最难以容忍的是父母被轻视，他每次想起来心里就难受。父母把自己拉扯大不容易，他宁肯自己打"光棍"，也不能让父母因为自己受半点委屈。

这些话让同森感到很意外，因为女孩一直是乖顺、懂事的样子。所以他在听了王老师的讲述后就立刻劝王老师别急着做决定，再和女孩沟通沟通。他还说，两个人在一起初期既需要多互相了解，也需要多磨合。他心里总觉得就这样结束了太遗憾了，但王老师告诉同森，自己痛苦地反复思考了很长时间才决定分手的，分手的态度很坚决。同森看劝说也无效，"强扭的瓜不甜"，就只好默认了。同森没有主动去传话，怕在情感上伤害女孩。

王老师自做出决定并告诉同森后就不理会这个女孩了。女孩觉得异常，又觉得在谈恋爱方面就得男孩追着、哄着，所以就想通过"偶遇"的方式找同森打探消息，也传递个求约见的信息。

在与女孩"偶遇"时，同森才委婉地告诉女孩王老师的决定。听了同森的话，女孩表情变得很不快，撅着嘴生了气，埋怨王老师追女孩没耐心，又辩解说对王老师父母冷淡是对他们家的考验，想看看王老师本人和他父母是否真的打心眼里喜欢她，并愿意为她做任何事情，结婚后会和王老师父母亲近相处的，等等。

同森一番劝说后，女孩就红着眼圈带着悔意回家了。没想到，女孩回家后，她的不高兴让她母亲感觉到了，追问之下女孩就说了实情。女孩母亲哪里受得了这口气，心想要分手也得自己家里先提出来，那样才有面子。被分手就是丢人，不仅女孩丢了人，全家人都丢人。一气之下，她起身就要去找王老师理论。

女孩见母亲要闹事，就没好气地吼了两句，她怕由此闹得大了自己更丢人。女孩母亲见状不再坚持去找王老师了，但眼珠一转，又有了新想法。

女孩母亲拿过月份牌看了看，心里打定了主意。

第二天是周六，同森如往常一样骑车回家了。刚进家门放下包，女孩母亲就气冲冲地闯进来了。同森看她脸色就知道大概是因为什么了，但她盛怒的样子同森还是第一次见到。

女孩母亲先是劈头盖脸地对王老师他们家一顿数落，以前表示满意的方方面面现在也变成了不满意，然后就质问同森，就凭王老师的家庭条件有什么理由提出来分手。

同森办事一贯坚持公平、公正的原则，就说姻缘既看家庭条件，也不是全凭家庭条件。结婚的目的是要成立新家庭，关键是当事者两个人。他又从个人情操、工作情况和职业发展前景方面为王老师做了分析，意思是不要看不起王老师。

女孩母亲听了后没有正确理解同森的意思，而是认为同森偏心，只替王老师说话，就更埋怨同森胳膊肘往外拐，替外村人说话，火气更大，说的话就比较难听了。

同森见状，后悔自己好心想办好事，却落得个这样的下场，心里非常气愤，就开始沉默，不再搭理女孩母亲。

这时，玉花就出来帮着打圆场，也批评同森不该把王老师这样的男孩介绍给女孩，凭女孩的条件找什么样的人都般配，以后肯定能嫁个更优秀的人。

女孩母亲听了最后一句话心里舒服多了，似乎也想开了，以后给女儿找个更好的，气气王老师，也气气同森。她觉得一口恶气发泄完了，装着仍然生气的样子转身回家了。

玉花转过身来安慰同森，说以后再介绍对象不能只看当事人，也得看看双方的家庭背景是否合适，尤其是看看双方的家长是什么样的人，是否能合得来。谈恋爱是两个人的事情，简单得多，可要结婚组成新家庭就是两个家庭的事情，可不简单。

同森觉得玉花说得太对了，两个人和两个家庭的差别太大了。有了这次教训，同森暗暗下定决心，以后再也不当媒人了，给两个、三个猪头也不当了。

同森篇

带玉花去省城

儿子来信说手腕又脱臼了，而且是左侧手腕。这是他第三次左侧手腕脱臼了，前两次是在老家。第一次是五六岁的时候爬树偷摘苹果，心里紧张没抓稳摔了下来，好在爬得不高，往下掉时手先着地，结果手腕受力错位脱臼了，肿胀、疼痛了好久。第二次是八九岁抓知了的时候，也是爬树。他学着别人的样子用蜘蛛网做了个带短杆的小粘网，爬到树干上一手扶着树干，一手伸出去粘知了，结果失去平衡摔了下来，手腕又一次脱臼了。

这次脱臼发生在大学校园里。儿子是班里的运动健将，又是文体委员，文体活动和比赛他必然参加，作为班干部更得起带头作用。

这天的体育课上，体育老师把原定的体育课活动和不久就要举办的校运动会的训练相结合，专门从运动器材办公室借来了4双跑鞋，准备让练习接力比赛的同学先试一试穿跑鞋的感觉。跑鞋就是脚掌部位有短钉、穿着跑短跑项目的专用鞋，脚掌下面的短钉抓地牢、不打滑，能跑得更快，跑出更好的比赛成绩。

儿子是接力赛参加者之一，选了合适的号码后穿着跑鞋试跑了几十米，以便试一下鞋子是否大小合适、穿着舒适。他试下来感觉鞋带儿系得不紧，又紧了紧，试跑了几十米。他看其他几位同学也在试穿，不会马上集中训练，就穿着钉子鞋又往前跑了几步然后突发奇想地倒着往后跑。刚往后跑了五六步，因脚掌的钉子设计的就是往前跑时抓地牢靠，而且能随着步伐顺利拔起来。而往后跑的时候脚掌吃不上劲，钉子扎在地上拔起来很费劲，这就导致上身往后退得快、下身脚步却跟不上，失去平衡后一屁股坐了下去。他又是手不自觉地支撑着地，左手腕又脱臼了。这番解释是同森儿子摔倒后体育老师分析讲解的，事先谁也没想到会有人穿着钉子鞋倒着跑。同森儿子直后悔自己太鲁莽。但事已至此，他只得赶快到校医务室正位，复位后忍着疼回到了运动场，按照医生嘱咐只能吊着左胳膊看别人训练了。校运动会的比赛也参加不了了，只能在场外为同学们使劲呐喊、加油助威了。

儿子在随后写给同森和玉花的信中提了一下此事，只是作为平常事顺便说了说，而且已经过去快一周了。没想到同森和玉花收到儿子信后坐不住了。同森还好，觉得儿子是在医学院校上学，学校里的医疗条件和水平处理个脱臼肯定没有任何问题，只是在心里盼望儿子尽快康复。玉花反复的念叨和担心让同森心里有了新想法。

他想，自己以前只去过一次省城，因为学校里需要买的教具只有省城里有，就与学校里负责采购的老师一起去了一趟。他看到省城里高大的楼房和纵横交错的街道，再想想自己家乡的矮平房和极简易的土路，深深地体会到了城乡的巨大差别。省城里人说的话也比家乡的土话好听、好懂多了，人们的穿着花样、衣服颜色也更多，大商场里商品琳琅满目，粮店、菜店、五金店等小门店遍布各街道，他对大城市的优美环境和便利生活充满了羡慕，看一看都觉得高兴。

同森提出来带玉花去趟济南，先去看望儿子，再顺便逛一逛省城。玉花知道济南是全国著名的泉城，儿子来信中也介绍了位于校园附近的趵突泉、大明湖和千佛山等地方，对同森的提议，玉花自然很高兴。这高兴不是为自己能去省城逛一逛，主要是为了能看看儿子和儿子去过的这些地方。

同森去买火车票，玉花在家里收拾要携带的东西。玉花把家里仅存的好苹果和花生米装好，又焖了一大盘芋头，拣了些品相好的熟地瓜干，这些都是儿子从小最喜欢吃的东西。玉花又把攒的十几个鸡蛋全都煮了，把现成的两个玉米面大饼子和咸菜疙瘩也带上，准备路上吃。

路上玉花只拿出一个鸡蛋来剥好了给同森，自己却没吃。同森知道，玉花这是要省下给儿子呢，就把鸡蛋咬了一半又递给了玉花。

两个人到了省城火车站后看时间尚早，儿子应该在上课，就一路打听着走到了儿子的学校。说是看看省城的街景，其实是不舍得花钱。五公里左右的路程，两个人不知不觉地走完了，身体累，但心里并不觉得累。

到达儿子学校时正值午饭时间，儿子已经去食堂打饭了。他的同班同学把老两口领到了儿子的宿舍。

儿子已经快吃完了，听说父母来了还不相信，说同学是在开玩笑。等同学一描述同森和玉花的外貌打扮，儿子急急忙忙端着饭盒小跑着回到宿舍，惊喜地看到父母果真坐在自己的床上等着他呢。

亲人相见喜不自禁，但没有互相拥抱的习惯。玉花泪点低，已是眼圈发红、热泪盈眶，拿过儿子的手腕仔细端详着。同森看儿子手腕已消肿也就放心了。他把给儿子带的苹果等吃的拿了出来，一起放在儿子床上，两个人谎称已经吃过午饭了，不影响儿子和同学们中午休息，就要走。

儿子既想和同森、玉花多待会儿，又确实不愿影响其他同学休息，就说带父母在校园里转一转。同森和玉花本来就既想和儿子多待一会儿，也想看看校园，就随儿子由最近的操场开始走遍了几乎各个角落。

儿子上的大学是一所很有历史的学校，是清朝时由美国教会资助开办的。美国教会先是建了一所医院，后来为了培养更多的医护人员而逐步发展扩大成现在的医学院，原来的医院扩大变成了附属医院，也是医学院学生的实习医院。

校园很大，有蜿蜒、高大的围墙围着。校园里面古木参天，而且种类繁多，有好多树种和花卉同森和玉花以前都不知道，更没见过。葱绿的树丛间散落着一栋一栋漂亮的小洋楼，石头墙壁，尖顶红瓦，窄蓝窗户，非常别致。校园中心是一个喷泉小广场，听儿子说喷泉周边的树木秋天时树叶都是红色和黄色的，非常漂亮。

儿子还带同森和玉花去看了自己上课的教学楼，宽敞、高大、明亮的教室，桌椅的排列是以前没见过、也没想过的逐级升高的阶梯式布局。

儿子还想带父母看看辅助教学区和家属区等更多的地方。同森和玉花表示不再看了，就让儿子赶快回去休息，下午还要上课。他们的肚子已经饿得不行了，又不能和儿子直说。

他们叮嘱儿子务必注意营养和安全，缺钱了就告诉家里，又告诉儿子他们已经买好了火车票，晚上就坐火车返回。同森和玉花在校门外不远的一个小面馆各吃了一碗汤面。他们没有告诉儿子没买火车票，会在省城逗留一两天。如果儿子知道他们暂不回去，肯定会请假来陪他们的。

汤汤水水地吃饱了，同森和玉花又赶紧出发，拿着在火车站买的简易游览地图，向离这里最近的趵突泉走去。

趵突泉里的水特别清澈，能清晰地看到泉眼。由于连年过度开采地下水，涌出来的泉水已经不怎么"趵突"了，仅在水面上形成一个不明显的波动水纹。水里游动的红色大鲤鱼倒是让玉花感到稀罕，以前只见过虾、蟹煮熟了以后颜色发红，红色的鱼还是第一次见到，觉得很好看。看了一会儿玉花问同森："这红色的鱼能吃吗？"对于从小就没怎么吃饱过的玉花来说，什么东西都没有能吃的东西重要。

趵突泉公园不大，不大一会儿就逛完了。同森带着玉花来到北面的大明湖，从西南门进入公园，就近顺着南岸向东开始游览。"四面荷花三面柳，一城山色半城湖"说的就是这里。

大明湖周围散布着济南有名的七十二泉。七十二泉的水都通过护城河流进了大明湖，再由大明湖流入黄河，东流入海。济南是一个有山有水、山清水秀的好地方。

同森和玉花顺着大明湖的湖岸走了一段，在树荫下歇一会儿，湖里的荷花大叶子已经遮住了水面，还有好多正露出尖尖角，长势旺盛。有的荷花已经接近盛开，像个深碗搁在荷茎上被风吹得晃晃悠悠，玉花很担心整个荷花被风吹掉了，同森笑着告诉她荷花和荷茎是长在一起的，掉不了。

湖里有划船的，在湖面上缓慢滑行，还不时地有欢声笑语传到岸边。同森问玉花要不要也去划船。玉花没坐过船，也不会游泳，看别人的船都在微风中轻微晃荡着前行，怕万一船不稳掉进水里，也不舍得再多花钱，就坚决不去。

同森一边陪着玉花游玩，一边向园中游人打听并确认了火车站的方位和步行到火车站大概需要的时间，催玉花加快了游览的速度。同森一边游览，一边和玉花商定，如果能买到今晚的火车票就回，住在省城肯定要多花钱，两人都不舍得。来到大明湖的西北角时，同森和玉花都感觉累了，看到有个小边门开着，听新进来的人说从这个门出去离火车站更近，他们就在大明湖岸边坐下，又休息观望了一会儿，就出园直奔车站而去。

同森和玉花其实心里都很留恋省城，都想如果有钱就多待几天，不仅可以多见儿子几次，也可以多游览几个景点。济南有山有水，七十二泉才去了两个，而且有一个只是在大明湖路过看了一眼。可眼下家里实在是不富裕，孩子们的花费得优先保障，两个大人则能省就省。他俩悄悄一合计，省城的旅馆不便宜，住下来肯定又得多花钱，就决定去火车站看一下。幸亏往烟台方向的车票还有，离发车还有两个多小时。

他们想买点土特产带回去，经过比较和挑选，同森和玉花买了一捆六盒香酥煎饼和散装高粱饴糖块。香酥煎饼薄薄脆脆的，用开水泡一下就软软的，回去送给两边的老人。俗话说"穷家富路"，玉花怕同森的钱不够，从婆婆手里借了20元备着，回去还钱时正好一起表示一下孝心。散装高粱饴糖果称了两斤，用印有"济南特产"字样的塑料袋装着，高粱饴糖块是用包装纸一块一块单独包装的，回去后可以分成三份，由同森带一份到学校和老师们分享，另一份给玉花的父母，再一份放在家里，有来串门的客人好拿出来招待。婆婆与同森一家子一起住，高粱饴不用单独送。玉花又跟服务员多要了一个同样印有"济南特产"字样的塑料袋，与同森高高兴兴地上了火车。

列车行到周村已近半夜，上来了几个新乘客，也上来了一个搭车专卖周村烧饼的人，在车厢里进行流动销售。同森知道周村烧饼是著名特产，包装盒上也印着"山东特产"字样，问了价钱，又看了看玉花也有想买了尝一尝的表情，就掏钱买了两盒，打开一盒和玉花分享，另一盒带回去给两个女儿。

同森的学校离火车站比较近，第二天早上下了火车，玉花没有直接回村里，而是和同森一起到了他的学校。同森单独给玉花打了一份早饭，戏称请玉花吃了一次饭。早餐除了馒头、小米粥和咸菜，还多了一个鸡蛋。玉花明白同森的心，把鸡蛋一分两半，让同森也享受了一次有鸡蛋的早餐。

同森在学校里单住一间房屋，其实就是在办公室的角落里安了张床，用布帘隔了起来，是办公室又是宿舍。玉花先把昨晚在火车上没睡好的觉补了下，接着把同森刚换下来的衣物都洗了，挂在院里的晾衣绳上，省得同森还得往家里拿。她还把同森在学校里穿着打球、散步的运动鞋洗刷干净，晾晒到屋外的窗台上。第二天一早，她又把同森已经收起来的厚被子和褥子拆、洗干净，下午又给缝好了，第三天才回村里。

邻居们听玉花回来了，有的在门口打了个招呼，有的来到玉花家里，一边品尝、夸赞着软糯的高粱饴糖果，一边带有遗憾地埋怨玉花好不容易去一趟省城怎么这么快就回来了，并吹嘘着要是自己去了，一定要待个十天半个月的。

钱被偷了

在发城中心小学当校长期间，同森有一次要到县城参加县教育局组织召开的会议。会期原定三天，事先得知，会提前半天结束。学校有老师知道后就主动找到同森，托他利用到县城开会的机会帮忙买一台当时很流行的双卡录音机。这种录音机既可以播放录音带，也可以录音，还有收音机功能，音效可以根据自己的喜爱调节成重低音或者偏高音。因为抢手，乡镇级供销社没有这么紧俏的商品，只有县城里的百货商店有货。同事把价钱也打听清楚了，与百货商店也谈妥了过两天去交钱取货。

同事相托，而且电器型号、价格、是否有货、找谁取货都说得很清楚，同森在这三天里也有充裕的时间提供帮助，实在是没理由也不好意思拒绝，同森就接了人家278元的购物款，答应开完会就给捎回来。

学校里没有配备公用车辆，同森平时去乡里开会都是骑自行车往返，去县城开会因为路途远都是坐公交车往返。

这次去县里开三天会要住两个晚上，同森在提包里面放了一件衬衣、一套内衣和洗漱用具等生活用品，还有工作笔记本、茶叶和茶杯，另外就是帮同事买小家电需要携带的钱。同事把钱装在一个印有学校字样的信封里，同森就顺手把信封放在手提包一侧带拉链的夹层里并把拉链拉上了。

107

虽然同森前一天晚上右眼皮一直在跳，心里也有点不踏实，可是县里的会又不能不参加，他一大早就一边不时地揉眼睛，一边匆匆坐上了开往县城的公交车。

等同森上车找位置坐下后，公交车上已座无虚席。还有几个上车晚的，只好站在过道上。按照交管部门的规定，这属于超载，是不允许的。但司机为了多点收入，也就提醒一下站着的人抓住座位上的扶手，注意行车安全。

同森的座位靠近过道，一路上都小心翼翼地用双手抱着手提包，也警惕地注意并避让着身边的人。这是同森的习惯，总怕自己不注意妨碍了别人，也怕因不小心惹麻烦。拥挤的公交车上这种事情经常发生。穷苦年代，人的脾气似乎更火爆，更容易被激惹。

将近一个小时后，汽车到站了。同森站起来，嘴里不停地说着"请让一让，抱歉，请让一让"，一手在前推挤着困难地前行，一手在身后拿着包，好不容易挤着下了车。

会场设置在县教育局办公楼里，住宿的招待所在汽车站和县教育局之间。县城那个时候的规模还比较小，同森又出发得早，而开会的地方也比较近，同森就溜达着准备先去住宿的地方报个到，等另一位朋友到达后一起去会场。

早去报到可以选个好房间。同森还记得上次来县城开会报到晚了，只能住别人挑剩下的房间。房间里浓重的烟味和卫生间里的漏水让同森住得很不舒服。所以，这一次他要早点去报到。

进了房间，同森把换洗衣服和洗漱用具拿出来摆放好后，烧了壶开水泡好茶，准备等约好的朋友来后一起去会场。

朋友报到时已经快8点了，因为是老熟人、老朋友，平时联系也比较频繁，简单寒暄几句，他们就准备出发去开会。

拿手提包时，同森发现放现金的拉链下方被划了个口子，因拉链还严密地拉合着，不细看很难发现。换洗衣服等东西被拿出来一部分后，包有点瘪了，这个口子就被发现了。

同森立刻有了不祥的预感，用手试了一下那个切口，几乎跟拉链一样长，再看里面，装现金的信封不见了。

同森立刻脑门冒汗，心跳加快，愣在那里。室友见他一动不动、表情异常，忙问他："怎么了？"同森的声音都变了，说："钱丢了"。

室友听说同森的钱丢了，心里一惊，也一愣，心里有了几分不快，自己刚进屋不大一会儿，又没有别人来过，同森丢钱了自己岂不嫌疑最大。他不知道同森带了帮别人买家电的钱，知道同森平时带钱都不多，就随口询问同森是不是记错了放现金的地方，让他再好好想想、好好找找，确认一下。

同森这时脑子发懵，也就真的有点怀疑自己记错了，把手提包里里外外翻了个遍，甚至心里幻想着翻一翻手提包能在哪个角落里把信封找到。遗憾的是，翻遍了手提包还是没有找到。

翻找未果，同森知道钱肯定是丢了，确切地说，不是丢了，而是被偷了。将近300元啊，那可是自己差不多半年的全额工资啊！那时儿子在省城上大学，平均每个月的花费占去自己工资的一半，自己、玉花和小女儿的生活也需要用钱，丢了这么多钱可怎么还！

一阵急火攻心，他的嘴角立刻起了一圈大水泡。

朋友看着同森把包里包外翻了个遍，连个钱的影子都没有，再看看同森提包上那个整整齐齐被划开的口子，知道钱肯定是路上被偷了，只好安慰同森"钱是身外之物""破财免灾"，人没事就好。同时提醒同森时间差不多了，得抓紧时间出发去开会，否则要迟到了。

同森心不在焉地跟着朋友到了会场，签到领取补发的会议材料后选个靠后的座位坐下了。

他仔仔细细地回忆这一路上所有的时间片段，仔细回想每一个可疑的近距离接触过的人，在哪儿被偷的，始终没有头绪。最后，同森理性地排除了坐在汽车座位上和下车后走路到招待所的时间段，唯一最可能的就是在下车的拥挤过程中。下车快挤到车门时，前面下车的人中有个老者拿了个笨重的包裹，挤不下去，同森站在原地滞留了一小会儿。等众人帮助老者把人和包裹推下车后，同森才跟着挤下了车。唯有站着等待那个时间，最有可能被小偷划破包把钱偷走了。

同森纳闷了，小偷怎么知道那个夹层里有钱的呢？虽说带的钱都是20元和10元的票子为主，也没有多厚啊，人造革的提包也不会显露出信封的样子。小偷有透视眼？

同森回忆、分析了一大通，确信自己的判断没有错，可也于事无补，根本不能解决问题。不过，同森心里略感安慰。不是自己弄丢的，而是被偷的，心里的愧疚感和过错感似乎减轻了一些，也略微好受了一些。

在去会场的路上时，室友善意地提醒同森可以报警。同森想了想，自己也说不清具体在哪里被偷的，让警察怎么去破案？同森只好自认倒霉了。钱没了，回去后要自掏腰包赔人家钱不说，双卡录音机也买不成了，还耽误了人家使用。同森的心里悔恨极了，后悔自己当时怎么就没有拒绝同事的相托，恨自己防小偷的意识薄弱、警惕性不够，也恨死了可恶的小偷。他恨不得在回程的路上能抓住那个小偷暴打一顿。

大女儿知道同森被偷这件事后主动说要帮助同森还钱，同森知道大女儿的工资收入也不多，但靠自己实在没有办法尽快还上，又没有别的经济来源，就勉强同意了。被偷的事同森没有告诉儿子，怕影响他学习和生活，同森照样每个月领了工资先给他寄去。小女儿正上高中，除了该花、必须花的钱以外，零花钱能不给就不给了。小女儿的零花钱虽不多，也不固定，但她很节俭，同森丢钱后她把自己没有花的钱也贡献给了同森。同森和玉花两个人更是勒紧了裤腰带，从两个人自己的吃用上节省出来钱努力还债。

小女儿就业

经过半年多的省吃俭用，同森在发城中心小学因钱被偷而欠下的债务终于还上了。不久，同森又被任命到南柳联中当校长。

这个时候，同森还是坚持骑自行车往返学校，一切显得和之前一样正常。

但只有他知道，自己的身体大不如前了。年龄的自然增长会有身体上的细微变化，但这两年由于丢钱、还钱的额外压力，加上连续四年供儿子上大学，经济压力太大，精神上经常焦虑，营养也跟不上，身体容易疲劳，从家到学校不足10公里的路程，骑自行车往返后的感觉就像有大窑联中那么远，而且恢复时间也比以前长了很多。他身体也明显消瘦了，食欲长期不振，看到爱吃的东西也没什么胃口；双腿略微肿胀，脚踝处浮肿更明显，腹部经常有闷疼的感觉。朋友、同事都劝同森到医院检查检查，可同森都坚称自己身体没事，就是不去医院，有痛苦也自己强忍着不表现出来。

儿子还有一年多才能大学毕业，同森决定继续省吃俭用，咬牙也要坚持到儿子大学毕业。

这一年，同森还有一桩心事未了。同森去年就问过小女儿，高中毕业了有什么打算。

小女儿是个乐天派，一副什么事都不操心的模样，说自己没什么特别的想法，如果能像哥哥一样考上大学就继续读书，如果考不上就找个工作。

同森是有两手准备的。一手准备是如果小女儿坚持一定要上大学，就得做好两方面准备。一是经济上得为小女儿准备学费，供儿子和小女儿同时上大学。两个孩子同时上大学所需要的费用肯定更多，除了学费要一次性缴纳，生活费可以每个月供给，自己的工资勉强够用。二是准备提醒小女儿自己得用功了。去年小女儿也参加了高考预选，成绩不太理想。那时有规定，预选考试合格的学生才有资格报名考大学。即便政策允许往届毕业生复读后参加预选，自己不努力也不行。遗憾的是小女儿高考预选那一年复读生较多，复读生往往是当年没考好或者录取的学校不理想而主动放弃了的学习成绩优异者，他们一门心思再考，学习上也极其用功，往往比应届毕业生考试成绩好。相比较，应届毕业生往往考不过复读生。另一手准备是小女儿如果选择参加工作，自己会早做准备。

同森其实能猜到小女儿大概的想法。这四年为了供儿子上大学，家里人省吃俭用的日子小女儿体会最深，父母在日常花费上的节省程度小女儿最清楚。尤其是同森被偷以后的半年多，家里就没有添置过任何新东西。学校里不少人家这几年纷纷添置了家电、缝纫机、自行车、手表等生活用品，自己家只能看着别人改善，却没有经济条件也改善一下。家里有个大学生挺荣耀，可这荣耀是需要全家人的辛苦付出来维持的，是需要实实在在的真金白银来支持的。

小女儿心想自己如果高中毕业后继续上大学，父母就得同时负担两个大学生的费用，自然会有更大的经济压力，他们的日子就没法得到改善。而自己如果不上大学，直接参加工作，就能给父母大大减轻经济压力。他们辛苦了一辈子，就能在哥哥毕业后好好改善一下自己的生活。

虽然按照当地的政策，小女儿可以顶替同森就业，但前提是同森得提前退休。在儿子大学还没毕业的情况下，同森是肯定不能退休的。虽然小女儿是家里的老小，但从懂事起就细心、懂事、体贴，这一直让同森感动。

同森在和玉花商量时，玉花也很赞同，首先鼓励小女儿复读一年继续考大学，其次是按自己的意愿找个工作，她高中毕业后别闲着，而且最好还在教育口工作，这样学的文化知识不会忘，有利于以后参加高考或参加在职培训。

跟小女儿商量时，小女儿对父母的分析和想法完全赞同，她对上大学有期望，但不是必须，她对考上大学完全没有把握。学习上不够刻苦，除了不愿像锚定了考大学的目标的同学那么辛苦，死记硬背大量的知识点外，与自己早就有了顶班的打算有关系。她对当老师也满怀兴趣和信心。父亲和姐姐都是老师，这让她从小就对老师这个职业有好感，也跃跃欲试。她只是对能顶班的时间没有仔细算计过，反正也没有第二个竞争者，自己也不着急。

小女儿高中毕业后就回了家，在家里和玉花一起照看同森大女儿的女儿，半年后就当上了代课老师，两年后经考试成为一名正式的民办教师。她已经深深地爱上了教师这个职业。她在教授别人的同时，也加强自学，而且更有针对性和学习效率，自得其乐。

同森和玉花看到小女儿的不断进步，自然是高兴又自豪。周末同森和大女儿、小女儿在一起时，还开玩笑说将来家里的老师联合起来就能办个私立学校了。

再后来，小女儿经过 2000 年时在师范学院的进修和多年的实践历练，于 2009 年获得了中学高级教师职称，2019 年按时退休。

儿子大学毕业了

1984 年，同森被调到南柳联中担任校长，与老朋友、教导主任冷老师搭班子。冷老师是老教师了，从教 30 多年，当教导主任也有十几年了，教学和学校管理经验都十分丰富。县教育局和公社党委把同森调到南柳联中是一项照顾性与考验性兼顾的安排，也是惯例。同森这几年身体状况不佳，需要一个经验丰富、年富力强的人搭班子，好让老同志能多些时间，把自己的身体保养好，这是组织上的保护和关爱。而考验性是对冷老师而言，冷老师被安排在一位老校长手下工作，既有利于他从老校长身上多学些治校经验，也有利于组织上细致考察了解冷老师对教育工作的理解和对学校事务的把控能力，为担当更大的责任做好准备。这就像同森在楼底完小的经历一样，做副手就是要接受锻炼和考验。

同森对组织上的这次调动和安排特别感激，因为他在这一年除了感觉疲倦而需要休养康复外，还有一件大事需要操心。儿子今年夏天就要毕业了。虽然说国家负责分配工作，可如果分配的工作儿子不满意，不愿意服从分配怎么办？如果国家分配的工作需要儿子到外地工作怎么办？在本省工作还好点，毕竟离家近一些，如果分配到外地，甚至远在新疆、西藏这样的地方，又该怎么办？这会对儿子的一生产生影响，这事可不能马虎。儿子假期回家也聊过毕业后的去向选择，根据在学校里了解的前两届毕业生的就业分配情况，知道他们这个专业的毕业生一半以上分配在省级和地市级的政府卫生部门和对口机构防疫站，估计到了他们这届会有人被分配到县一级的机构工作。儿子对于会被分配到哪里工作不担心，一副小富即安的样子，想要一个工作上相对轻松的环境。儿子没有像同森一样想那么远，觉得毕业后自己去哪里工作好像是别人的事情。同森心里暗暗着急，只能提醒儿子要早做打算。至于如何早做打算，同森自己也没想明白，但开始关注医疗卫生方面的信息。

同森打听完了县里的情况，又想法托人打听烟台市的卫生局、防疫站是否有空位置，是否有招收大学毕业生的打算。打听的结果同森自己也不满意，因为没有人能提供准确的信息，都是可能什么、可能怎样之类的回复，没有一个可靠的消息，但还是收获了一些有重要参考价值的信息。

儿子大学学的是公共卫生专业。根据同森的了解，本县卫生行政管理部门还没有这个专业的大学生来就业，不是县里不想要，而是要不来，这个专业每年的招生规模小，地区级机构都不够分的。同森这才知道儿子说的不错，他学的这个专业是很紧俏的专业。全国设有这个专业的医学院总共才六所，大部分省没有这个专业的培养能力。同森得知这些后心里踏实了，知道儿子毕业后肯定会被分到大城市里工作。但他心里还是不踏实，儿子的学校属于国家卫生部部属院校。毕业生不能仅分配在山东工作，还必须有一定比例参与全国分配，而且全国分配的名额由卫生部规定，山东省都说了不算。同森有点担心儿子被分到外省市，担心他离家太远回家或探望不方便。在没有飞机和高铁的年代，离开胶东老家的远途都得按天计算，去新疆单程就得一周多时间。

恰好在同森努力打听无果的时候，儿子来信报告了一个特大喜讯：儿子毕业后的工作已经落实了，是去北京。

看到来信，同森还纳闷呢，距离大学毕业还有半年多的时间，大学都还没有毕业，分配工作尚未开始呢，儿子的工作怎么就提前落实了？细问之下，儿子又来信告诉了同森详情。

原来儿子学习的公共卫生专业是国家新设立的专业，也是国家未来一个时期要大力发展的专业。这个专业只有国家卫生部直属的六所医学院校有资格招生，其他大学，包括部队的医学院都没有招收这个专业学生的资格。

恰好在这一年，北京的部队某总部机关进行机构改革，人员有调整变化，急需一名公共卫生专业毕业的大学生。

部队总部机关把这个人才需求正式提交给了国家卫生部，卫生部按照部队的要求衡量后就推荐部队到同森儿子的学校里选录。部队的同志就拿着卫生部的批复函亲自来到学校选人，学校领导批转给卫生系协助办理。卫生系就是同森儿子所在的系，系主任亲自接待了部队来的同志，了解了部队的具体要求，并按照要求筛选了几个班里整体表现比较优秀的男同学，将他们推荐给了部队的同志。

部队的同志看了每个人的个人情况登记表、在校期间的考试成绩、获得奖励等情况的书面信息后，从中选了三个人要求再面试一番。

同森的儿子是其中之一。当系里通知面试的时候，同森的儿子正在学校附近的千佛山登山。好在面试安排在第二天，同森儿子穿戴整齐后就到指定的地点等待面试。

同森的儿子是第一个到达现场的人，不一会儿其他两名同学也来了。三个人坐在走廊的木椅子上等待面试。

快到面试约定时间时，系主任和班辅导员陪着一名魁梧的中年人向面试室走来。见是系主任来了，同森儿子习惯性地站起来面带微笑地喊了声"主任好"，并向班辅导员和同行人行注目礼，他判断那个中年人很可能就是来面试的人，虽然没有穿军装，可从他那直挺挺的腰板、雄赳赳的走姿、高大的个头和威猛的气势看，肯定是军人。

其他两个同学听到同森儿子的话也站了起来，默默地站在墙边。同森的儿子注意到那个中年人一边和系主任聊着天，一边打量了一下他们三个人。同森的儿子断定那个中年人就是面试官。

他果然没有猜错。

面试官在会议桌一侧坐好后，从包里拿出三个学生的档案材料摆好，又拿出来一个大笔记本和笔，准备做记录。同森儿子最后一个面试。第一个同学面试结束后，第二个同学就进去面试了。同森的儿子赶紧小声问第一个面试的同学都问了什么问题，同学说没有什么特别的问题，就是问些学习情况、家庭情况和个人特长、志向之类的问题。这些问题和他猜测的问题差不多，于是心里更有底气了。

第二个面试的同学很快也出来了，同森的儿子进入了面试室。

面试官表情严肃地示意他坐下，简单地介绍了招收新兵的基本情况以及将来的工作性质和服役要求，然后要求同森的儿子简单介绍一下自己和家庭的基本情况。

过程中面试官看似没有用心在听，实际上听得很认真，而且在笔记本上不停地记录着。

同森儿子介绍完了后略微停顿了一下，正在思考还要补充介绍点什么时，面试官微笑着抬起头问："你喜欢当兵吗？你是家里的独子，父母同意你去当兵吗？"

同森儿子赶紧说自己从小就想当兵，父母会尊重并支持自己的选择。事实也确实如此，自从他上了大学后，同森和玉花就拿儿子当大人看了，儿子假期想干什么仅从关心的角度询问和嘱咐一下，对于儿子不想做的事情从不勉强，充分尊重儿子的决定。

面试官听了以后又问同森是否喜欢北京。

同森儿子如实回答，还没去过北京，不知道北京什么样，但小时候就会唱"我爱北京天安门"，知道北京有中南海、人民大会堂、天安门广场、香山等，很想有机会去看一看。

面试官欣喜地抬头笑了，并轻声告诉同森儿子："你会有机会的。"

系主任不知什么时候到了面试室门外，正与班辅导员小声说着什么，见同森儿子出来了，就叫他回去等消息。前面两个面试的同学已经离开了，同森儿子便也回去上课了。

第二天，系主任派人把同森儿子叫到自己的办公室，高兴地告诉他，他被提前录取了，一毕业就直接去报到，并对同森儿子如此幸运表示了祝贺，嘱咐他还有半年才正式毕业，各方面还要继续努力，尤其注意别惹是生非，影响大好前程。

同森在为儿子感到骄傲的同时，丝毫没有忘记对儿子的爱护和保护。一方面，他嘱咐儿子继续努力完成学业，同时要谦虚谨慎。另一方面，他亲自嘱咐家里人不得给儿子找任何麻烦，以免拖累他的事业和前程。因为同森有当兵的经历，知道儿子的单位多么特殊、工作多么重要。

第一次北京之行

1985 年，同森儿子在北京工作一年多了，这年年底就要结婚了。同森和玉花心里很高兴，买了两床大红色的不同花样的绸子被面，一个是牡丹花开，一个是喜鹊闹梅。他们又买了新棉花、新被里，做了厚厚的新被子和新褥子，给儿子结婚用。

同森不知道儿媳妇的身高、体型和喜好，就把家里仅存的现金凑了个最大的整数带给儿子。对北京的真实生活情况基本不了解，就觉得送点钱是最好的办法。两个女儿也各尽所能地买了围巾、上等毛线，新做了喜庆的大红鞋垫等。

同森最近一年来总是萎靡不振，腹部经常感觉涨涨的，食欲也不高，右侧腹部还经常隐隐作痛。乡卫生院的大夫用听诊器听了听，垫着手指敲了敲，又用力按压，说是肝肿大，要吃药，也要加强营养和多休息。这次去北京他也想让儿子帮忙找大夫好好检查一下，儿子在总参谋部的总部机关，负责医疗相关的事情。

同森和玉花出发前给儿子发了封电报，说了到达的日期和车次，就携带着大包小包出发了。

同森儿子请了假到车站去迎接，因不知道在几号车厢，也不知道父母拿了那么多东西，在出站口等着同森和玉花。见了面，儿子没有亲热地招呼，而是埋怨父母带这么多行李也没给自己说，意思是劳累了父母自己心里过意不去，恨自己粗心没到站台上去迎接。同森和玉花只是说不累，把两个最大的包裹交到儿子手里。儿子身旁另一位年龄相仿的军人从儿子手里抢过包裹就走开了，儿子也没加阻拦。儿子告诉他们这个军人是单位的司机，专门帮忙开车来接同森和玉花。儿子抢过同森和玉花手里的包裹，一起向停车场走去。儿子一边走，一边向同森和玉花介绍路上的建筑和风景。司机特意选择了走拥堵的长安街，而且在到达天安门的时候故意放慢了车速，好让同森和玉花好好看看北侧的天安门和南侧的天安门广场。同森和玉花坐在车里感到天安门真是高大雄伟，广场上的人民英雄纪念碑和近处的国旗更是高耸入云。走过新华门时，同森儿子告诉他们，里面就是中南海，是党中央办公的地方。同森和玉花一进京城就受到了震撼，对这次的行程充满了期待。过了西单，就快到新街口了，同森儿子插空询问着家里和路上的情况，和父母亲热地聊着。

同森儿子上班和居住的地方都在一个大院里。院里商店（售卖日用品、蔬菜、水果等）、食堂兼饭店（对外营业和副食销售）、幼儿园、招待所、门诊部一应俱全，自成一个小社会。儿子和另外一名同处室的军官合住一套两居室，工作和生活都很方便、很舒适。

与同森儿子合住的军官是老北京人，自己家里单独住着一个四合院，离单位也不远，骑自行车也就一刻钟左右。他平时几乎每天都回家陪老人，在单位院里合住的两居室实际基本上就儿子一个人居住。听说他父母要来北京，室友主动提出让同森和玉花住他的房间，儿子就不用去招待所了。同森儿子感谢一番后欣然同意了。所以同森和玉花下车后就直接到了儿子住的房间，稍事休息，玉花开始收拾行李，同森继续躺在床上休息。儿子去上班了，按照规定去及时销假。

时近中午，同森儿子从食堂打了三份饭菜，端回宿舍和父母一起吃午饭。儿子一边吃，一边询问同森和玉花这次来北京有什么具体安排，意思是想去什么地方游玩，他提前做好请假准备。

同森和玉花也很想逛逛北京。颐和园、圆明园、香山等许多地方只是听广播里说过或别人介绍过，现在到了北京真想去看一看。可出发前想的主要是给同森看看病，还没有跟儿子说呢。看同森犹犹豫豫地没说话，玉花就开口问儿子帮忙找医院看病方不方便。

同森儿子没说方不方便，因为对他来说没有什么不方便的，可以安排看病的大小医院和门诊部有好几个，而且有几个还是很有特色的专科医院，就看是看哪方面疾病。他问给谁看，玉花才告诉儿子是给同森看。

　　同森儿子接到父母时感觉他们俩都有些倦怠，以为是坐火车的缘故，就没有太在意。这时他更仔细地看看同森，感觉同森比以前有些消瘦，面部肤色比较晦暗，眼睛里有血丝和淡黄色的斑点，也不免担心起来。他又问了同森身体有没有浮肿，尤其是肚子和腿部有没有能按压出坑状的肿胀。当听说没有浮肿时，他心里稍轻松了一些，让同森和玉花别着急，他下午就安排。

　　同森儿子去向处长请假时，处长出于关心和职业习惯仔细询问了同森的状况，主动建议同森儿子带父亲直接去大点的医院做个全面的检查。

　　同森儿子明白，处长猜测同森的身体恐怕不是简单的疾患，处长的医疗和保健经验非常丰富，他的意见就带有专业性的判断，这让同森儿子心里不免生出了担心。同森儿子除了敬佩处长的专业水准之外，也感激他对下属的关心。同森儿子眼含热泪敬礼后离开了处长办公室。

　　301医院是部队的总医院，是部队上行政和业务级别都最高的医院，也是综合医疗水平最高的医院。

　　在完成抽血等化验的时候，主治医生告诉同森儿子，根据同森的病史、体征和腹部检查，同森需要住院接受更系统的专项检查和治疗，因为有的专项检查项目当天做不了。同森儿子见状与父母商议后同意住院。玉花对同森一个人住院不太放心，问能不能留下陪床。主治医生立刻与住院部进行联系，恰好在中等级别干部病房里刚空出来一个床，可以有一名家属陪床，同森儿子忐忑的心也略微踏实了。

　　第二天一早，同森儿子来到医院后，立刻被主治医生单独叫走了。医生告诉他化验结果出来了，同森需要立刻转院。

　　同森儿子有点发懵，主治医生把化验单交给同森儿子看，用手特别指点了一个化验结果，显示的是"E抗原＋"，就是乙肝病毒病原体活病毒检测阳性。同森儿子也是学医的，虽然不是临床专业，不是临床医生，可这个化验指标正是他熟知的业务范围内的常见指标，自己的工作就与这种疾病的预防管理有关。这个指标阳性的人绝对不能从事餐饮相关的工作，即便仅仅是乙肝病毒抗体阳性也不行。乙肝病毒抗体阳性说明这个人得过乙肝，传染性不明确。而乙肝病毒病原体活病毒检测阳性，说明这个人身体里正有乙肝活病毒存在，有明确的传染性，按照国家疾病预防管理的规定必须隔离治疗。

主治医生告诉同森儿子，已经联系过 302 医院了，可以立即转过去。

302 医院是部队专门负责治疗传染性疾病的医院。

同森儿子马上办理了出院手续，带着同森和玉花直接赶到了 302 医院，接洽后顺利办完了住院手续。因为是传染病医院，这里的病人都处于隔离治疗中，家属晚上不能陪床，白天的上午 10 点到下午 3 点之间是探视时间，可以探望。安顿好同森，玉花和儿子回到了儿子的住处。

同森未来的儿媳出差回来后立刻买了点心和水果罐头，由同森儿子提着一起到 302 医院看望同森和玉花。同森和玉花知道未来儿媳是城里人，而同森又正在生病，在病房里与未来的儿媳见面也不妥当，内心就有些愧疚，但随着未来儿媳亲切的话语和落落大方、对疾病毫不在意的举止逐渐减轻了，同森和玉花都很高兴。

同森在 302 医院住了一个多月，化验结果符合出院标准就出院了。这一个多月同森略微长胖了一点，面色不再晦暗而出现了淡淡的红润，体力也明显恢复很多。

虽然中间续了假，同森出院后还是想尽快回去，学校里一大堆事情呢，离岗一个多月了实在不放心。玉花也惦记着家里的小女儿和大女儿的孩子，也提出来早点回去。两个人在 302 医院里就商量好了。

同森儿子理解父母的心情，按照他们的要求买好火车票，又给姐姐发了个电报，买了一些糖果、蜜饯和糕点等北京特色食品，把同森和玉花送到了火车上。同森和玉花的第一次北京之行就这样过去了，很多想去游览参观的地方也只好等下一次再去了。

同森儿子送回同森和玉花后郁闷了很久，对同森的身体充满担忧。他知道世界上还没有对病毒真正有效的治疗药物，父亲的肝炎估计是在学校里不小心传染上的。同森的身体要完全康复需要漫长的过程，尤其需要加强营养保障，即便是营养充足的话也只能是延缓病情的发展而已。同森儿子心想，不能为自己结婚再让家里破费了，自己的工资收入虽然和父亲差不多，但还没有正式成婚成家，自己要攒点钱给父亲补补身子。同森和玉花一再拒绝，并为没有给儿媳多少钱而感到愧疚。这让儿子犯了难，心里不好受。后来，儿子结婚采用了当时刚流行起来的旅行结婚的方式，爬了一次泰山就把婚结了。

考察未来姑爷

小女儿恋爱了。同森小女儿高中毕业后先当了两年代课老师，后转为正式的民办教师，两年后考入烟台师范学院，现在马上就要毕业了，回去继续从事教学工作。20多岁的年纪，正是对爱情充满憧憬，对未来充满向往的年龄，也是该恋爱结婚的年龄了。

同森和玉花既为小女儿高兴，又替小女儿担心，上师范学院前还没有对象呢，上学一年多就谈成了，这么快自己有把握吗？他们怕小女儿看人看不准，选错了人，嫁错了郎。恋爱、结婚可是人一生中的大事，马虎不得。

小女儿谈的对象是她师范学院的同学，也是发城镇（1984年初当地的行政建制由原来的人民公社改为镇）人，家就在镇政府所在地。父亲是村支书，也是复员军人，因在部队军训时为保护他人而受伤，并在身体上留下轻微残疾而提前复员，享受政府的特别优待和终生的生活补助。小伙子兄弟姐妹共6人，他排行老小，和同森小女儿一样属于家里的宝贝疙瘩。

当知道这些家庭背景后，同森和玉花放心了一大半，知道从这样的光荣家庭里一般不会养出品行差的孩子。

师范学院的毕业季正是各个学校接收新入职教师的时间，同森所在的南柳联中也在当年向县教育主管部门提交了补充新教师的申请，就等着上面分配新人了。

当分管副校长把县里分配来的新教师的名单找同森审签时，同森注意到小女儿的恋爱对象被分配到了自己的学校。

同森心里是既有欢喜，又有点犯难。欢喜的是学校里来了经过师范学院规范化培养的新教师，补充了新鲜血液，还可以近距离考察未来的姑爷。略有为难的是，这种关系与教育局的管理规定有所冲突，有亲属关系的教师不能在同一个学校同时任教，尤其是校领导的亲属。

但一细想他又坦然了，小女儿这层关系现在还不是正式关系，再说这是县教育局的组织安排，丝毫没有自己的私人请托。大女儿已经有孩子了，儿子在北京也结婚了。现在就剩小女儿待嫁了，这姑爷可得好好考察一番，给小女儿把把关。同森在心里暗暗地想。

同森自此心里多了一件只有自己能完成的任务，在不声不响中考察和了解未来的姑爷。他工作生活了50多年，识人的本领还是有一点的，他也知道自己最好不露声色。

学校里最难办的事是管理食堂。一个原因是众口难调，总有挑剔的人不满意，而且总有感觉不满意就要胡乱说话的人。另一个原因是在不富裕的年代，学校里的伙食标准很低，除了白菜、萝卜外什么都缺，有些物品是凭购买票或购买本按照人头限量供应的。巧妇难为无米之炊，饭菜缺油少盐的更容易惹来不满意。管理食堂有难处，也有好处。近水楼台先得月，管食堂的人要想顺口吃的，拿点、贪点都很容易，也很方便，而且不易被发现和查证。

因为学校里人手有限，有些非教学的后勤工作除了厨师和传达室一般都是教师兼职管理，如校园的墙报和板报有人负责定期更新，校园的卫生有人负责定期组织师生们分区一起打扫，冬季的取暖锅炉由厨师兼顾，等等。但学校食堂的管理比较特殊，是由一名正式教师兼职，和厨师共同管理。负责监管食堂的老师大家习惯性地称之为食堂管理员。食谱、菜谱由食堂管理员与厨师定期调换，食堂管理员每天一大早去采购，副食缺什么就补什么，蔬菜要买当天新鲜的。除了采购外，还要负责食堂的卫生（包括厨师的健康状况和后厨的环境卫生）和餐厅的卫生与就餐秩序等，所以食堂管理员很辛苦。聘请的厨师属于临时工，主要负责按照食谱定时把饭菜做好并分发给教师们。因为是兼职，食堂管理员的课时并没有减少，但在饭点前后都没有课程。食堂管理员也没有专门的报酬或补贴，纯属义务劳动，如果干得不细心、不仔细，付出很多辛苦还有可能出力不讨好。老教师没有人愿意干，一般是安排年轻男教师，刚入职的男教师肯定是首选。

因工作重新分配，食堂管理员没人报名，同森把期许的目光投向新来的王老师，见他的目光没有躲闪，反而有跃跃欲试的神态。小王有一米八的高个子、宽宽的肩膀、红润的脸庞、炯炯的眼神，既显得膀大腰圆，力气和精力都过人，又透着精明和世故，一看就是食堂管理员的不二人选。

同森主动问小王愿不愿意兼职承担食堂管理员的任务，小王痛快地答应了。

三个多月后，食堂发生了明显的变化。概括起来有五个方面：一是饭菜质量有明显的改善，饭菜种类和以前一样，但花样多了，每个菜的配菜花色也多了，饭菜更好看，营养也更丰富；二是食堂账目清清楚楚，不似以前的模糊账，而且总体费用没有超支，有个月还略有节余；三是食堂操作间和餐厅更加干净整洁、井井有条，操作间里生熟食品及案板、刀具等严格分开，食材也整齐码放在货架上，不像以前乱堆在架子上和地上；四是在餐厅饭桌上增添了调味品，一个小盘子里盛放着小瓶的盐、醋、酱油、辣椒和蒜瓣，方便喜欢不同口味的教工调味；五是教工对食堂的满意度大大提高，对小王的食堂管理工作交口称赞。

经过连续三个多月的密切观察，同森对小王的食堂管理工作非常满意。一是满意小王的"勇"，勇挑重担，不怕困难和辛苦，是个敢于担当的人；二是满意小王的"廉"，采购食材时砍价节省的钱没有装进自己的腰包，而是贴在食材的多样化和饭菜的多样性上，不占公家便宜；三是满意小王的"信"，小王不仅食堂管理得好，教学也是一把好手，教化学课不仅理论知识能讲透、讲明白，还想办法利用现有的实验室器材让学生多做实验，以增强学生的动手能力和对化学课知识点的巩固记忆。

这样一来，学校食堂办得好在县里都出了名。

听说南柳联中最近把食堂办得很好，县教育局的分管领导同志就专程组织有关人员来到了南柳联中。

这次是对教学和食堂两个方面同时进行考察。教学方面的考察由教导主任主抓落实，主要展示几门优势学科的教学方法创新，选择最优秀的老师做好现场授课的准备。食堂方面，在保持平时状况的基础上，再多准备几个不在当日食谱中的拿手菜，做好中午招待的准备。校园里的卫生由卫生监督员检查一下，必要时组织开展一次全校大扫除。考察组到学校时已经9点了，稍事休息后由同森就学校的总体情况进行了汇报，县教育局的有关同志就关心的问题又进行了提问。没想到，他们对学校办食堂的问题问得最多，讨论得也最热烈。同森觉得食堂的事可以在午餐时继续讨论，想抓紧时间汇报教学方面的情况，就提议考察组到教室里观摩授课。

同森让小王作陪参加招待，对他过程中的表现很满意。

对未来姑爷的考察还在继续。

连续一周的阴雨天气过后，毛巾半天不洗就有霉味，床上的被褥也是潮湿的，睡觉很不舒服。好不容易盼到出太阳了，同森赶紧把被褥拿到院里去晾晒。

看到小王夹着教材去上课了，同森想了想就走向小王住的宿舍，把小王的被褥、床单也拿到了室外晾晒起来，顺便看了看床头旁的书桌，想看看小王在课余时间看些什么书。

桌子上放了几本化学课教师参考书和杂志，床头上放了一本短篇小说集，看书签的位置已经看了一大半了。两个人的房间里，小王这边的物品摆放整齐度和卫生状况明显比另一边好得多，规整、清洁，床底下也没有久未清洗的运动鞋、旧袜子。不过，房间里的空气流通不畅，有明显的腥臭味道。同森又把关着的窗户打开后，转身离开了。

考察仍在继续。

同森对这个未来的姑爷越来越满意了，但总希望他能够更好，在心里不断盘算着还要在哪些方面提醒一下他，以体现父辈的权威和关怀。

功夫不负有心人，同森终于发现小王的字写得不够苍劲有力，不够美观好看。俗话说"字如其人"，作为教师更要能写一手好字。同森决定教小王练字。

1988 年 5 月 7 日，同森的小女儿和小王老师幸福地结婚了。选择 5 月 7 日，寓意"吾妻日"。两个人自 1989 年起，每年的"吾妻日"都要举办结婚纪念日庆祝活动，满满的幸福！

在南柳被批

南柳联中是由相邻的五个村联合建立的，学校位于南柳村北边村口，离五个村距离都最近。五个村子中，北边是矿山村和亭子口村，东边是洪沟村和栾家村。

这五个村子中，南柳村历史最悠久，明朝洪武年间建的村。因建村时村子南方的河边柳树成林，故而得名南柳村。同森到南柳联中任校长时，村子南方已经没有了柳树林，河道都不明显了，河水早已干涸，长期堆积的垃圾和雨水冲刷下来的淤泥把原来的河道都快填满了。

亭子口村已经没有了亭子，但有新修不久的大渡槽，是农业学大寨的成果，大渡槽里流的是从远处一条大的河流里引过来的水，通过大渡槽引到南边的坡地上，大大增加了周围的水浇地面积，粮食产量大大增加，并且旱涝保收。

矿山村早已没有了矿，洪沟村也没有了大沟，都只是个地名而已。

而栾家村因全村居民都姓栾而得名，和同森有着不解之缘。

缘分之一是长期"纯洁如一"的栾家村来了一户曲姓人家，打破了栾家村长期只有栾姓居民的先例，有了非栾姓住户。而这户曲姓人家的男主人和同森是多年的好兄弟，名字叫曲长明，有长期明白、长期精明之意，人也确实很精明，共育有三个儿子，都很有出息。同森和曲长明是在部队里认识的，认识后关系一直很好，复员后也经常联系、走动。他们各自结婚和有了孩子后，经常带孩子们一起走动，孩子们之间也很亲近。所以，曲长明搬到栾家村后，栾家村也就成了同森经常光顾的村庄。

缘分之二是栾家村是同森大女儿的婆家所在村，栾家村一个"大户人家"娶了同森的大女儿。说是"大户人家"不是指家大、业大，而是家里孩子多，五个儿子和三个闺女，快赶上部队一个班的编制了。娶同森大女儿的是家里的老五，当过兵，有见识，会开车，有技术。复员回家后，家里人集资买了辆大货车，老五开着跑运输，走南闯北地忙得不亦乐乎。

这两个缘分后来还合二为一了。曲长明一家后来搬到了县城里工作和居住，就把在栾家村的房屋卖给了同森的大女儿。还挺新的瓦房、通透的玻璃窗和玻璃门、宽大的平房和晾台，位置靠近村边的公路，是村里当时最好的房子。比村里其他老房子强太多了。之后，同森和玉花跟着大女儿一家也在这里住了几年。

同森大女儿本来在新婚后与公公、婆婆一起住。按照胶东的习俗，家里最小的儿子一般都跟父母住在一起。但她觉得跟公公、婆婆住在一起有诸多不便，正好曲长明的房子要卖，同森大女儿就买下了。

买房子的事发生在同森来南柳联中当校长之前。那个时候同森的大女儿在这个学校里教学，栾家与南柳两个村相距很近。同森大女儿婚后第二年生了个闺女，那时孩子还小，结婚后想办法调到这个学校也是考虑工作、生活都方便。

等同森被调过来当校长时，同森大女儿同时被调到镇政府所在地、同森做过校长的发城中心小学了。镇领导为了加强中心小学的教学力量，从中学里优选了部分优秀教师充实进来。这种安排也和当时的教育制度规定有关，不允许父子、父女、母子、母女或夫妻、兄弟姐妹在同一个学校里从教，以避免拉帮结派或有私人利益关系。

同森很赞同这样的政策制度，如果在学校管理中面对自己的亲生女儿，有些事情还真的不好处理，亲情和法规在有些事情上确实难以兼顾。

同森继续发扬了自己的传统做法和经验优势，到任后也烧了"三把火"。一是硬化、绿化、美化校园。利用学校的已有资金和各村的资助（出钱、物资或者出劳力），把校园内的道路抹成水泥路面，路面外侧种花种树，校园里增添了绿色和花香。二是提高校园安全性，为开放式校园修起了简易围墙，安上了大门，假期期间安排教师轮流值守，教室里的桌椅板凳不再丢了，门窗玻璃也再没有被打碎的了，校园里更安全了。三是加强与各村的交流与合作。校领导班子成员分别联系一个村或两个村，及时听取村里的意见，动员学校里的本村学生支持村里的活动，如拾麦穗、捡豆子、"扫盲"、灭鼠除"四害"等。学校里的后勤服务争取依靠各村来保障，厨师和其他临时工不再招外地的，全部用这五个村里的人。

这"三把火"之后，师生们的面貌都焕然一新，教学和学习氛围更加浓厚。学校与各村的关系也更紧密、融洽了，学校里的生活保障更加顺畅，采购的蔬菜瓜果更加质优价廉。这一年里同森都是带着班子成员和相关责任人一起抓落实，亲力亲为地及时去进行督导，遇到问题和困难总是积极想办法，他的足智多谋得到了同事们的交口称赞，是公认的"智多星"。同森还坚持每天第一个到校，把整个校园都亲自巡视一遍，保证学校各方面都按部就班地运转。

各位副校长和教师们也非常支持同森的工作，从与同森的合作中总能受到意想不到的启发，形成了能主动担责、团结合作的集体，也带出了一支甘于奉献、认真负责的兼职管理队伍。为了持续提高教学质量，许多教师都主动加班加点，想尽办法改进教学方法和提高教学效果，年底在本镇所有学校的评估中获得了乡镇政府的良好评价。

同森对各位班子成员和教师的大力支持非常感激，但学校里的资源很有限，有些制度的底线也不能突破，大家除了工资收入外没有任何的补助补贴，只口头表扬总觉得有些虚，就想用什么办法奖励一下大家。

1985年国家正式设立了教师节，以体现对教育工作的高度重视和对教师的充分尊重。同森就想利用刚设立了教师节的机会搞个活动，教育与娱乐结合，让大家高兴高兴。

那一年栾家村种植的苹果获得了大丰收，在以前种植大国光、小国光苹果就小有名气的基础上，又引进了日本品种的红富士，收获的苹果不仅个头大，而且品相比往年好，卖的价钱也比往年高，再加上栾家村靠近公路，交通便利，村集体开办的榨油、磨面、铁匠铺等小生意也收入不错，村集体第一次有了比较多的盈余，村支书非常高兴。

有一次，村支书到乡镇里开完会，返回时顺路到学校里与同森聊一聊、叙叙旧。同森拿出刚买的好茶招待村支书，两个人边喝边聊。当同森谈及自己想组织教师节活动却又难为无米之炊时，村支书略一沉思后建议同森组织老师们出去旅游参观，走出校园搞个有创新意义的活动。

同森听了觉得这个主意不错，学校里的老师们经常感叹现在没有钱去旅游，有好多老师去的最远的地方就是县城，也有个别老师假期期间去了海边游玩，回来后极力炫耀大海的开阔和赶海的好玩。可是同森也知道学校里没有足够的经费，难以成行。

看到同森向往又为难的样子，村支书说村里有大轿车，可以免费给学校用一次，所需要的油钱也由村里出。村里也可以报销景点的门票，不用开专门的正式发票，门票的存根就可以。

同森又问村支书这样做会不会违反规定。他可不敢给村里和自己找麻烦。村支书说绝对没问题，这些都在村里可以正常支出的范围内，而且说村里人都对学校的变化和教学质量的提高感到高兴，正为怎么表达感激之情发愁呢。支持一下学校活动，村里人肯定都同意，他让同森放一百个心。

于是，同森就同意了接受村里的资助，组织教师们出去活动一次。为了慎重起见，同森又与班子成员商议了一下，大家都觉得可行。

征询了大家的意见，他们决定去蓬莱阁。蓬莱阁位于学校的正北方，距离100多公里，大轿车跑3个小时就能到达。早晨早点出发，晚上就能赶回来。午饭、饮用水自带，也不用住宿。

同森问栾家村支书要不要一起去，村支书因最近有急事，就不去了。司机是党员，就让司机代表村党支部一起去蓬莱。

按照通知要求，天刚蒙蒙亮，教师们就坐在大巴车上了，大部分人还有点昏昏欲睡的感觉。点齐人数出发后，车上显得很安静。半个小时后，大家就开始说说笑笑地不亦乐乎了。听说蓬莱阁附近就是戚继光的故乡，大家商量后决定压缩一点在蓬莱阁的游览时间，顺道去民族英雄戚继光的故居参观游览一下。

游览、参观过后，回程的路上同森想听一听大家的感受和对今后组织活动有什么建议。老师们都纷纷称赞这次活动有形式、有内容、有收获，对于以后再组织活动，有人建议去威海，那里有刘公岛和成山头；有人建议去青岛，那里有崂山和琅琊台；有人建议去济南，那里是省城，有大明湖和千佛山；还有人建议去外省，去欣赏跟齐鲁大地不一样的风光和文化；但也有个别人只听不说，显得无动于衷。

绝大多数老师高兴、满意，同森也很高兴、满意。其他学校的校长和老师们听说后，也都想组织活动，有不少人打电话或托人打听组织活动的情况。

一个多月后，同森因为组织这次活动受到了县教育局主要领导的批评，而且是公开的批评，把这次活动当作勤俭办学和落实安全责任的反面典型进行了不点名的公开批评，大家一听就知道批评的是南柳联中，批评的首要人物就是同森。

同森也意识到了自己组织这次活动有些欠考虑。虽然这样的活动没有违背任何国家的法律法规和教育部门的管理要求，但那么多人集体外出确实存在安全风险。如果发生任何意外，不仅当事人、学校受牵连，就是县教育局也会受牵连。作为学校主要领导，做任何决定时都要谨慎。

栾家村的村支书后来也知道了这件事，专门问了村里的会计和司机，确定那次出行中没有任何不符合规定的支出，就买了一斤新茶叶专门送到了同森办公室。送茶叶表示慰问是真，他有点担心同森会怀疑是村里人告状才引发了领导的批评。

同森明白村支书的心意，也相信他的人品，更没有因为被批评而气恼。虽然自己当了个反面典型，但领导的讲话有效扼止了其他学校纷纷准备集体旅游的风气。事情的结果、领导的批评和自己反思的收获都让他觉得值了。

儿子第一次过年不回家

1988 年春节前，同森从儿子的信中得知儿子这一年的春节准备在北京过，不回老家了。主要原因是春节期间要值班，值班后的假期时间就很短了，回老家路途远来回时间都花在路上了，有可能到岳父岳母家，他们家离北京近得多，车票也好买。

同森听到儿子是因为工作关系不回来过年，心里不乐意，想劝儿子和别人换个班，回家吃个团圆饭，再赶回去值班。他反复看儿子的回信，揣摩儿子信中的意思，最后打消了劝儿子换班的念头，反而回信告诉儿子干好工作是第一位的，可以春节后再找机会回家。

大女儿结婚以前，同森家都是一家五口一起吃年夜饭、守岁。同森和玉花平时不舍得吃的鱼、肉都尽可能地过年的时候再吃，把除夕的年夜饭做成最丰盛的饭菜，包括每年都不够吃的白面（小麦面粉）都蒸成纯面粉的馎馎（馒头）或炸成果子，春节几天里就不用天天蒸、炸了，热一下就能吃。到了 1988 年，小女儿也出嫁了，儿子又不回来了，同森和玉花连过年的心情也没有了。看着别人一家人带着孩子乐呵呵地采购年货（孩子们最喜欢的年货就是肉食和鞭炮），同森和玉花忍不住后悔，当初不该让儿子去那么远的地方工作。可一想孩子的优秀令人欣慰，同森和玉花强打起精神像以往孩子们在家一样准备年货，只是在品种和数量上大大减少了。

这一年，同森的工资又涨了。可是虽然有钱了，一家人却凑不齐了。看来"古难全"的不仅仅有月亮，也有人间许多事。

儿子不在家，好像家里空了一半一样，同森喝酒的兴趣荡然无存。玉花心里也想念儿子、儿媳和女儿、女婿们，不知道他们过年吃的、喝的、穿的、用的都准备好了没有，儿子小两口也是第一次独自过年，遇到困难事怎么办？她心里的担忧怎么也赶不走。

两个女儿知道父母肯定会想儿子和儿媳，也担心同森和玉花，各自买了年货提前给送了过来，并反复询问同森和玉花要不要除夕夜回来陪他们。这几年已经有不少人长年住在闺女家里，包括春节期间，大家对传统春节的习俗已经不那么介意了。同森和玉花不愿意女儿们春节期间破坏习俗，就要求他们初二回娘家这一天早点回来，在家里多待些时间。

没有孩子们凑热闹，守岁也简化了，没坚持熬夜，而是像平时一样，晚上 10 点多就休息了。同森和玉花躺在炕上却睡不着，心里仍然在惦记着孩子们。

第二次进京

有时候，人们对权力的追求一点也不亚于对爱情和财富的追求。水的表面虽然平静，而表面虽然平静，深层却暗流涌动。

自从同森因组织参观游览的事情被县教育局领导公开批评以后，学校里就出现了风言风语，同森也难免有所耳闻，但只是一笑了之。

同森虽然内心坦荡，可每逢到县教育局开会或办事，总感觉领导和有些科室人员的态度没有以前热情，显得生硬和冷淡。

学校里也开始有人故意为难同森。本来按照学校的规定，副校长、教导主任或其他人完全能自行处理的问题，有个别人总是故意刁难，或找理由让同森亲自来处理。

同森是一个宁肯自己吃亏，也不愿意亏欠他人的人，更不愿意树敌。这些情况一出现同森就敏感地注意到了。同森心想可能是自己的任期快到了，有人出现了这种情况。

1988 年，同森在南柳联中当校长已经快五年了。自同森来了以后，这里的校园面貌、校风校纪和教学工作大有改观。但长时间坐在校长的位置上肯定"压制"了个别人的提拔，同森心里明白这些道理，对校长的位置也没有多么迷恋。同森心里暗暗萌生了退意。加上身体近年来极容易疲劳，而且秋、冬天特别怕冷，别人还穿短袖衣服时，他已经开始把长袖衣服穿上了。尤其是到了冬天，他穿着厚袜子、厚棉鞋，把手揣在大衣兜里还是手脚发凉。

当年因时势的原因可以辞去小学校长职务，现在辞去联中校长职务也不是没有可能的，只是要兼顾好组织的需要，选择好时机。三个儿女都已经成家立业了，给玉花申请的农转非（农业户口转成非农业户口，每月能领不算多的政府生活补贴，同时免除了个人在生产队需要缴纳的各种税费和提留等费用）也快批下来了，自己已经没有什么个人负担了，他和玉花以后可以去投奔儿子。

同森找个机会先到镇领导那里打探了一下这一批任职的校长到期后会如何安排，领导透露不会"一刀切"，会根据每个人的具体情况做出最好的安排。如果教龄满了 30 年，可以提前办理内退，等到了退休年龄时再正式办理退休手续。同森把自己的想法和盘托出了，他想申请提前内退，也想在冬季来临前先请病假，到北京探望儿子，检查下身体，顺便去体验一下有暖气的冬天。镇领导有点担心学校里的工作会受影响，同森说副校长和教导主任都非常有管理能力和经验，同森不在期间，他们会干得更好。同森也趁机再次把副校长和教导主任向镇领导做了推荐，希望镇里在下一轮校长任命时能大胆提拔和重用他们。

领导同意了同森请病假去北京的申请，并嘱咐他别忘了到县教育局备案，而且嘱咐同森到了北京要把身体检查、调理好。

同森和玉花开始为去北京做准备。先是给儿子写信，告诉他要去北京的打算，并询问他需要带什么东西。接着，向左邻右舍搜寻品相好的苹果、芋头、大花生和熟地瓜干，这些都是儿子最喜欢吃的东西。他们把所有东西打好包，就在天气还没有很冷之前出发了。

同森儿子现在已经转业到了地方，在国务院直属部委里工作。儿媳在国务院部委直属的事业单位搞研究工作。两人结婚两年多了，还没有孩子。同森和玉花催过几次，儿子说再等等，刚转到地方不久，先全力以赴把工作做好了，免得被动，并且承诺马年给家里生一匹"千里马"。同森和玉花一合计，离马年也就两年多的时间，就不再催生了。

儿子刚转业到地方，地方工作资历很浅，在本单位分房时排名垫底。儿媳在本单位工作时间较长，虽然职务职级低，单位福利分房时排名比较靠后，但比儿子有优势。他们俩很幸运，在20多岁、结婚两年时就分到了房子，还是个两居室。这在祖国的首都是多么不容易、多么幸福的事。虽然房子旧点、面积小点，两个居室外加厨房、厕所和门厅总共才52平方米，可毕竟有了自己的空间。安居才能乐业，两个事业心都很强的年轻人，把家当成了安乐窝和加油站。

儿媳听说公公婆婆要来北京过冬，没有不高兴，也没有特别高兴。她这时候的主要精力除了工作，就是照顾好自己。她意外怀孕已经快四个月了，原来打算要匹"千里马"的计划发生了变化。

为了迎接公公婆婆，儿媳和儿子一起把小房间进行了整理，用一个现成的单人床加上板凳和木板拼成了双人床，又把褥子叠擦在床上，理平整了，铺上新床单，又拿了两床换洗过的被子，给同森和玉花安排的住处就算准备停当了。

知道父母这次带的东西又不少，儿子问清楚了车厢号码提前来到站台上迎接。儿子提着两个最大、最重的行李，三个人打了个北京满大街都是的"面的"出租车回了家。

那时北京这种"面的"出租车就是小面包车，花10元可以在北京市区内随便跑，儿子觉得值，比坐公交车贵不了多少，可同森和玉花嘴上不说，心里直心疼钱。

儿媳在家里已经做好了饭菜等候，见到他们后，亲切地让他们先放下行李，洗手洗脸，准备吃饭。

同森和玉花见到儿媳妇后心里亲切，可表达不出来。同森只是木讷地站着，缩手缩脚。玉花高兴地与儿媳拉了拉手就开始忙活，帮同森拿出洗漱用品和毛巾、水杯，让同森先去洗手洗脸，自己也随后跟了进去。两个人用眼神和压低的声音交流着："儿媳妇好像怀孕了，儿子怎么没有告诉我们呢？只给儿媳带了条围巾，也没有准备别的。"他们心里都埋怨儿子不会办事。

吃饭时儿媳对收到的围巾赞不绝口，说不仅颜色是她最喜欢的，编织的针脚和花样也是她最喜欢的。

玉花告诉儿媳，这是玉花、家里大姐（同森和玉花的大女儿）和小妹（同森和玉花的小女儿）三个人一起买的毛线、选的颜色、共同编织的，还开玩笑说这是"三联"牌的。

儿媳对婆婆和姐姐、妹妹的心意表示感谢，并夸赞他们三个人编织得就像一个人编织的似的，一点也看不出差别。她哪里会知道，编织得不协调、不好看的那部分是被反复拆掉后又重新编织的，直到三个人都觉得满意了才收尾。

饭后，同森悄悄地把自己用过的碗、筷子拿回了自己房间，没有和其他餐具一样放在水池子里一起清洗。

同森自从上次来北京检查出有肝炎后一直非常注意饮食卫生，尤其注意碗筷要单独使用和保管，以免传染给别人。其实他后来没有再做活病毒检测，是否具有传染性谁也不知道。

同森这次来北京没有跟儿子说想看病这件事，他也没觉得自己有严重的疾病，只是身体弱而已，加强营养和多休息就应该没大问题。

在老家冬天天气寒冷，冬天是最难过的。人们家里普遍没有暖气，最早家家户户靠睡热炕过冬，炕上烫人、空气寒冷，很容易感冒。后来在屋子里自己生个煤炉子，门窗需要关得严严实实的。可关严实了，密不透风，保暖了，却经常有人使用不慎造成一氧化碳中毒，风险很大。门窗若关不严实，温度保不住，夜里煤炉子熄火了，人会被冻醒。同森因为怕冷，知道儿子这里有暖气，不得已才想到北京来过冬。

玉花从来到儿子家就抢着干家务，也每天都和同森出去散步，到了菜市场顺手买点蔬菜、水果什么的。玉花在老家已经养成了粗粗拉拉地洗锅、洗碗、刷盘子的习惯，刚到北京时也这样洗。后来她发现自己洗过的碗筷盘子，儿媳还要再洗刷一遍，心里有点不高兴，有点嫌城里人穷干净、穷讲究，但又不能埋怨，只好再洗时洗得更仔细点。

儿子、儿媳工作都很忙。儿媳因为住在工作单位院里，工作日中午回家就是吃顿饭，基本上不休息就得回去继续工作，晚上有时候还得去办公室加班，或者加完班才回家。随着预产期的邻近，她的肚子越来越大，走路也越来越不便了。

儿子单位远，中午不回家，只要晚上不加班，下了班就赶回来。

同森和玉花住在有暖气的房子里舒服多了。身上不用穿了一件又一件，不出屋门的话穿个保暖内衣和外套就可以。

儿子家离国家图书馆、紫竹院公园和北京动物园都很近，同森和玉花经常去那一带玩一玩。

儿子在家时，同森还就国家实行的计划生育政策结合老家当地的实际情况与儿子进行了讨论。同森和玉花是当地最早主动采取计划生育措施的，很多家庭会生育四五个孩子，有的多达七八个。自己村里有一户连续生了 10 个闺女后还要生，非生个儿子不可。农村地区家里没男孩不仅是延续香火的问题，更是一个现实的生产力问题。有些农业生产劳动中，男女的差别非常大，所以，同森觉得国家实行计划生育政策不应该"一刀切"。

而通过儿子的介绍，同森对计划生育的基本国策有了更全面而深刻的理解。国家实行计划生育政策是基于整个国家的人口发展态势与生产力发展水平的极不协调的情况下采取的临时措施。农村地区的医疗保健和教育水平都相对较低，国家要提高人口素质，同时大力发展生产力，使我国的人口发展与经济社会的发展能尽快相协调。

日子就这样在简简单单中滑过，直到 1989 年春天。

孙子出生

1989 年 5 月中旬的一天，儿媳突然感到腹痛且疼痛不断加剧，知道自己快要生了。虽然距离儿媳的预产期还有半个多月，但儿媳也是学医的，自己能做出准确判断。收拾了两件换洗衣服和早已备好的婴儿的小衣服和尿布等，儿子和儿媳就出门准备坐车去医院。

外面的公交车装满了人，根本挤不上去，路上也根本看不到空出租车。

儿子和儿媳正站在大院门口犯愁，儿子单位的司机高师傅恰好开着车从外面回来了。他看到儿媳挺着肚子困难地站在大门边，儿子手里拿个包陪着，就大概明白是怎么回事了。他问明后立即叫儿子、儿媳上车，问清楚了要去的医院马上出发，好不容易向积水潭医院驶去。

到达医院后医生做了简单检查，感觉宫口还没有怎么开，宫缩也不强劲、不急促，就让儿媳在走廊的椅子上等一会儿再进产房。虽然是实行计划生育的时代，但医院里的产房不时传出新生婴儿的响亮啼哭声，产床经常不够用，时不时地需要动用备用产床。

伴随着产房里的一声响亮的啼哭，医生小跑着奔出产房门告诉儿子，儿媳生了个大胖小子，母子平安，正在清理和称重，说完又转身回去忙活了。两个多小时后，一切收拾停当。儿子、儿媳高高兴兴地抱着 6 斤多的孩子回家了。

玉花和同森这段时间不再经常出门了。多数时间他们在家里给儿媳热热饭菜，或者帮助儿媳给孙子换洗尿布等。他们抱着小孙子时比当年抱自己的孩子还谨慎、紧张，处处小心翼翼的。在他们看来，有了孙子意味着老张家的香火有人延续了，儿子是单传，孙子这一辈赶上了计划生育，肯定也是单传了。这怎能不让同森和玉花万分高兴呢？

同森在家里显得更加拘束了。他看孙子的眼神是热辣辣的，恨不得把眼光变成双手，去抚摸孙子细嫩的小脸蛋、小胳膊、小胖腿。他除了自己的碗筷和水杯，其他物品尽量不去触碰，在看着别人忙活的时候，显得呆呆的。

儿子看到这些心里很不是滋味，总感到父母太受委屈了，但又无能为力，经常只能一声叹息。他在家时，尽量多干点家务，并且在干活儿时和同森多说说话，聊一聊报纸上看到的有趣的资讯。他在外滞留的时间也大大压缩，能早回家就早回家。他在家里帮忙照看孩子和做些家务活儿，同时也想多陪陪父母。

儿子这样的用意自己媳妇不怎么理解，自己的父母也有点不理解，好像儿子担心父母做事情不够好、嫌弃父母一样，家里的气氛就有点怪怪的。同森和玉花单独跟儿子商量想回老家。在这里，同森感到自己完全成了累赘，玉花能帮的忙也不是很多。儿子未明确表态，他作为独子不能做出赶父母回去的不孝的事情。

老家寄来了一封信，让同森和玉花的选择更艰难。

信是大女儿写来的，除了问候父母和弟弟、弟妹外，告诉了他们一个好消息：她被烟台师范学院录取了，两个月后的秋季入学，要进修学习一年。这是大女儿盼望已久、对未来的职称评定很关键的一次学习机会。她在信中还提出，希望父母中有一个人早点返回老家，大女婿跑运输经常不在家，家里的小女儿年龄尚小，没有人照顾实在放心不下。

同森和玉花收到信后更加左右为难，心里也更加焦虑不堪。本来在北京这段时间心里就有点懊悔、烦闷。玉花后悔自己年轻时没用心练就带小孩儿的技能和本领，现学也是笨手笨脚。同森更是对自己拖着一个病身子帮不了忙而内疚万分。

儿子和儿媳商量起来也犯愁。儿子的岳父岳母年龄比同森和玉花略大，但岳母的身体不好，经常腰疼腿疼，止疼药基本不停。岳父身体还算硬朗，但当了一辈子兵的人，家务活几乎什么也不会。

大女儿进修的机会不容错过，家里的外孙女也不能没有人照顾。最好的办法就是同森和玉花两个人分开，一边一个，两边都能兼顾到。

儿子当然也知道这是最理想的解决方法，但考虑到父亲的身体状况也很为难。

儿子还是坚持同森和玉花两个人一起回老家，回去后尽快找个人来帮忙，儿子和儿媳在北京也想法请个保姆。那个时候安徽来的小保姆已经在北京城崭露头角、小有名气了，就是价格昂贵，少有人能单独请得起，经常是三五家联合请一个保姆，轮流或分时段提供家庭服务。

事情就这么定下来了。儿子去车站买好了火车票，又买了一些糕点和糖果等北京特产，把同森和玉花送上了回老家的火车。

晴天霹雳一封信

同森和玉花在儿子的护送下心情沉重地坐上了火车，同森硬卧下铺，上铺是玉花。两人在车上各自想着心事。玉花在想这次和同森一起回老家的安排留下了太大的遗憾，不知何时才能再见到儿子一家不说，孙子这么小就没帮上什么忙甚觉遗憾，脑子里总是孙子醒来后不哭不闹、乖乖地东张西望的可爱模样。同森想的是回家后托什么亲戚或朋友找个保姆赶快去北京。按照当地人的习惯，这种伺候人的活儿是没有什么人愿意干的，而保姆这样专业的事情也不是什么人都干得了、干得好的，得寻找关系非常好、非常可靠的人或出大价钱才能办成。同森脑中把自己认识的亲戚和朋友的孩子们搜罗了一遍，想来想去也没有个头绪。

同森从北京回来后一直睡眠不好，晚上经常做奇奇怪怪的梦，白天就昏昏欲睡，眼皮还跳个不停。

回来已经两周了，大女儿如期去烟台师范学院报到了，大女婿基本不在家。外孙女每天一早去学校上课，中午回来时饭菜就已经做好了，吃了饭又去学校，平时就同森和玉花在家里。

大女儿家就在发城镇中心小学的校门外，是学校的教工宿舍区，走路用不了几分钟就到学校了。正南正北的四间大瓦房与栾家村的房子差不多大小，就是院子略小点，南北比较窄。

大女儿很会收拾、布置家，家里始终保持干净、整洁，不能说一尘不染，但坐到哪里都不会弄脏衣服。院里和屋里都有绿植，不怕晒的种在院子里，像牡丹、月季开得正茂盛；喜阴的养在屋子里，屋里地上大花盆里养的文竹在空中盘旋着爬满了半间屋子，像个室内绿色遮阳棚。

　　同森这时还在休病假，南柳联中基本上不去，再过些日子同森就可以内退了，现在的副校长或教导主任可能会接替同森，全面主持工作。

　　这一天，邮递员来家里送信，同森接过来一看是平信，普通的白色信封，不是牛皮纸的有字的公用信封。公用信信封更结实、耐磨、耐撕扯，这种白色的信封比较脆，也容易被撕裂。再一看字迹，也不是儿子的。儿子那有些张扬的大字同森一眼就认得出来。再细看一下邮编、地址、收信人姓名都没有错，是寄给自己的。信封的落款处只有用于写回信邮政编码的六个小空方格，没有写编码，也没有回信地址和寄信人姓名。再细看两个邮戳一个是北京的，一个是当地的。

　　同森一边猜想着，一边拿把剪刀坐到院里的椅子上急忙拆开信封，拿出信读了起来。他平静的面色越来越难看，最后整个面部都僵住了，眼神也发呆了，两眼直视前方却空洞无物，人坐在椅子上就像一座石头雕像。

　　玉花听到有人来送信，但同森没有像平时一样看完信后走进屋里一边放下信，一边说信的内容，就感到很奇怪。玉花从屋里出来，看到同森的异样，走到同森身边把信拿过来站在同森旁边读了起来，也是一番越读越严肃甚至惊恐的表情，最后也呆住了，站在那里腿都有点发抖了，头也一阵眩晕，拿信的左手顺势垂了下来，右手就势扶到同森的肩膀上。两个人一起神情发呆、心底发凉，一个坐着，一个站着。

　　同森先恢复了理智，回过神来，把信拿过来不相信似的又看了一遍。来信没有抬头，没有写明谁是收信人，而是直奔主题，没有任何多余的话。大意是：外孙女是亲生的，孙子也是亲生的，作为家里老人不能偏心眼儿，不能只照看这个，不照看那个。两个人必须有一个人回来帮忙照看孙子，否则就断绝一切关系。后面也没有落款，也就是说没说这封信是谁写的。

　　虽然没有写明写信人的身份，但同森和玉花读完信后心里都能猜到写信人是谁，但能写出这么绝情的信的这个人与他们心目中一直温文尔雅的淑女形象的那个人怎么也联系不起来。同森和玉花一辈子老实巴交，在当地受人尊敬，还没有承受过这样的事情！

理智逐渐恢复后，同森心想信里讲的话也有道理，在家里也要对孩子们公平、公正、平等，不能厚此薄彼，否则肯定会导致家庭不和、鸡飞狗跳。同森和玉花内心里也努力做到对三个孩子和三个小家庭平等地对待，但由于传统观念作祟，其实对儿子、孙子同森和玉花在心里更深爱一层、偏向一点，家里最好的东西都是先给儿子，然后才有两个闺女的份儿。两个闺女对此从来没有怨言，也长期默认同森和玉花的这种偏心，心甘情愿地让弟弟（哥哥）多得一点儿，多得的那一点儿也有姐妹俩的情感在里面。同森想到这里，心里略感安慰，也有了些暖意。这无端的指责完全没有道理，不予理会。

再想信里后面的要求，两个人必须回去一个。这个问题在北京不是都商量好了吗？同森和玉花一起回老家，找个亲戚或保姆去北京，或者儿子、儿媳在北京请个保姆，同森和玉花出钱。哪个先办成了就依哪个。同森和玉花回来的火车上就开始商量、物色可能的人选，下了火车立刻托两个女儿帮忙去打听。逼着玉花回去不就是要把两口子硬分开吗？同森这么想着，心里的气又多了一些，理性思考也暂停了。

最后一句话是同森和玉花最不愿看到的，也是最难受、最震惊、最意外的话，也是他们活了50多年既没有遇到，也绝对没有想到的狠话。以前也有远亲间疏于走动、联系而关系逐渐淡漠或失去联系的，一旦联系上还是能和亲人一样亲热。非亲非故的人都可以善良以待，亲人间怎么就能说断就断关系呢？而且是断绝一切关系，断得了吗？父子、母子关系是说断就能断的吗？

想到这里，同森不禁猜想，这信到底是谁写的。对自己家里的事不了解的人写不出来，而且在北京半年多，他们除了和儿子、儿媳的好朋友见过面，跟其他人都不熟悉。除了儿子、儿媳，没有其他人有老家的通信地址，到底是儿媳写的吗？以前完全没觉得儿媳会用这种口气说不礼貌的狠话，这怎么可能呢？是儿子写的？这样写的目的是什么？这似乎更不可能。难道这封信是儿子和儿媳商量后由儿媳执笔写的？如果是这样，问题可真就非常严重了，后果更严重。

同森转念又一想，根据他对儿子的了解，儿子绝对不会有这么决绝的想法，也做不出这么决绝的事情，这信八成是儿媳自作主张一个人写的。看邮戳上的日期这封信的发出时间与他们从北京坐火车回来的发车时间仅差一个小时，那时候儿子很可能因为路上堵车还没回到家里呢。再说，信里的话风和用词习惯与儿子的也完全不一样。

同森又冷静、沉思了一会儿，见玉花也缓过神来了，就告诉了玉花他的想法和决定。

同森的想法是，不管这封信是谁写的，都应该让儿子知道，不能把他蒙在鼓里。玉花没有言语，默认同意了。

于是，同森把信纸照原样折叠好，放回了信封里。从大女儿抽屉里翻出一个信封，写上儿子在北京的邮编和通信地址，把收到的这封信装了进去，给儿子寄走了。

信寄走了，可这事远没有过去。同森和玉花脑子里不时地就会冒出来"断绝一切关系"这句话，赶也赶不走。把儿子养育到 19 岁，之后又省吃俭用地供他上大学，工作之后又帮助他成了家，无怨无悔地做这一切就是为了"断绝一切关系"吗？他俩怎么也想不通。

过了两天他们又想，儿子该收到信了吧？信寄到北京一般五天多，这都一周时间了，肯定收到了。

儿子收到信后会怎样呢？儿子看了信会不会与儿媳吵起来？也许儿子最近出差了，不在北京，没有看到这封信。或者这封信路上寄丢了，反正不是挂号信，没有邮递记录可查。

他们就这样胡乱猜想、胡思乱想着，心神不定，以至于外孙女都看出他们有心事，表现得更加乖巧、安静，时刻观察着他们的神情行事。

抑郁成重疾

同森一直坚持骑自行车上下班，周一一早去上班，到周六下午才下班回家。如果周一一早有重要事情，一般前一天下午就骑自行车去做上班的准备了。骑自行车上下班不仅解决了交通问题，还能锻炼身体。这既是一种被逼无奈的选择，也是一种苦中作乐。

同森当兵的时候身体素质和体能非常好，各种艰苦的训练都能比较轻松地达标。复员后不久他就当了老师，学校里一般都有运动场和体育设施，锻炼身体和进行体育活动有场所和器材方面的便利，自己也经常利用业余时间打打篮球、跑跑步什么的，身体一直很健康。

不知何时，同森感到容易疲劳，脸色也略微有点发黄，不仔细看看不出来。直到第一次去北京看望儿子时在部队医院里检查出患有肝炎，才知道自己得了能够传染的疾病。

肝炎是我国最常见的传染病之一，在疫苗未普及之前，尤其是在生活困难时期，由于缺乏足够的营养，肝炎的发病率及病死率曾经都比较高。肝炎又可根据病毒的种类细分为甲肝、乙肝和丙肝等类型，主要通过消化系统传播，通过不洁饮食、混用未经严格消毒的不洁的餐具和茶具、密切的生活接触等途径传播。乙肝能通过注射疫苗进行有效的预防。

同森小的时候尚没有乙肝疫苗，肠道传染病、蛔虫病等寄生虫病在农村地区还属于常见病和多发病。同森的肝炎他自己都说不清楚是在哪里被传染上的，发现时显然已经患病有一段时间了，只是病情不算太严重，自己身体的外观没有那么明显的变化。在北京治疗一个月后病情进一步稳定了，不饮酒和长期清淡饮食无形中对他的病帮助良多。另外，他没有进行重体力劳动，上下班和去近处都是骑自行车往返，身体整体状况还算健康，至少看起来是这样的。

同森得知自己患病后特别注意饮食卫生，自己的餐具、茶具和其他私人物品都定期进行烫洗消毒，生怕有传染给别人的风险。自己也更加关注健康知识的学习，尤其是跟肝炎防治相关的资讯。他久病成医，对肝炎发病、治疗、预后和预防的相关知识学习了不少。通过自学他知道，这种病得了就很难去根，控制不好很容易复发或恶化，复发或恶化容易导致肝硬化或肝癌变。肝脏是身体的解毒器官，也是对各种毒素、不良情绪很敏感的器官，他的性格，尤其是遇事爱生闷气的习惯对肝脏健康很不利。他也经常提醒自己遇事想开点，自觉控制能力还算不错。

同森把那封莫名其妙的来信给儿子寄过去了，可留下的记忆是一辈子都忘不掉的，想起来就感到憋屈、痛苦。同森也劝自己尽量不去想这件事，可这事对于没几年就要退休、退休后想去投奔儿子的人来说又怎么能够当作什么也没发生一样呢！而情感上越是感到憋屈、痛苦，记忆就越淡忘不了，同森完全陷入了一种恶性循环之中难以自拔。玉花深知同森的痛苦，也知道自己的劝说没有什么实际作用，只好在生活上照顾得更细心，并不时鼓动外孙女去哄姥爷高兴。

同森一会儿坚信，儿子肯定收到那封信了，但不知该怎么回信；一会儿又想那封信可能被别人代收了，后来忘了转交给儿子，儿子没看到也自然就不会写回信了。

各种猜想交织在一起，同森也不知道是希望儿子收到，还是不希望儿子收到那封信，心里既希望看到儿子的回信，又怕看到儿子的回信。虽然自己和玉花郁闷、痛苦着，但绝不愿意看到儿子和儿媳的小家庭吵闹不和，何况小孙子才一岁呢。想到这里，同森又后悔把信寄给了儿子，要是能追回来就好了，要是路上邮政人员出了差错把信弄丢了更好。不管儿子是否收到那封信，最好能当作没看见任何来信一样，眼不见、心不烦，能心情平和地过日子就好。

怒伤肝，生气是怒的一种，生闷气更对健康不利。同森一直有生闷气的老毛病，遇到让自己不开心、不满意的事情，绝不会通过"怼"别人或发脾气发泄不满，而是自己在很长一段时间里闷闷不乐、明显抑郁，别人的劝解也基本不起作用，除非有让他高兴的事情出现。同森自己也知道这样的性格和情绪化对自己健康不利，可每次总会陷入一种固定模式。

大女儿、小女儿和两个女婿先后发现了同森和玉花的压抑、不快，不知道原因，还担心是自己的言行不当惹了同森和玉花，来看望或陪同同森和玉花说话时都变得小心翼翼的，生怕说错了话、办错了事。

同森和玉花也感觉到了家里气氛的压抑，想办法扭转情况。但短暂的快乐之后，留下的是内心更深的寂寥、惆怅、难过和恐慌，尤其是对"断绝一切关系"后老无所依的恐惧。心里想的事越多，对儿子的怨恨也越来越多，他如果有个回音该多好！即便是吵架，也得双方你一句、我一句的，这信寄去了没有回音，就像吵架没有回应一样，吵都没法往下吵。吵，还可能有活路，有改变的机会；不吵，看似平静，却往往后果更严重，是死路。

同森和玉花感到左右为难，欲哭无泪，只能在愁闷中无奈地等待着。

就在这期间，同森的一位好朋友，也是一名老师，前些日子感觉身体不适去医院看病，就在医生的眼皮底下心脏病突然发作去世了。同森本来就有点讳疾忌医，听到这个消息后更不愿意和医院打交道。即便是轻微的发热或腹部疼痛也不吱声，就自己默默地忍受着。

这年的春节，同森和玉花就留在大女儿家里过了。大女儿家里的房子墙厚、屋顶厚，双层的玻璃门窗，既亮堂，又保暖，比自己的老房子强多了。再加上生个煤炉子，家里冬天的温度能达到十五六度，比老家的土炕暖舒服多了。

春节前后，同森和玉花不免回忆起了前一年在北京儿子家过年的情景，温暖的室内环境，热闹的城市氛围，简单的家常菜肴，日子不富有但温馨舒适。大女儿这里的生活条件不比儿子家差，房子还宽敞得多。镇驻地有大集，过年的商品琳琅满目。大女婿最后一趟长途还从外地专门买了礼花弹，据说可以冲上天空三五十米高，比普通的"二踢脚"厉害多了。

一番回忆和比较后，同森和玉花不免又加重了对儿子一家的思念和牵挂。年货备得齐不齐？冬储菜是否足够？小孙子能满地爬了吧？过年可有新衣帽？他们只能想象着、祈祷着三口人能过得幸福如意，希望儿子一家生活得更幸福些、困难更少些，也希望傻儿子哪怕忘了父母，也要自己好好的，过个好年。

大女儿一家过这个年可一点也不轻松，想着法儿哄同森和玉花高兴，就像是哄老小孩儿。转眼开春后把冬装换下来，玉花就觉得同森胖了，肚子上有肉了，鼓鼓的像是有点啤酒肚了。以前同森的肚子一直是平平中右侧略高，多少年都一样，一条裤子穿不烂就继续穿，因为腰围基本不变。这个冬天特别寒冷，同森和玉花很少到室外规律地走一走、活动活动腿脚，基本上全天候地待在家里。听玉花这么说，同森也只是笑一笑而已，未置可否。

又过了些日子，同森的肚子又长大了一些，外凸得更明显了，同森的面色也明显变黄，四肢也消瘦了。玉花觉得情况不对，力劝同森去医院检查检查。

同森也自觉最近胃口不好，体力明显下降，活动不一会儿就得休息。他在玉花的反复劝说下同意去医院做个检查。

医生让同森躺在诊断床上从正面、两个侧面反复按压和敲击他的腹部，初步诊断为肝硬化伴发腹水。为了确诊，医生让同森又去拍了个 X 光片。

医生拿着 X 光片仔细地对着箱灯刚看了片刻，肯定了自己的诊断，告诉同森和玉花回去后要加强营养，有什么喜欢吃的好东西就多吃一点。明白人一听就是没指望了，准备后事吧。

玉花想把这个情况告诉儿子，让儿子在北京找大医院确诊一下，万一这边的医院诊断错了呢，说不定北京的医院有新的治疗技术能够治愈这种疾病呢？

同森听了玉花的想法坚决不同意。理由是儿子虽然在北京工作，但不是在卫生部门工作，再说到北京检查治疗，那得花多少钱？自己没有积蓄，单位医保水平低，儿女工资都不高，除了工资都没有额外收入，哪里有钱来治病？再说，那封疑似儿媳写的信中说，如果玉花不去北京照看孙子就"断绝一切关系"，玉花没去北京，儿子也没有回信说是否"断绝一切关系"，现在的关系算什么关系？这最后一点才是同森心里真正的疙瘩，儿子没有回信承认错误或者做出解释，就是摆明了要断绝关系。既然他不认这个父亲，同森自然不会认他这个儿子，就算是死了，自己也不会向儿子求救的。

两个女儿和女婿知道后也一起做同森的工作，先保住生命才能谈其他的。同森有自己的原则，决定哪里也不去，就在家里接受适当的治疗，让自己别那么痛苦就行。他看到有的报导说过，肝细胞一旦硬化了就没有任何办法恢复健康了，就像鸡蛋被煮熟了、凝固了，无法再变成液体，也就是说病没治了。

同森没有被这个诊断结果吓坏，心里很清醒。自己活了50多年，经历的人和事让他已经看开了生死的无常，自己对死亡没有任何惧怕，也没有做过亏心事或悔心事，现在把儿女拉扯大了，玉花也有了基本生活保障，自己死而无憾了。他准备就这样安静地等待死亡的到来。

两个女儿和女婿不愿就这样让同森放弃治疗，但也不敢违背同森的要求私下里告诉同森的儿子父亲生病这件事。他们多方打听，得知烟台有个医院治疗肝硬化有特长，虽然不能治愈，但可以延缓病情。

大女儿家境比较宽裕，小女儿也表示尽力资助，商量后决定送同森去烟台的医院治疗。后来他们打听到铁口村有人就在这个医院工作，联系后就劝说同森去住院了。

雪上加霜

烟台的这家医院对外的名称并不起眼，其实这个医院是当年烟台市的传染病医院，属于一个机构、两块牌子，专门收治患各种传染病的人。为了不引起社区居民的恐慌和担心，医院大门外只挂了个地方医院的牌子。

同森在北京住过传染病医院，有经验，对传染病医院的管理制度也有了解，不同级别的传染病医院大小、规模、科室设置有所不同，治疗技术和水平也不同，治疗病种、病程管理和预防要求等基础性服务基本相同，都遵守国家的统一规范。所以他入院后很快就适应了各项管理规定，但心里对医院尤其是传染病医院还是很反感，担心因管理不规范而在医院内相互交叉传染。同森自觉地不在医院里乱跑，避免感染其他疾病。

烟台这家医院的名气主要来源于一位老中医。这位老中医来自中医世家，祖上流传下来一套中药和针灸相结合的消化系统疾病防治经方、验方和偏方，后来结合西医医学技术发展出中西医结合的临床治疗方法，由于疗效好而远近闻名，其中又以治疗肝脏疾病效果最好，慕名而来的患者长年不断。

同森入院后先接受了系统的临床检查和各种化验，既是为了确诊，也是为了排除其他疾患，以便医院对症下药。综合检查和化验结果显示，同森的病情已经属于晚期的晚期，肝脏已经大面积硬化，完全失去了外科手术的机会；既有腹水长期压迫肾脏出现的尿液指标异常，也有上消化道出血形成的黑便和粪便蛋白指标超高；血液电解质指标也明显紊乱。医院里已经回天乏术，老中医亲自问诊后也觉得同森完全康复的可能性不大，外力已经基本上无能为力，只能先保守地对症治疗，看看效果如何。

医院里给同森开了一些促进腹水吸收的去湿利尿中药，医院里负责煎成汤药送到同森的床头，定时、定量服用；又开了促进消化吸收和改善肝脏机能的中药制剂，有片剂和丸剂；又适当安排了输液，调整电解质平衡。他们饮食上选择了医院里的营养配餐套餐，两个女儿分别购买了蛋白粉、鱼肝油等营养补充物，还在同森的床边常备着糖水桃子、糖水山楂罐头。玉花成了专职陪护，24小时不离同森左右。

住院两周后，药物发挥了一些作用。同森的肚子明显减小，鼓得不那么明显了，敲击检查后水浊声和范围都明显小了，同森自我感觉体力也有所恢复。趋势良好，令人鼓舞。

这期间发生了一件事让同森的情绪又出现了波动。

大女婿是开大卡车跑运输的，常年在外奔波，很是辛苦，而且时常会遇到交通危险和社会风险。大卡车的车体又宽又长，而以前修的公路普遍偏窄，这几年有些大货车严重超载，把路面压得坑坑洼洼的。路况差，交通混乱，就更容易出事故。

这一天，大女婿正在从安徽北部阜阳一带赶回家的路上，这趟长途活儿除了成本，运输的纯收入能有8000多元。但收货方声称手头没有足够的现金，只能现场付货款2000多元，其他的钱到年底时再付。大女婿心里虽然不高兴，但又没有其他办法，就拿着欠条和部分现金赶着回家，心里想的是趁着货源充足多跑几趟，跑得多肯定就挣得也多。因为是空车，他的车速就比较快，而为了省钱，走的是国道，没有走高速路。

国道上什么车都有，农用车、自行车等各种车辆混行。在一个路口，大女婿的车赶黄灯准备快速冲过路口，结果和一辆提前起步的农用车发生了剐蹭，农用车因为刹不住车而顶到了大货车的后轮发生了侧翻，驾驶员摔到了地上，躺在那里不动。大女婿停车后马上下车查看，询问对方伤着没有，并仔细查看其身上是否有伤口或出血。还好，只是轻微的外皮擦伤，没有大碍。

农用车司机听出大女婿是外地口音，再扭头细看大货车车牌是鲁字车牌，就坐在地上不起来，好像在等什么。

大女婿反复问他是否受伤，也感觉他身上没有明显的撞伤，试图拉他起来，这人就是坚持坐在地上，还不停地东张西望。突然，他像遇到了救命恩人一样，冲着另一辆经过的农用车的司机大声呼喊。因为呼喊用的是地方方言，大女婿也没听懂他说话的意思，还试图继续劝他起来。

不一会儿，刚才被喊话的那一辆农用车司机带着另外五六辆农用车赶了过来。过来后不是帮忙把坐在地上的农用车司机拉起来，而是把大女婿团团围了起来，用北方人勉强能听得懂的话说撞坏了人和车得赔钱。

大女婿想人在外地，多一事不如少一事，如果吃点亏能早点脱离困境赶回家也值了，就随口问要赔多少钱。

对方没想到大女婿如此痛快，愣了片刻后说5000元。这其实就是敲诈、勒索。

大女婿知道对方是狮子大开口，等着讨价还价呢，就狠狠地压价还了个很低的数，200元，而且说这是个最高数。

对方听后不仅嗤之以鼻，还有人上来动手推搡大女婿。大女婿看这架势不好，弄不好会挨打。他听别的大货车司机讲过被打的事情，自己身上只有2000多元现金，后面还要预备一天多的加油钱和司机两人的吃喝费用。

对方见大女婿把衣兜都翻遍了，就把百元大钞全部拿走，还威胁说不许报警，如果报警下次走这里有更大的麻烦。

大女婿通常回到家会把跑运输路上的故事说给家里人听，显得很轻松，全家人听了常为他提心吊胆，但也只能是反复叮嘱他出门在外务必小心谨慎，必要时就破财免灾。这次的货源地离同森所住的医院不算远，大女婿趁着装货的时间到医院里探望同森，在病房里无聊时就把这次的历险当成故事讲给同森听了。

同森正在住院，不免心里焦急起来。焦急的是大女婿一趟活儿一分钱没挣下，自己又住着院，大女儿家里就得动用以前的积蓄。积蓄一动往往就像多米诺骨牌，后果难以控制。这样的事情以后难免再发生，再发生说不定赔得更惨。所以他就又不想住院治疗了，闹着要出院，情绪也陷入了低迷中难以自拔。

同森的大女儿一个劲儿地瞪大女婿，希望他不要当着同森的面说这些不愉快的事。见眼神不管用，大女儿偷偷地用力掐大女婿，他这才止住不说了。大女婿赶快声称货装得应该差不多了，又跑出去挣钱去了。

恰在这时，同森学校里出了早恋早婚、旷课逃学的案例，被县教育局狠狠地进行了批评，并被给予取消评选先进个人和先进集体的处分。

学校里主持工作的副校长遇到这事想起了同森。同森是学校里正式任命的"一把手"、名正言顺的校长，就打听着找到医院里来向同森做了汇报，并诚恳地请同森在病中给予工作指导。同森离职休病假是得到镇政府和县教育局批准的，学校实际已经安排副校长全权代管了，而且时间上看，同森也快到办理内退的时间了，学校里出了问题来找同森其实是没什么道理的。

同森是个不会当面发火的人，有气也自己闷在肚子里。同森以有病假条和县教育局的批准为由拒绝接手处理这事，并且表扬分管副校长工作能力强，鼓励他继续努力干，并祝他前途无量。

人打发走了，可诸多事情让同森心烦，身体情况反而越来越差。

入院时化验检查结果显示同森的肝脏绝大部分已经硬化，肝功能自然几乎全失。肾脏由于腹水挤压血管等原因，功能也严重受损。他身体的电解质严重不平衡，但经输液调理后基本正常了。

对于同森来说，电解质平衡失调既是肝、肾功能异常的结果，也是肝、肾功能恶化的原因，是一种恶性循环。电解质平衡失调还可以成为导致其他疾病的原因，如影响到神经、心血管和内分泌。

同森的身体处于一种非常虚弱的临界状态，就像"一根稻草能压死一头骆驼"的道理一样，一个不小心就可能导致严重的后果。

据说，人临去世前会有"回光返照"的现象，同森有一天突然胃口很好，很想吃东西。家人很高兴，以为同森病情好转了，满足了他的要求。

晚饭后不久，同森出现了急性腹部巨痛，他平时说话声音大一点都怕吵着别人，但也不自觉地呼喊着"疼、疼、疼"，大汗淋漓。

玉花赶快去喊大夫。住院值班的是一名工作没几年的年轻大夫，以前没有遇到几次这样的急症。住院病人的病情基本都是稳定的，变化也比较缓慢。医生与护士赶来进行检查、抽血化验，打了镇痛剂，并报告了上级医生，如果疼痛止不住，就准备进行剖腹探查。

医生打了一针镇痛剂后同森逐渐不喊疼了，面容也逐渐恢复正常，没有了疼痛的痛苦表情，闭着眼睛像睡着了一样。

玉花和大夫觉得病情控制住了，都安下心来。玉花还暗自庆幸同森躲过了一劫。

无言的结局

在室温达二十二三度的房间内，同森盖着厚被子，躺在病床上还觉得寒冷，而且这冷不是通过皮肤感知的，是从内心深处感到的。

蜡烛能够持续燃烧是因为有氧气的持续供给，能在烛心保持一个高温度的热量团。这时的同森就像快燃尽的蜡烛，勉强还在无风吹动的环境里顽强地燃烧着。

同森这段时间改变了以往能动则动的习惯，变得能不动则不动，静静地躺在床上，或闭目养神，或眼睛空洞无神地盯着病房洁白的天花板，和玉花的话也少了，偶尔在他眼角能看到一丝湿润。每当看到同森这个样子，玉花除了内心轻叹一声，也别无他法。

同森在弥留之际除了回忆没有了任何其他想法，在回忆中有自己感到自豪的事情，也有略感遗憾的事情。如果是自己感到自豪的事情，心里想如果再活一次自己还会这么做，只不过会比上一次做得更好，因为有了经验，如选择去当兵，选择加入中国共产党，选择当教师；如果是自己略感带遗憾的事情，心里想如果能再活一次，自己一定把这些遗憾弥补上。比如过度相信"沉默是金"和习惯于生闷气，既损害了自己的身体，也没有换回多少人真正的理解和同情。他的回忆中更多的是一些平常事，如果再活一次，也只会这么选、这么做，但会做得更好一些。

同森在回忆时特别注重回想自己是否亏欠了别人，包括组织。首先在工作上，唯一亏欠的就是觉得自己的工作做得还不够出色，那是个人能力所限，今生已没有办法。在个人交往方面，他仔细回忆也没有想起对谁有什么亏欠，尤其是没有借了钱不还的、欠下人情不打点的。

在回忆的过程中，同森刻意不去回忆让他感到心寒的事情，因为这会加速他的能量消耗，会让他感到更冷。可刻意回避不等于不存在，回忆的闸门无法靠外力打开或关上。同森能做的就是不去多想。同森爱自己的孩子们，也一直为养育他们辛勤付出。想到儿女难免又触及了同森最敏感、疼痛的神经，那就是久未联系的儿子以及和儿子一家的关系，自己想得脑袋疼也没弄明白到底是怎么一回事，也没想明白该如何去化解这个矛盾。同森每次想到这里都劝自己不要去想了，这次也一样。

这个世界上唯一亏欠的就是玉花了，自嫁给同森后就开始照顾自己的一大家子人，后来就开始抚育孩子们，辛辛苦苦一辈子丝毫没有怨言。好在这几年国家有农转非的相关政策，同森符合政策条件随之申请了玉花的农转非，最新一批据说很快就可以审批下来，这样玉花就不用再交各种农业户口的税费和农村提留了。玉花因为没有固定工作，在同森去世后还可以根据规定申请政府的生活困难补助，生活算是有了基本保障。他心里不舍玉花、生活上依赖玉花，但自己现在的样子已经拖累玉花很久了，不能再拖累她了！

在给同森注射了镇静剂的第二天，玉花起床后像往常一样第一时间去查看同森，同森的表情依然像昨天晚上一样安详，只是双眼紧闭，不再呼吸了。

玉花看到同森离世，一声叹息，既痛苦，又有一丝安慰。痛苦的是相伴近 40 年、年纪尚轻的伴侣这么早就走了，留下孤单的自己；安慰的是同森不用再喝苦药汤、不用再受痛苦煎熬了，工作、生活的各种麻烦和不如意都与他无关了，他彻底解脱了。

同森的画作

学画画　办板报

1981 年，同森按照镇教委和县教育局的安排调任发城镇中心小学担任校长。在发城镇联中担任副校长的两年中，同森喜欢上了副校长的岗位。他虽然有教学任务，但课程并不多；他享受校长级工资待遇，但相较于校长，基本没有大的工作压力，心里轻松了太多。大女儿已经如愿当上了正式教师，儿子于 1979 年顺利考上了大学，小女儿还有一年也就高中毕业了，玉花的农转非也有了眉目，家庭生活有了明显改善；长期的劳累和操心让自己时常感到身体疲惫，这两年也休养调整得略有起色；除了供儿子上大学有经济压力外，其他方面基本没有什么压力。所有这些都让同森感到满足。

作为一名老党员，他服从组织安排的观念已经深入骨髓里了。同森没有因为从联中降级到小学任职而闹情绪，也没有跟组织上提任何个人要求，他按时到学校就职，并尽职尽责地完成各项工作任务。经过一年的熟悉情况和教师课程的优化调整后，学校的教学工作有了新的起色并正常运转。教学工作的具体管理由教导主任去抓，同森有了更多的时间和精力做其他工作。在这种情况下，同森决定抓一抓学校里的板报问题。同森想，板报不仅是一个学校很重要的"脸面"，也是传播知识的重要窗口，应该办得生动、活泼、美观，能吸引师生愿意看，让人受到教益。

要提高板报质量，首先板报的字要美观。学校里写字好的大有人在，但困难的是学校里没有美术专业的人才，板报的配图和美化始终不理想。

同森一直喜欢养花侍草，自己也有点绘画的天赋。家里有套线装的《芥子园画谱》，自己曾临摹过一些花鸟画，在自己和亲戚家里的照壁、墙壁上都有自己绘制的花卉鱼虫画作，来家里的客人都伸出大拇指对其赞赏有加。同森想，在没有更合适人选的情况下，作为学校里算是有一定的美术基础的人，这自己想出来的任务，恐怕只能自己来完成了。

同森是一个说干就干的人。他找来一个专门练习绘画的本子、绘画铅笔和颜料，结合板报的需要和特点自己练习板报绘画。

同森最擅长的是画花卉，像牡丹、兰花、荷花、月季、菊花。这些花对同森来说不仅好看，花朵、枝叶也好画，照着图片或者花样临摹就可以。这些花的寓意也是同森所喜欢的，如牡丹花雍容富贵、兰花静谧幽香、莲花出污泥而不染、月季花常开常新、菊花傲世独立。

同森觉得板报不能只临摹这些花卉，还要画些常见的、不常见的和更接地气的，包括描画现代新科技、学校日常活动的内容等。

于是，家中就留下了同森精心绘制的 16 幅习作，并被大女儿细心地保存了下来。

同时，家中也保存了同森学习绘画的一些经验体会等，摘抄如下。

一、画种介绍

1. 中国画：具有悠久的历史和优良传统的中国民族绘画，在世界美术领域中有独特地位，有人物、山水、花鸟等画种以及工笔、写意等技法。

2. 油画：用调色油和颜料画成，是西方绘画中主要的画种。一般多画在布、木板或厚纸板上。其特点是颜料有很强的遮盖力，能够充分地表现出物体的真实感，有丰富的色彩效果。

3. 版画：其特点是作者运用刀和笔等工具在不同的材料的版面上进行刻画，可直接印出多份原作。版画有木版、铜版、石版等若干种。木版画即木刻，是普遍流行的一种版画。

4. 水彩画：水彩颜料是胶水油制成的，做画时用水溶解颜料于纸上，利用画纸的质地和水分互相渗融等条件，表现出透明、轻快、温润等效果。

5. 水粉画：用粉压制颜料和水调合绘成，颜色一般不透明，运用得当，能兼有厚重和明朗轻快的感觉。

6. 宣传画：也叫"报贴画"，是一种以宣传为目的、结合简短宣传性文字的绘画。

7. 年画：中国的一种绘画体裁，新年时张贴，故得名。

8. 连环画：是用多幅画连续叙述一个故事或事件发展过程的绘画形式。

9. 素描：主要以单色线条和块面来塑造物体的形象，使用工具包括铅笔、木炭棒、钢笔和毛笔等。

10. 漫画：一种具有强烈的讽刺性和幽默性的绘画。作者通过夸张、比喻等手法，借以批评、讽刺和歌颂某些人和事。

二、怎样才能学好绘画

1. 要有较高的观察能力：观察物体的空间位置和外形特点。

2. 安排好画面：分散了不好看；排列为一行显呆板；要多样性统一、宾主协调。

3. 主要靠练。

4. 要认真。

5. 要培养自己的审美能力。

三、工具

1. 铅笔：两支。

2. 直尺。

3. 颜料。

4. 纸张。

这既是笔记，又像教学提纲。这也许是教师的职业习惯吧。

同森
篇

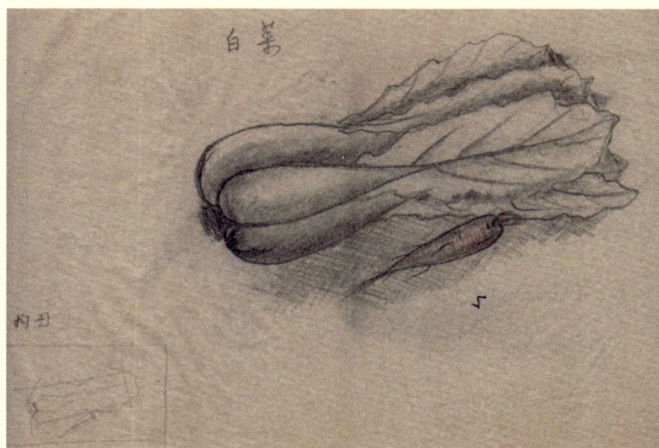

画作之一　白菜＋萝卜

　　白菜和萝卜是胶东农村地区种植最多、吃得最多、冬季储存最多的蔬菜之一，是 20 世纪名副其实的当家菜。两种蔬菜的种、收时间基本一致，夏天播种，冬天下雪前采收，供整个冬天和早春时节慢慢食用。白菜在春节时是包饺子最常用的食材，最常见的做法是白菜猪肉炖粉条、醋溜白菜、白菜豆腐汤，保存得好可以一直吃到第二年春天。

　　在没有冰箱的年代，农民一般在田间地头或自家院子里挖个深、宽各一米左右，长两米左右的临时地窖，用玉米秸、废旧报纸或塑料布盖上，再用泥土封顶，把白菜和萝卜根朝下一棵一棵地码放在里面。封盖的土层厚度要在 20 厘米以上，以防止结冰后把白菜和萝卜冻坏了。为了便于保暖和辨认，地窖上一般会堆放些木柴或者农作物秸秆。要吃白菜和萝卜的时候，从一侧开始一棵一棵地拿回家食用。取过白菜和萝卜的地方要继续用泥土封好。

　　看画作中白菜和萝卜的比例，这个萝卜不是胶东地区常见的大个儿的白萝卜，也不像是细长的青绿萝卜，更像个胡萝卜。

　　俗话说"萝卜白菜保平安"，说的既是这两样菜的营养价值，也是这两样菜的主体地位。在大棚还没兴建、运输也不发达的年代，它们就是北方人主要的过冬蔬菜。冬储大白菜在城市里曾经是很壮观的一道风景。一车车满载大白菜的卡车呼啸着从农村开到城里，家家户户都有人排队等候买菜，少则买一二百斤，多则八九百斤，用各种工具搬运走。楼房的过道里、四合院和小平房的屋檐下都有大白菜的身影。大白菜被整齐地码放后用报纸、塑料布等遮盖起来，然后慢慢被吃掉，剩下的慢慢干枯。保存不当，很容易烂叶、烂根。

现在生活条件大大改善了，一年四季都能吃到大白菜。

画作之二　芥菜疙瘩

芥菜疙瘩：十字花科两年生草本植物，我国各地均有栽培。块根呈圆锥形，有辣味，可用盐腌或酱油腌渍后作为小菜食用。

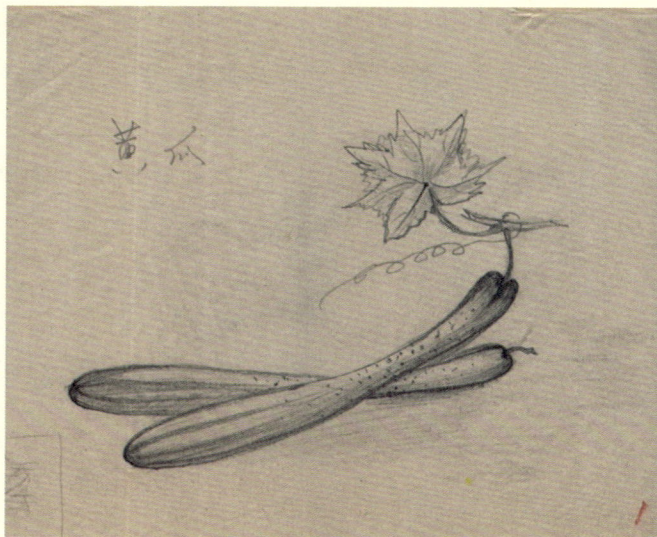

画作之三　黄瓜

　　黄瓜：原名胡瓜，是汉朝张骞出使西域时带回来的一种蔬菜。为葫芦科一年生蔓生或攀援草本植物，雌雄同株，在中国各地普遍种植，许多地区有温室或塑料大棚栽培。黄瓜为中国各地夏季主要蔬菜之一，味甘、性凉、无毒，入脾、胃、大肠经；具有除热、利水利尿、清热解毒等功效。黄瓜的茎藤可药用，能消炎、祛痰、镇痉。

画作之四　喷壶

　　喷壶是一种养花浇水的常用器具。喷水的部分像莲蓬，有许多小孔。据说，有的地方也叫喷桶，这应该多指个头比较大、较深的桶状喷壶。

　　同森喜欢养花，尤其喜欢养月季花，而且养得很不错。同森爱养花，自然有喷壶。

　　同森画的喷壶就是他在学校里常用的喷壶，样式、比例很像实物，白铁皮做的。同森经常拎着它浇花。

　　同森每次换学校，也总是把这个有些旧但用着很顺手的喷壶带上。

画作之五　青蛙

青蛙，别名田鸡，两栖类动物。卵产于水中，体外受精。幼时蝌蚪有尾，成体无尾。主要用肺呼吸，兼用皮肤呼吸。其鸣叫声响亮，善跳跃。

胶东地区的河里、池塘里，每到夏天都能听到青蛙的鸣叫声。青蛙是对人类有益的动物，在庄稼地里能消灭很多害虫。

毛泽东主席曾写过一首咏蛙的诗，把青蛙描写得很霸道。全诗如下："独坐池塘如虎踞，绿荫树下养精神。春来我不先开口，哪个虫儿敢作声。"

陆游也写过与青蛙有关的诗句："湖山胜处放翁家，槐柳阴中野径斜。水满有时观下鹭，草深无处不鸣蛙。"

画作之六　大熊猫

　　大熊猫是我国特有的物种，哺乳动物。其体型肥硕似熊，丰腴富态；体色黑白相间，还有很大的黑眼圈。野外生活的大熊猫寿命一般为 18 至 20 岁，人工圈养状态下能达到 30 多岁。

　　大熊猫在地球上生存了至少 800 万年，被誉为"活化石"和"中国国宝"，是世界自然基金会的形象大使，是世界生物多样性保护的旗舰物种。

画作之七　秋色

　　牵牛花，一年生缠绕草本植物，花型酷似喇叭，因此有些地方称之为喇叭花。花的颜色有蓝、绯红、桃红、紫色等，是常见的观赏性植物。其果实为卵球形，种子有黑、白两种颜色，苦、寒、有毒，可以入药，名丑牛子。多以黑色入药，白色较少用。有利尿通便、逐痰、杀虫（蛔虫、绦虫等）的功效。

　　牵牛花在胶东地区就被称为喇叭花，常见的有紫色和绯红两种颜色。同森以秋色为题，画了两种颜色的牵牛花，有的已经怒放，有的含苞待放，寓意秋天会不断地有收获。

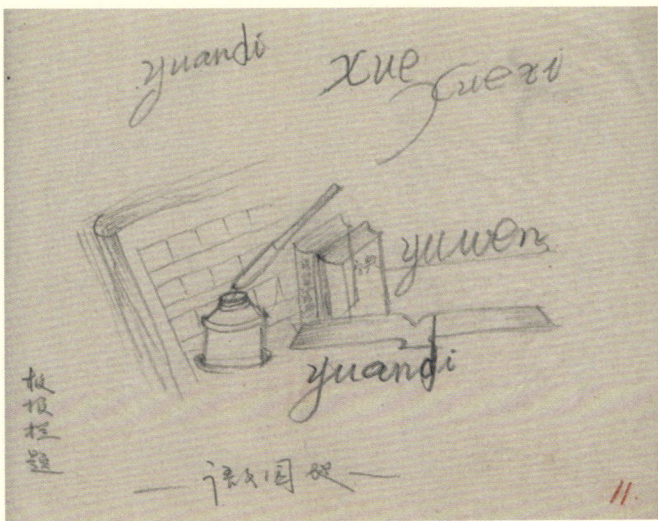

画作之八　语文园地

　　语文是语言文字的简称，是运用语言规律与特定语言词汇所形成的书面或口语的言语作品及其形成过程的总和。语文是一门重要的人文社会科学，是基础教育课程体系中的一门重点学科。语文是学习其他学科的基础，是人们互相交流思想的工具。

　　语文课是我国自小学到大学各级学校设立的一门主要学科，讲授的是语言知识和文化文学知识，培养学生的听、说、读、写等能力。

　　同森特别重视语文的学习，在板报设计中也进行了反复思考和创作尝试。

画作之九　学习与表扬

　　这是同森设计的板报"学习"和"表扬"栏目的配图。

　　学习是指通过阅读、听讲、观察、研究、实践等方法和途径获得知识、技能或认知的过程。同森设计的学习栏目用的是四君子中的竹、梅、松，意味着学习首先要像竹子一样虚心好学、正直向上，要像梅花一样耐得寒暑、含蓄暗香，也要像松树一样四季常青、持之以恒。

　　表扬是指依据客观事实，对处理事情正确的人给予认可和鼓励的行为。牡丹花有圆满、浓情、富贵、华贵之寓意。同森在表扬栏目上用的是最富盛名的"百花之王"牡丹，意味着获得表扬的人就是杰出的人物，像盛开的牡丹花一样鲜亮夺目、令人心仪。

画作之十　静物写生

　　1982 年时，电视机在胶东地区农村还是个稀罕物件，黑白电视机已经算是富裕人家的高级家电了。同森肯定在心里也希望自己家能拥有一台电视机。

　　菊瓶组合显示了同森对平安的期望和对菊花的热爱，组合起来就是希望平平安安、永远健康。这个时期，同森的身体已经出现了怕冷、畏寒现象，身体机能已经有了明显的退化，内心对健康更加渴望。

画作之十一　盆景

　　盆景是中国优秀的传统艺术之一，是以植物、山石、土和水为基本材料，经过艺术创作和园艺栽培，在盆内表现自然景观的艺术品，有使人小中见大、缩地成寸的艺术效果，被称为"立体的画"和"无声的诗"。

画作之十二　菊花

菊花是宿根草本植物，别名寿客、金英、秋菊、日精、女华、延年、隐逸花、家菊等，是我国"十大名花"之一、"花中四君子"（梅、兰、竹、菊）之一，也是世界"四大切花"（菊花、月季花、康乃馨、唐菖蒲）之一。

中国人有重阳节赏菊和饮菊花酒的习俗，在古代神话传说中，菊花还被赋予了吉祥、长寿的寓义。

菊花也被众多文人歌咏，陶渊明的"采菊东篱下，悠然见南山"和孟浩然的"待到重阳日，还来就菊花"都是耳熟能详的佳句。

菊花除了供人们观赏外，尚有食用和保健功效。菊花可以做成精美的佳肴，如菊花肉、菊花鱼丸、油炸菊花。常饮菊花茶能令人长寿，也可以做成菊花粥、菊花糕、菊花羹等食用。菊花膏、菊花枕、菊花香囊等有疏风、平肝功效，嗅之对感冒、头痛有辅助治疗作用。

菊花象征长久和高风亮节，也是秋的象征，故九月又被称为"菊月"。

画作之十三　　月季花

月季花又称为"月月红"，是"花中皇后"，既是观赏植物，又是药用植物。

月季花花型秀美，姿色多样，四时常开，深受人们的喜爱，我国有许多城市将它选为市花。1985 年，月季花被评为"中国十大名花"之一。

画作之十四　问答

　　这是同森设计的板报问答栏配图。一棵已经抽穗的麦苗，象征着希望和收获。一个大大的问号和一个酷似"答"字的笑脸模样组合成"问答"两字，画在板报墙上应该比较醒目。

画作之十五　兰花

兰花是我国传统名花，被看作高洁典雅的象征，并与"梅、竹、菊"并列，合称"花中四君子"。

兰花除了供观赏外，还可以食用和药用。食用可做成茶或用来熏茶，也可以做汤等。全草均可入药。其性平，味辛、甘，无毒，有养阴润肺、利水渗湿、清热解毒等功效。

古人多有赞颂兰花的文章和诗篇。

苏轼的《题杨次公春兰》中有："春兰如美人，不采羞自献。时闻风露香，蓬艾深不见。"

郑板桥的《高山幽兰》："千古幽贞是此花，不求闻达只烟霞。采樵或恐通来路，更取高山一片遮。"

李白的《于五松山赠南陵常赞府》中有："为草当作兰，为木当作松。兰秋香风远，松寒不改容。松兰相因依，萧艾徒丰茸。"

画作之十六　班级生活

　　从画作中不难看出，同森心目中的班级生活应该至少包括三大要素：努力学习、经常运动、团结友爱。这也是同森在从教生涯中一直坚持的理念和在工作过的各个学校努力倡导的校风。

画作之十七　鞋垫画样

这是家中唯一保存下来的同森画的鞋垫样子。

同森根据玉花和两个女儿的要求在家里画了很多鞋垫样子。每副鞋垫样子都是唯一的作品。

同森利用薄的纸张画鞋垫样子，画好后供玉花和两个女儿纳鞋垫时使用。鞋垫样子与鞋垫布料夹在一起，按照同森画的样子配线，并一针一线地把花花草草绣出来。

同森画的鞋垫样子有个共同的特点，就是双喜配花卉模式。鞋垫的中间位置是雷打不动的"囍"字，脚后跟和脚掌部位是不同的花卉。画"囍"寓意脚踩双喜、喜事盈门、喜事不断、抬步有喜，并且"囍"字永远是大红色的，特别醒目。花卉则是为了好看，用花花绿绿的颜色搭配，进一步彰显"双喜"的喜庆用意。

按照同森设计的鞋垫样子纳出来的鞋垫中间是红色的双喜，脚掌和脚跟部位则多是粉色的花、绿色的叶和褐色的花茎，或者通过颜色的深浅表现花、叶、茎。整体效果是喜庆主题突出，五颜六色，叫人看了就高兴。

纳好的鞋垫或者自己用，或者当成礼物送人。

一般只有很亲近的人才互相赠送鞋垫。尤其是定了亲的青年女性，送给男朋友的最好的礼物往往是鞋垫。这既是一种亲近情感的表达，也是心灵手巧的展示，更是爱情的信物和见证。

同森篇

玉花篇

玉花初长成

　　玉花于 1935 年出生于山东省烟台市海阳县五区黄连乡（现属发城镇）北楼底村的一个贫农家庭，是家里的第一个孩子。按照过去的传统观念，一个家庭里第一个出生的男孩是家里的长子，女孩儿则都是为别人家养的媳妇。玉花所在的家庭是一个穷苦的家庭，父母都是老实巴交的农民。母亲曲翠英还裹过脚（也叫"缠足"），不能下地干农活儿，甚至不能出远门。家里所有的农活儿全靠父亲王正春一个人。玉花的父亲是个种地好手，又舍得下力气，种同样的地，他的收成就比其他农民的高。他的诀窍就是出门时不管去干什么活儿都必定携带一个大粪筐子，把一路上见到的驴粪牛粪、羊粪、狗粪、人粪等都捡到筐里，带到自己种的地里，随时给庄稼或者地施肥。即便是回家的路上捡到的粪也攒到门口的粪堆里，开春或入冬时节送到地里去肥地。也正因为种地种得不错，玉花的父亲也没有像有的人一样学习木匠、瓦匠等手艺，以便农闲季节可以有个副业多赚点钱，省吃俭用地卖点多余的粮食和蔬菜就是全家唯一的零花钱来源，所以，日子过得很紧巴。玉花的父亲虽然能做的活计很单一，但人一点也不笨，而且心细。有一次日本人来"扫荡"，玉花父亲躲避不及被抓了壮丁，被押送去很远的招远修炮楼。玉花父亲沉着地一直找机会逃脱，终于在一个急拐弯处偷偷地藏在地堰下并逃回了家，躲过了一劫。后来，他在向玉花他们讲述这段经历时仍心有余悸，庆幸自己冒险成功了。

　　两年后，玉花的弟弟出生了。弟弟是长子，是家业继承人，也是延续家族香火的第一责任人。弟弟的到来让全家人十分高兴，男孩被认为是农村人家里必不可少的传宗接代者，也自然更受家里重视和照顾。因此，玉花从两岁多就围着弟弟转，帮忙照看弟弟、哄弟弟玩，另外也要学做一些力所能及的家务。玉花偶尔的疏忽或顶嘴，换来的是母亲厌恶的神情或呵斥，偶尔还有悄无声息的揪或掐，疼得玉花眼含泪水，揉着痛处赶快逃开。玉花通过这些遭遇逐渐学乖了，也由此养成了各方面都让着弟弟、不跟弟弟争抢的习惯，所有的事情都优先考虑弟弟。

随着年龄的增长，玉花在生活中已经成了母亲的得力助手。在村里同伴已经开始上学的时候，母亲既有点离不开玉花，也不舍得花钱让玉花去上学，因为在她看来，女孩儿将来都要出嫁，念不念书差别不大。女孩儿漂亮、乖巧就是最大的资本，而这些条件恰巧玉花从小都已经具备了。

玉花孝顺父母和谦让弟弟虽然已成习惯，但内心渴望学习更多知识、明白更多道理的愿望并没有随着岁月的流逝而减弱或消失，反而变得越来越强烈。看到同伴们上学、下学路上说说笑笑的快乐场景，玉花骨子里不甘落人后的倔强脾气终于按捺不住了，因而经常向母亲哀求、向父亲撒娇，要求父母送她去上学。

在父亲的悄悄授意下，玉花向母亲保证每天放学后把该干的活儿都补上，保证像在家里一样什么事情都不耽误，而且保证到学校后认真努力地学习。在玉花三番五次的恳求下，母亲终于同意让玉花去上学。其实，母亲也不愿意自己的亲闺女将来不识字，自己那些因为目不识丁导致的尴尬场景过去了好多年都还历历在目，没文化的自卑感始终是她隐秘的痛处。再说，女儿多识些字，有些文化，说不定将来也能嫁个更好的人家，当父母的还能跟着女儿沾点光呢！

玉花确实做到了上学和做家务两不误。上课时认真、努力地学习，虽然比同伴上学晚了一个多月，但她很快就在老师和同学的帮助下赶上来了；放了学从不在路上贪玩，而是赶快回家帮母亲做家务，或者按照母亲的吩咐去拾草（捡烧柴）、剜菜（挖野菜喂猪），有时也到父亲劳作的地里帮点小忙。

除了学习上进步很快以外，玉花还心灵手巧（她小名"巧儿"，人如其名）。学校里有位语文老师因为会一种乐器而兼教音乐课，其实音乐课只是教学生们学唱革命歌曲，讲点非常粗浅的音乐基础知识。但这位老师会拉胡琴（俗称"二胡"，特指二弦胡琴），自己也有一把琴筒、琴皮、琴杆和琴头已经很陈旧，自行搭配了琴弦和琴弓的二胡，时常在放学后拉一段《二泉映月》之类的曲子。虽然演奏得不像专业人员那么如诉如泣，但玉花听了也被深深地打动。在那个流行音乐还不盛行、村里大喇叭能听到的尽是山东地方戏曲吕剧和北京京剧样板戏的年代，只要是成调的曲子都好听。玉花一下子就喜欢上了二胡。

玉花不仅仅是喜欢听，她还用心琢磨这一根弓子在两根弦儿之间来回滑动是如何产生美妙的连贯声音的。她着迷了，观察、思索了几天终于忍不住怯怯地去请教老师了。

老师耐心地给玉花讲解二胡的构造和发声原理，包括如何通过弓的拉动与弦的摩擦在琴皮上产生震动而通过琴筒的共鸣和放大发出声音，如何通过琴杆上手指的上下移动调整弦的长短而改变音调的高低，以及演奏二胡的基本动作要领等基本知识。玉花似懂非懂地听着、看着，摩擦、振动、共鸣这些陌生的词语她只能靠猜测去理解，心里充满了好奇，眼里全是钦佩，神情专注而神往，恨不得自己也马上能熟练地演奏。老师让玉花坐在椅子上试一试，她忍不住大胆地接过老师递来的二胡，小心翼翼地模仿着老师的样子笨拙地拉动了几下，果然被她拉出了吱吱呀呀的怪声。老师从中看出了玉花对二胡的真心喜欢和一点点的天赋，也愿意多花点时间给玉花以精心的指导和培养。玉花得知拉二胡很费松香，便回家向父亲请教了采集松香的方法，心里打定主意，用自己采集的松香做学费，向老师学习拉二胡。玉花有这样的想法就是简单地认为不能让老师白教自己，这是父母从小就教育自己不能随便占别人便宜的结果。一个多月后，玉花拿着自己采集的松香找老师要求正式学习拉二胡。看着金黄、通透、幽香的优质松香，老师感受到了玉花的真诚渴望，对这个模样可爱、性格活泼、心灵手巧的学生更加喜欢了，就用心地教玉花拉二胡。两个多月后，悟性很高的玉花就能慢慢地拉出调儿来了。

尽管四拍的曲调被她拉成了八拍，要一边拉一边想下一个动作应该怎么做，可毕竟能完整地拉出一些简易的曲调。老师为玉花的学习能力感到惊奇，更愿意继续教她了。而玉花也对自己在音乐和乐器方面的领悟能力感到骄傲，愿意继续学习。等玉花快初小毕业时，已能比较熟练地演奏好几首曲子了。

玉花也兑现了对母亲的承诺。她始终坚持把老师布置的家庭作业利用课间休息时间基本上做完，很少把作业带回家做；放学后第一时间赶回家，照看弟弟或者去打猪草、捡拾柴火；中午回家吃完饭后时间短，就帮助母亲做些尚未做完的家务活儿；星期日休息时间更是早早地起床，在父母醒来时，玉花就已把早饭做好了。这些都是玉花承诺过母亲要做的事情。玉花不仅要强好胜，学习上严格要求自己，而且要兑现自己的诺言，做个说话算数的人。她最喜欢做的事情就是逗弄弟弟玩，看着胖嘟嘟的弟弟一天天地长大，互相对视时弟弟开心地笑，胖胖的小手在空中乱抓，而一旦抓住了什么就不轻易撒手，也不管抓到了什么都往嘴里送。这些都让玉花莫名地感动、高兴、满足，也不觉得自己劳累、辛苦。

童年就这样在忙忙碌碌中愉快地度过了。五年后，玉花完成了初小教育。按照当时的教育制度和玉花的学习成绩，玉花可以升完小继续读书学习。父母没有送玉花上完小继续读书的意思，认为本村很多与玉花同龄的女娃都没有完小毕业，甚至有的就没有上过学，连自己的名字都不认得、不会写，对于女孩子来说初小毕业已经算是识字、有文化的人了，他们对得起玉花未来的婆家了。考虑到家里的实际情况，如果玉花和弟弟同时去上学，不仅家里需要提供两个人的书本费和学杂费，经济压力会比较大，而且家里缺少个帮手和跑腿儿的，地里的生产、家里的生活都有诸多不便。玉花也没有好意思提出来继续上学，乖乖地回家继续帮母亲干活儿、做家务，安安稳稳地过日子。

走读完小

玉花的弟弟小时候特别聪明、调皮，经常召集村里的小玩伴们村里村外地四处游玩、打闹。父母反复嘱咐他不要跑远了，不要去冒险，可他一转身见到小伙伴就忘得一干二净了。他稍大点后在邻村也有了玩伴儿，经常玩疯了都忘了及时回家，有好几次玉花打听着才从邻村把他找回来。

父母为了收他的心，也为了减少在外打闹带来的危险，就想让他提前去上学，心想有学校管着他，家里也更放心些。没想到跟他一说，他很痛快地就答应了。父母就想办法把他提前送去上学了。弟弟在学校里玩伴更多了，玩法也更多了。但他在课堂上不能玩，只能在课间小玩，放学后大玩。学校里的考试让弟弟的精力不断地往学习上集中，因为每次考试后老师都按照学生考试成绩由高到低地排名，排在后面自己都不好意思，因此弟弟玩的时间越来越少，学习时间越来越多。

父母的如意算盘算打对了，期望的目的达到了，真是知子莫若父母。玉花弟弟由此也开始自主学习，自己主动找书、借书来看，如饥似渴。

转眼间弟弟初小毕业了，又顺利地去高年级的完小继续读书。在当时的教育体制下，初小是指初级小学，一般只有一年级到三年级的课程设置；完小是指学制完整的小学，一年级到五年级的课程设置完整。这两种学制的小学由各村根据本村学生规模和办学能力自行选择。一般各村都在本村建有初小一所，方便村里的小孩子们上学。完小由大村独办或者几个村联合举办，校址一般选在人口最多的大村。北楼底村当时不具备办完小的条件，与临近的子车格村、铁口村、黄连夼等村在吉格庄村联合办了一个完小。吉格庄村和北楼底村都位于一条小河流的东岸，相距大约三公里远，由一条河道间简易的土路连接着彼此。盛夏季节，河道里柳树参天，蝉声四起，好不热闹。大雨停歇，洪水过后，河道里形成了一个个水湾，小男孩们经常脱得精光在里面嬉戏。每当冬季来临，河道里的水湾冻成了天然溜冰场，小男孩们最喜欢在上面打着滑往学校冲，既锻炼身体又好玩。这些是玉花弟弟去上学的动力，上学、游玩两不误。

吉格庄是玉花姥姥家的所在地，弟弟上完小读书就能经常去姥姥家。这让玉花更加羡慕。

弟弟回家免不了要说些姥姥家的人和事，也时不时地炫耀一些学校里的人和事，以及新学的课程和知识。这暗暗地、深深地刺激着玉花，她想读更多的书、知道更多的事情，掌握更多知识和本领的愿望越来越强烈。

玉花知道这几年家里的收成一直不错，又没有大的开销，家里有了一些积蓄，经济上完全能负担得起她和弟弟一起上学。这其中也有自己参与劳作的贡献，父母也经常夸她。玉花性格大方，身体壮实，干活儿舍得下力气，别看小小年纪，在播种、施肥、浇水和收割的农忙时节几乎能顶半个男劳力。

父母起初以她年龄比其他同学大、隔了好几年知识连不上、女孩子不用读太多书等为由不同意她再去上学，可又对玉花提出的去上学可以往返路上看管弟弟别惹祸、姥姥家有事她去做、可以节省弟弟的时间的想法难以拒绝，也知道女孩子多读书也没有坏处，就勉强同意了。

为了重新上学学习上不会太吃力，玉花把弟弟刚用过的课本拿来先自学预习，擦掉弟弟作业本上的铅笔字迹重新再做一遍。通过预习，她把初小的知识点回忆温习了一遍，因而接着读完小的高年级课程没遇到多大困难，和大家一样能跟上老师讲课的进度。

姥爷、姥姥对自己的外甥和外甥女来自己村上完小而且学习成绩都很优异感到很自豪，有好吃的也经常要他们姐弟俩来家里分享，或者专门给他们留着。姥爷、姥姥没有多少文化，学习上帮不了什么忙，就在生活上给他们一些帮助，鼓励他们好好学习、专心学习。

玉花和弟弟最大的乐趣是在往返学校的路上。他们一般弃大路不走，夏天时顺着河道大柳树的树荫走，一边走，一边"神侃"；听到知了的叫声，高兴时也学着知了的声音模仿着"哇，哇"地叫喊，还互相比较谁叫得更像；心情不好时就随手捡个石子扔向知了所附的树枝，把知了打飞；冬天时在河流的冰上走，宽阔处两三步助跑后能滑行出老远，滑行远近也是他们比赛的项目；春、秋季节，在宽阔的水域打水漂，用扁平的小石块在水面上打出两连跳、三连跳或更多连跳，这也是比赛的项目。玉花是本村那一年唯一一个上完小读书的女孩子，路上总是和村里的男孩子三五成群地一起走，参与了所有这些男孩子常玩的项目，并且常常成为赢家。

小伙伴们就是在这种互相比赛、互相交流、互相影响中逐渐长大的。同学之间的各种正规、非正规的比赛，每个人都不甘落后，都不断有新的进步。玉花在这样一种充满正能量的氛围中长大了。初小和完小的上学经历让玉花体会到，自己一定要有主意，要坚持自己的追求，自己的命运要牢牢地掌握在自己手里。

南京奇遇

玉花走读完完小时已经快 14 岁了，正属于豆蔻年华，心里也觉得自己是个大人了，对自己的未来有着很多的梦想。这一年，玉花表姐的一封来信让一直在家乡读书的玉花有了出远门的机会，也让玉花有了一次到大城市开开眼的机会。玉花要去的地方是南京，一个六朝古都，也是一个曾被日本侵略者残暴屠城、历经劫难的地方。

玉花与这位表姐平时联系并不多，走动也不勤。表姐嫁给了一名现役军人，在军区总部机关工作。那时，表姐夫已经是团级干部了，按部队规定可以带家属，表姐就随军到了南京，在那里安家、工作和生活。由于他们的小孩儿还不到上幼儿园的年龄，城里的保姆价格太高，表姐就写信来老家想找个人在她上班的时间帮忙带孩子。之前，表姐和表姐夫征求过双方父母的意见，希望他们能到南京帮忙。但双方的父母都是老实巴交的农民，而且已经过惯了农村日子，对大城市生活也不适应，都不愿意到南京亲自带孩子，愿意资助部分资金请表姐找一个年轻点的保姆。表姐也是无奈之下才想找个年轻的亲戚去南京。年轻人学习能力和适应能力都更强，干起活儿来手脚也利索，一般都会向往城市生活，有亲戚的关系也不用跟请保姆一样付高昂的费用。表姐就把亲戚的孩子们一个一个地筛选了一遍。在打听了玉花的情况后，尤其知道她在照顾弟弟方面还有比较多的经验后，就把玉花选作优先考虑的人选。

那时候农村地区还没有保姆这一说，保姆更不是一个职业，村里村外也没有人有外出当保姆的经历。玉花听说这件事以后也是一头雾水，不明就里，而且听说城里人说的话和村里的话不一样，玉花也怕听不懂和说不明白，就有点犹豫和彷徨。好奇心和求知欲让自己想出去见见世面闯一闯，自卑和胆怯又让自己不敢贸然前往。

在玉花犹豫的过程中，表姐急得忍不住给家里打电话，询问情况。为了增强南京的吸引力，表姐通过家里告诉玉花，南京有古老的秦淮河和夫子庙，里面有很多特色小吃；南京还有长江大桥、玄武湖和紫金山，玉花来了都可以带她去游览；南京还有特别好吃的盐水鸭和香米饭，玉花来了也可以经常吃到。

不能说玉花就是因为想吃盐水鸭和香米饭才到南京的，她有她的想法。完小毕业后不再读书了，回家后无非日复一日地帮父亲耕种和帮母亲做家务，这样重复的日子玉花已经有点厌烦了，花季少女也不再满足于过这样单调乏味的日子。到南京尽管只是照看小孩子，可毕竟还有机会坐坐火车、逛逛南京城，过一把在大城市生活的瘾。

因为中途要换车，也因为玉花确实没几件像样的衣服和个人用品，一个小包就把父母给准备的换洗衣物等全装下了。大姨给准备了两包饼干和自己煮的几个卤鸡蛋作为玉花路上的干粮，把给表姐捎的小孩衣服、婴儿辅食和表姐最爱吃的小咸菜装了一旅行袋，又把十几斤好不容易才积攒下来的全国粮票装进玉花贴身的口袋里，千叮咛、万嘱咐，让玉花路上一定要当心，别丢了东西。把玉花送上火车、找好座位，告诉了玉花车厕所的位置，大姨才下了火车，在站台上挥手告别。玉花就这样带着少女的憧憬，带着满怀的激情出发了。

玉花听从坐过火车的大姨夫的话，在火车上尽量少喝水，以便少上厕所，怕因为上厕所丢了行李。她一路上机警地悄悄观察车厢里的动静，经常用余光不经意地检查一下行李在不在，表现得像是很有经验、经常走南闯北的模样。

表姐事先问清楚了玉花的车厢和座位号，来到站台上接玉花。虽然以前见面不多，又隔着好几年没见了，表姐还是一眼就认出了玉花，那漂亮自信但显得土里土气的北方打扮和没见过世面的东张西望太显眼了。玉花看到表姐来站台上接自己自然很高兴，悬着的心也放下了，轻松地跟着表姐出站回家。

表姐的孩子是个小男孩儿，长得像表姐一样白白净净的，而且一有人逗就扬着小手笑，也不怎么认生。玉花很喜欢抱他、逗他、亲他。表姐看到玉花和孩子这么快就熟悉亲近了，经过几天手把手指导，玉花已经知道如何换洗尿布，如何冲奶粉和用奶瓶喂奶，如何开门关门，如何在院里晒太阳。而且玉花对周边环境也比较熟悉了，又是在部队大院里，所以表姐就放心地去上班了，只到中午时间才回来给孩子喂一次奶，顺便看看家里是否一切正常。

玉花绝大部分时间就在离表姐家不超过 1000 米的部队家属区里活动，出大院门的机会都很少。表姐一般在下班路上就把蔬菜瓜果等买好了，玉花除了照看孩子不用干别的事，很是轻松。这期间也品尝过一次来之前就听说过的南京最著名的盐水鸭，那种咸香嫩的味道确实好，只是不能管够、管饱，吃得不够过瘾。吃得更多的是鸭血粉丝汤，基本上隔一天就能吃一次。后来玉花才知道鸭血粉丝汤也是南京顶著名的特色饮食。这期间玉花还吃了一次竹笋，她在家乡只见过干硬的竹竿，用来做支架或者晾衣杆什么的，从没想过竹子还能吃。表姐最拿手的就是炖竹笋老鸭汤，半只老鸭配上切成块的竹笋、精肉火腿，葱切段、姜切片，再加点料酒，急火烧开后转慢火炖煮一个小时，肉香汤鲜的竹笋老鸭汤就炖好了。竹笋含的热量非常低，基本上都是粗纤维，对需要保持身材的年轻女性特别适合。玉花品尝了一下竹笋，觉得没什么味道，只是脆脆的，就没有了多大兴趣。

玉花主要在部队大院里的家属区活动，也经常能碰到身穿制服的军人，偶尔还有穿着制服的女军人。当看到身穿制服、英姿飒爽的军人，尤其是看到身穿制服裙的女军人的时候，玉花心里的羡慕之情油然而生，心想如果自

玉花
篇

185

己也能穿上这身制服，干多么辛苦劳累的活儿都愿意。玉花在老家并没有想当兵的冲动，在部队大院里生活一段时间后，她想当兵的愿望越来越强烈，对军旅生活充满了渴望，而且觉得可行。表姐夫是团级干部，招个兵还不是很容易的事情！当她怯怯地向表姐和表姐夫说出这样的愿望时，表姐夫却告诉她部队不能跨大军区招兵。可她明明记得自己家乡的当兵人很多人都是在很远的内蒙古等地服役，那肯定是跨军区了吧？玉花因为对部队的事情了解得少，对很多政策规定也不懂，也不愿意给表姐夫添麻烦，只能装着随便问问而已，把当兵的渴望硬压进心底。

因为想当兵的事情受阻，又没完全弄明白为什么不行，玉花有几天情绪不高，一向很好的胃口也变差了，表姐很快就感觉到了。但表姐也没有做更多的解释，只是在想用什么办法安慰一下小表妹，让她能开心一点。

南京的夏天是非常炎热的，是全国"四大火炉"之一。玉花来时带的北方衣服都比较厚实，穿着这样的衣服在南京过夏天肯定热得难受。表姐把自己的旧衣服，包括压箱底多年没穿的衣服都翻了出来，一番筛选后把一件自己年轻时穿的蓝色连衣裙和另外一套搭配起来适合女孩儿穿的裙装送给了玉花。

玉花这几天也确实感觉闷得不行，来时父母给的一点零花钱一直没舍得用，表姐只说要玉花来帮忙照看孩子，也没有说要给报酬，自己也不好意思张嘴跟表姐要钱给自己买衣服，就一直忍耐着、将就着。表姐送的衣服看起来还挺新的，她接过来就迫不及待地换上了，心里感激表姐，嘴上却不会说甜言蜜语，只是乐得合不上嘴。因为以前没穿过裙装，玉花对两条白萝卜一样的小腿裸露在外面很不适应。虽然小腿凉风习习的感觉很舒服，可别人也能一眼就看到了。她担心的不是自己腿型好看不好看，而是以前没有这样给人看过。以前在家里干活儿时也挽过裤腿儿，但那种挽只是挽到小腿的一半略高，整个小腿全露出来真有点难为情。试穿后在表姐"好看"的肯定和鼓励下，玉花到院子里显摆了一下，惹来的都是惊羡的目光和赞叹，没想到平时穿着北方风格衣服的少女换上裙装更加楚楚动人、亭亭玉立，玉花心里别提有多高兴了。

表姐看到玉花很高兴，自己也很高兴。但在高兴的同时，她也有一丝担心。她担心因为玉花太漂亮了、太天真直爽了而受人诱惑、蒙骗，担心她因为少不更事又处于容易逆反的年龄而吃亏上当，担心她万一有个闪失对不起自己的姨妈等家人。

玉花自己当兵的想法越来越淡了，但对当兵人的好感和崇敬丝毫没变，对军人更加喜欢和热爱。院子里住的或来办事的军人经常在院子里遇见表姐的孩子时逗弄一番，孩子的可爱让很多人都喜欢他，自然也认识、知道了同样惹人喜爱的玉花。玉花也逐渐知道了如何区分一个军人是当兵的还是当军官的。凡是穿"四个兜"军装的就是当军官的，凡是穿"两个兜"军装的就是当兵的。她还知道军官可以带家属随军，把家属调到部队驻地一起生活，如果转业国家也负责在地方安排工作；当兵的只能服役期满复员回原籍老家，国家不负责安排工作。在部队大院里生活了一段时间，玉花知道了不少部队的"小秘密"，对表姐夫没法让自己当女兵也有了理解。部队里的女兵大部分是军医和话务员，每年招兵人数很少，一般是在特定地区优选招收。比如北京的总部机关一般在山东地区选拔招收女兵，南京军区多在江苏省内选拔招收女兵。玉花了解了这些后知道自己当兵的希望渺茫，就全心全意地把精力都用在照看小孩身上。

在那个物质不富裕的年代，表姐的生活也没有多富裕，加上表姐和表姐夫工作都很忙，周末只休一天，没有多少休息时间，再加上表姐担心玉花经不起大城市的种种诱惑，玉花在南京期间外出的机会就很少，事先说的什么长江大桥、玄武湖、紫金山，半年过去了一个地方也没去。

表姐带玉花去过一次秦淮河和夫子庙。夫子庙给玉花留下了深刻印象。夫子是指孔老夫子，夫子庙就是供奉祭祀孔子的地方。夫子庙是一组庞大的建筑群，由孔庙、学宫和江南贡院等高大建筑组成，高大的照壁、牌坊、亭台楼阁，让玉花目不暇接。夫子庙里的小吃让玉花开了眼，和北方的大饽饽、大饼子风格完全不一样，那里的小吃小巧玲珑，不仅好看，还好吃。以前在家里都是大锅做饭、大碗吃饭，夫子庙里的小碟小碗而且那么多花样玉花是第一次见到，看得眼花缭乱的。

能一次吃那么多样的点心菜肴也是玉花想不到的。龙须糖、夹心小元宵、蟹黄包、凉粉、五色糕团等她都是第一次吃到。而这里做的鸭血粉丝汤和表姐在家里做的味道也大不一样，口感更鲜美；锅贴她觉得就像在老家吃的饺子，只不过不是煮熟的；花糕豆沙包与家乡的豆包也差不多，只不过不是用麦子面包的；臭豆腐和素烧鹅让她印象极为深刻，豆腐能那么臭，而且还那么多人喜欢吃，豆腐皮能做得跟肉一个样，真是神奇。

转眼又是一年多了，玉花除了在家里哄孩子，每天都在上、下午各一次带孩子到院里晒晒太阳、让孩子练练走路或者玩一会儿滑梯什么的，在南京的日子就这样千篇一律、平淡无奇地快速过去了。通过这个过程，玉花深深地体会到了带孩子的不容易，尤其是带刚学会走路的孩子。哈着腰双手保护着孩子到处走可不是闹着玩的，真的是坚持不了多久就会腰酸背痛。而且刚学会走路的小孩子好奇心还特别重，哪里都想去溜达一下，不让去就乱叫，甚至有时候还拳打脚踢的。小孩子的手脚没有轻重之别，让他抓一把或踢一脚都很疼。玉花因为喜欢孩子总是默默地忍受着。

孩子眼看着快到上幼儿园的年龄了，部队院里就有幼儿园。表姐和表姐夫已经联系好了，只要孩子年龄一到就送日托，这样就可以安心工作一整天了。

表姐和表姐夫没有跟玉花讲孩子上幼儿园后准备让她回老家的计划，玉花在他们议论幼儿园的事情以及他们要做的准备这些话语中猜到了。玉花心想，也许表姐不好意思马上赶自己走，不过仔细想想来南京之前好像就说过总共看两年左右。现在快两年的时间了，自己也该准备回去了。等着表姐赶自己走，还不如自己主动提出来走好呢，那样自己心里更好受些。玉花有快两年没见父母了，自己也是第一次这么长时间远离父母，心里不免挂念、想念他们。虽然南京还有很多好玩的地方自己没有去游览，还有好多好吃的自己没有品尝过，如果表姐能主动提出来带自己去游览、品尝，自己就抓住最后的时间不再客气地推辞。如果表姐不主动提出来，自己也不提，不能让表姐看不起自己。

玉花提出来孩子快上幼儿园了，自己想尽可能早点回家。表姐对玉花的想法深表理解，而且询问玉花想哪天动身。两年多的相处，玉花和孩子也有了感情，对自己走后孩子的照看问题还担心着，怕没人帮忙，表姐一个人带不过来。表姐告诉她，准备请隔壁楼的赵奶奶暂时照看一段时间。赵奶奶的外孙就住在她家里，表姐的孩子去了也有个同龄的伴儿，表姐付点午饭钱就行了。赵奶奶代管几天后就可以入幼儿园了，表姐让玉花放心。

表姐提议玉花回家前在南京多玩一玩，玉花一直想去看一看南京长江大桥、紫金山和玄武湖，另外在南京期间又知道了南京还有古城墙、总统府、莫愁湖、雨花台等游玩的好地方，就说了一大堆想去的地方。表姐告诉她长江大桥有军人把守着，行人上不去，只能远远地看一下，没什么意思；雨花台在远郊区，很远、很偏僻，公共交通很不方便；紫金山没有紫色的金子，山顶上的天文台不对外开放，山下是孙中山的衣冠冢，可以瞻仰游览。表姐带玉花去了几个能去的地方。玉花后来只记得城墙和总统府的建筑很高大，得仰着头来看。玄武湖很大，脚踏游船很慢，风吹着很舒服。倒是小小的莫愁湖让玉花印象深刻，不是景色有多美、多好看，而是莫愁女的传说让玉花很难忘。

临行前，表姐买了三大包南京土特产，一包给公公婆婆，一包给自己的父母，一包给玉花的父母。表姐还给玉花单独送了几件没有补丁的旧衣服和一双南京刚刚流行起来的新丝袜。玉花就这样带着留恋和三个大包踏上了回家的火车。

文艺骨干

玉花在村里不仅有村花级的漂亮容貌，还有"铁姑娘"级的吃苦耐劳精神，更是村里文化娱乐活动的台柱子。玉花会拉二胡，能自娱自乐，也能在村里组织的联欢会上独奏几曲。玉花还能唱戏，像吕剧《李二嫂改嫁》《小姑贤》这些剧目的全部唱词她基本上都能背下来。

玉花篇

同森育花

楼底村的张同海年龄比玉花小四五岁，他们俩是吉格完小的同班同学，一起上了两年的学。张同海也是个非常喜欢唱戏的娱乐积极分子，逢年过节就在村里组织同好者组成临时业余剧团，在本村及周边村庄无偿巡回演出，以烘托节日气氛和丰富村民的生活，深受周边群众的欢迎。玉花在当地的知名度远远超过了自己的父母，在周边村庄里是被很多人熟知的人物，也是许多男青年暗恋的对象。

玉花是每次组团必被力邀的人，整个剧团能拿得出手的节目数量，玉花一个人能占小一半儿，几乎没有几个节目能缺少玉花。有玉花在场，本来也能唱几嗓子的人也自愧不如地主动"撤退"了，业余剧团少了滥竽充数的人，也少了凑数蒙事的节目。但这样的结果是玉花自己很辛苦，许多节目都得自己亲力亲为。好在年轻就是资本，玉花演出再怎么累也没觉得累，偶尔觉得累了也能很快恢复。

在早期的演出节目中，玉花最喜欢、也最常扮演的角色是《小姑贤》中的嫂子和《李二嫂改嫁》中的李二嫂，两个角色都要求演员既要有好的扮相，也需要有高亢嘹亮的唱功。玉花本来就身段高挑、皮肤白净，略施淡妆后就更加俊俏，在台下时吸引的目光就不少，上了台就更加令人瞩目。而几个过场动作后嗓门一亮，喝彩声更是不断。更难得的是，这两个角色都有非常凄惨的经历和悲伤的故事背景，表演时需要有悲切哭泣的桥段，玉花能眼含热泪、声音哽咽、如歌如泣，完全进入角色，感同身受地动情。这时，观众中有鼓掌的、有喝彩的，也有偷偷抹眼泪的。

后来，按照上级的指示精神和文艺宣传工作的要求，当地大力宣传和普及革命现代京剧。《智取威虎山》《红灯记》《沙家浜》等剧目在本地宣传最多，也最流行。玉花很快学会了一些片段，并在剧团里作为节目来演出。其中，玉花用假嗓子变声唱的杨子勇打虎上山片段堪比真正的男声，高音能高上去，拖腔能拉得长，气势非凡。尤其是扮演李铁梅，玉花本身有两条大黑辫子，将其编成一个马尾，再在尾稍扎上一块红绸布，活脱脱一个标准的李铁梅形象。《沙家浜》里智斗的片段她能一个人变着声地唱阿庆嫂、胡传魁和刁德一三个角色，丝毫不乱，惟妙惟肖。

玉花还是一个声音和语言的模仿能手。她在南京时偷偷学了不少南京话，回来后经常在剧团里拿腔拿调地用南京话和大家开玩笑。玉花还能吹口哨，用口哨吹完整的歌曲，这在女子中也是不多见的。

玉花的多才多艺和对文娱活动的热爱让她成了十里八村小有名气的人物，也给她带来了很多便利。比如，出门搭车招手就有车停下，有时不顺路人家拐个弯多跑点路也愿意送她。但这也为她带来了苦恼，比如经常遭到"小痞子"的语言戏弄，也有行为不端的人趁机想占点肢体便宜，还有人喝点酒后借着耍酒疯纠缠不休。玉花只好能躲就躲，百般警惕，决不招惹是非。

遇见爱情

玉花上过完小，是村里文化水平最高的女青年。她出过远门，在南京生活了两年，虽然具体工作是照看小孩子，可毕竟是在大城市里。她在当地小有名气，四周村庄里不乏倾慕者。在一个总体文化落后、生活不富裕的农村地区，如果是个男孩子具有玉花这样的条件，可以翻着跟头在十里八村物色好姑娘作为婚恋对象。可玉花不是男生，一切都颠倒了，玉花本来能看上的人就不多，更多的人觉得自己配不上玉花而主动逃避了。玉花也没觉得自己特别挑剔，自己出身于普通农家，对婚恋对象的家庭条件没什么特殊要求，但对人品和性格方面坚持自己的要求。男方不必高大威猛，但一定要敢于承担家庭责任；人不用武艺缠身，但一定要有一技之长，能持续养家糊口；人也不一定多英俊潇洒，但一定要性情温和、积极乐观、笑对人生；另外要诚实、善良、勤劳。这些要求难以像核对指标一样一个个地去客观衡量，但在相处中玉花的内心感受就是最准确的判断。玉花就这么在不知不觉中成了当时的大龄未婚女青年。

同森本来很喜欢当兵，自部队按期复员除了服役期满外，还有另外一个原因，就是在转干、提干希望渺茫的情况下，按照父母的愿望回家结婚生子，传宗接代。

同森有一个姐姐、一个弟弟。姐姐在十几岁的时候就私自做主偷偷跟着解放军的部队离开了家乡，到太行山区参加游击战争，后来随着爱人转业留在了河北省武安县列江公社列江村，一个太行山浅山区的大村庄，豫剧《朝阳沟》的故事发源地。同森由以前凡事依赖姐姐，一夜间就变成了家里名副其实的老大。服役期满时，同森已经22岁了，自己的同学基本上都当上了父亲或母亲，他也确实到了该结婚的年龄了。同森父母在继续当兵和尽快回家结婚两个选项之间让他自己选择。同森当然明白父母的心愿，也知道朝鲜战争早已结束了，他们的部队属于新一轮裁军优先裁撤的部队，继续干的话，转干和提干自己年龄上都没有了优势，同龄的战友也都复员了。因而，复员回家就是最好的选择。只是，回家结婚得先有个对象吧？

同森在当兵期间获得过一次部队的休假奖励，正式奖励假期是七天。同森又请了三天假，因而回家待了十天的时间。别人曾在这次休假前给同森介绍过对象，但由于同森比较挑剔都没有成功，所以仍然单身。这个假期回家的主要目的就是找对象。父母很着急，托了不少亲戚朋友帮忙寻找合适的女孩儿。

那时农村的男青年一般多会注意和选择比自己年轻或同龄的女孩子谈婚论嫁，对比自己年龄大的女孩子不会去注意或追求。但这次同森要见的对象年龄比他大一岁，父母很满意，就是得同森回来点头同意。其实同森也认识这个女孩儿，以前在他二妈妈家碰到过，他们之间还有拐着弯的亲戚关系。只是他们那时年龄尚小，加之后来好多年没有再见过面，印象已经模糊了。

女方就是玉花。这次见面因为目的很明确，两个人又都怕万一谁不满意而影响了两家的关系，因而都有点紧张，也显得更加害羞。巧的是，两个人互相看对了眼，成了。

通过交往，同森和玉花都觉得对方就是自己一直在寻觅、等待的人，而且有一点两个人高度一致，那就是在婚姻面前决不儿戏、决不将就，没有遇到自己真正喜欢并愿意厮守终生的人就不轻易谈婚论嫁，要用一生对终身大事负责任，也对对方负责任。十天的假期不算长，但对于互有好感、有亲戚作保的两个人来说已经足够长了。同森和玉花的婚姻也就顺理成章地瓜熟蒂落了。两人约定并和家人商定，等同森一复员就结婚。

同森和玉花的婚礼没有像西式婚礼一样的海誓山盟，也没有像当地传统婚礼一样坐花轿、拜天地，玉花没有要婆家准备巨额彩礼，也没有要求公婆家必须准备"几条腿"（高档新桌椅等）、"几个箱"（高档衣柜等）才能结婚。那时候也没有什么家用电器，手电筒几乎是家里唯一用电的器具。玉花明白，同森家的条件尽管比自己家好一些，但也是农民家庭。同森的就业方向尚不确定，手头的收入就是复员时部队发的 100 多元和 10 尺布票。如果硬要求婆家置办太多东西，会让同森和家里有压力。如果家里欠下了债务，将来自己也得去一起还债，甚至有可能实际上变成自己的债务。

看到玉花这么通情达理、这么为未来的婆家着想，同森心里真是乐开了花，庆幸自己娶了个好媳妇。但同森也不是不明事理的人，他给玉花买了些时兴的衣料和全新的日常用品，作为结婚的准备。

同森和玉花的婚礼只是一顿家宴。大家吃得、玩得都很高兴，同森和玉花在不时的羞赧中期待着全新的生活。

生儿育女

玉花进门后和公公婆婆及小叔子一起住在一个前后有三间房的两进的农家院落里。前排三间房子中最东边一间是通向后院的过道，顶棚上堆放着农具和杂物。西边的两间一间是炕，一间是灶台，由同森和玉花居住，这也是他们的新房（后来小叔子结婚也住在这里）。同森和玉花的房子里虽然有灶台，但他们并不单独开火。一大家子人每天吃饭、干活儿都在一起，按农村话说就是没有分家。小叔子后来也当兵去了，院里一度只有玉花和公婆三人住在这里，显得冷清。

好在第二年，也就是 1958 年，同森和玉花的大女儿就出生了。看着一个漂亮、乖巧、嗓门洪亮的小女孩儿，玉花和爷爷、奶奶都乐得合不上嘴。这个平时很寂静的小院从此不再寂静，有了哭声、笑声，更有了活力，也有了忙不完的活儿。院子里晾衣绳上挂满了大小略近、颜色各异的尿布。玉花的全部心思都在女儿身上，恨不得走到哪里都把女儿拴在腰上，充盈的奶水时刻为女儿准备着，对女儿娇嫩的小身体时刻呵护着。玉花的婆婆时不时地就颠着小脚（缠过足）过来看一看孙女是否拉了、尿了、睡了、醒了，孙女一有动静马上就喊玉花去看看。每天外出忙农活儿的公公，回到家里也时不时地瞅一眼孙女儿、逗一逗孙女儿，一天的劳累也烟消云散了。

连续三年的自然灾害带来全国人民生活最困难的时期，玉花也因为长期啃树皮、吃野菜而缺乏营养、全身浮肿，但三年后她还是以坚强的毅力咬牙坚持着足月生下了第二个孩子，而且是个男孩。在胶东农村地区，重男轻女的思想还是比较严重的，家里没有男孩也确实有很多实际难处，对于干农活儿、看果园、放牛放羊这些事情，女孩不仅体力不足，而且外出也不安全，男孩有天然的优势。儿子的降生让同森和玉花儿女双全，全家人别提多欢乐了。

又一个三年后，玉花生了一个小女儿。这时候，三年困难时期已经过去了，国家经济形势也有了好转，但胶东农村地区的经济状况改善并不明显，粮食产量没有提高，甚至农作物的品种都没有变化。玉花在家里带着三个孩子，生活更加困难了。

公公婆婆觉得该为小叔子结婚成家做准备了，就跟同森和玉花商量着要把家分了，让同森和玉花单顶着一个家庭的户头过日子。分家但不分房产，原来住着的房子先这么住着，等小叔子当兵复员回来后再由两兄弟商量着分配。

就在这时候，国家已经开始倡导计划生育了，经济状况和生活条件改善后，全国的生育率普遍提高，而且儿童成活率也大大提高。同森和玉花也觉得自己有儿有女了，有三个孩子足够多了，再多了养活起来困难较大，因而，玉花与同森商量后主动去做了绝育手术。一家五口人开始依仗同森一个人的工资收入过日子。玉花参加生产队的劳动收入抵不过她和三个孩子每年需要缴纳的各种税费，年底决算时差不多需要将同森一个月的工资交给生产队。

玉花就这样一边参加生产队的劳动，一边照看着三个孩子，日夜操劳，辛苦度日。

玉花代课

玉花在 1960 年也当过代课老师，那时她的大女儿已经两岁了，铁口村小学的教师配备不到位，村里就从文化水平较高的人当中挑选了两位代课老师，一位男老师，一位女老师。

老师不仅要文化水平高，还得有很好的语言表达能力，能把知识点讲清楚。有的人被称为"茶壶里煮饺子"，满腹的知识却讲不出来，就是不太适合当老师的典型代表。另外，老师还得撑得住场面，不怯场，在学生面前能张得开口，而且要声音洪亮。玉花因为在婚前是北楼底村的文娱骨干，经常参加村业余剧团的演出，个人形象又好，高挑白净，是村里最有文化的年轻小媳妇儿，因此被选中了。

玉花对有机会当代课老师这件事倍加重视，在接到村里分派的这一任务后，立刻着手做好准备。通过学校领导明了了自己所要授课的年级和科目，玉花拿到课本和学生练习册后自己先温习了一下，与自己当时上初小、完小所学过的知识点进行了对接，大致掌握了所要讲授的课程。为了更准确地掌握现代教学要求，还专门让同森帮忙找教师参考书，在备课的时候仔细地阅读、理解，努力记在讲课的腹稿中。

玉花个子高挑，站在讲台上显得更高大，看起来更有威严。玉花讲课时的声音不像唱歌、唱戏时那么高亢，倒显得柔柔的、悠悠的，语速不紧不慢，吐字清晰，坐在教室的最后一排都能听得清清楚楚。她怕学生理解能力跟不上，故意把讲课速度放慢，讲到关键知识点故意重复一遍，还经常询问同学们听懂没有。她也没有觉得代课老师是临时的，应付一下就行了，而是和正式教师一样集体备课、讲课、批改作业、参加集体活动，白天把女儿托给邻居照看，只有中午和晚上能陪女儿玩一会儿。

那一年正处于三年自然灾害期间，玉花和全体村民一样主要靠吃野菜、麸皮等度日，有时不得不吃树叶、树皮，榆树、桑树的叶子和枝干的皮都给吃光了。由于严重缺乏营养，玉花浑身浮肿，两个脚踝肿胀得像大白萝卜。

为了保证家里至少能有野菜充饥，玉花背着两岁的大女儿到离村很远的山坡上采挖野菜。这些地方因为不容易到达，来采挖的人很少，野菜普遍长得更茂盛、粗壮，野韭菜、野葱能摘到半尺多高的，对苦菜、蒲公英这些根茎比较发达且能一起食用的野菜就连根拔起。这些野菜拿回家摘洗干净后拌上红薯粉、麸皮或者豆渣就是玉花的主食。

后来，玉花又怀孕了。

那时候玉花和大女儿已经处于生活极度困难的境地了，又要来一个小生命，玉花感觉这孩子来得真不是时候，就想把孩子打掉。可家里还没有个儿子，而生儿子是各家各户都盼望的大事，万一这次怀的就是个儿子呢？

那时还没有超声波检查这样的技术，只能等显怀后找有经验的人来看，根据孕妇肚子的形状来判断所怀的可能是男是女。当然，这种靠外观判断所怀孩子是男是女没有科学道理，很多时候并不可信。

犹犹豫豫中，玉花怀孕三个多月了，按说这个时候该显怀。可由于缺乏营养，再加上全身浮肿，她的肚子既不明显，也看不出形状，谁也无法判断这个孩子是男是女。玉花自己心里倒是隐隐约约觉得这个八成是儿子，因为俗话说"酸儿辣女"。玉花回忆自己刚怀孕时好像是喜欢吃酸的，而自己一直吃不了辣的，也没有喜欢吃辣的时候，这不就更可能是儿子吗？

这个时候玉花也不再想打掉孩子了，因为对孩子已经有感情了。那个时候国家也没有限制生育子女的数量，如果这个不是男孩儿，大不了接着再生。

玉花高小毕业，学习掌握的知识点和知识面去小学代课很轻松，再加上自己认真地备课和讲课，仔细地批改学生作业，还能根据学生作业中的普遍错误分析学生对关键知识点的理解和掌握情况并给予专门的辅导讲解。学生的学习成绩普遍较好，学习积极性也高。玉花代课很成功。如果继续代下去，说不定将来也能转成正式教师。

转眼玉花怀孕快满十个月了，挺着个大肚子往返学校并站在讲台上讲课越来越吃力、越来越困难。玉花为了这个新的小生命，只好放弃了代课工作，带着一年多的美好回忆和留恋回家了。

玉花这一次果然生了个大胖小子。

在想尽一切办法活下去的日子里，玉花艰难地养育着自己的孩子们。

燎蚊子与抓虱子

玉花生了儿子以后将所有的精力全用在了照看孩子身上。大女儿已经三岁了，能够帮助玉花干点传递轻物和照看弟弟的事情，玉花出门时间比较长时就把儿子、女儿交给婆婆照看。婆婆是缠过足的，很少出家门。儿子长到三岁时，玉花又生了一个女儿。玉花并没有因为已经儿女双全了就厌弃小女儿，而是靠着带大女儿和儿子的经验，一如既往地疼爱、抚育小女儿。这时，大女儿和儿子也都能帮玉花做点事了，玉花带小女儿也容易一些。

随着孩子们日渐长大，有两件事让玉花格外操心，一是夏天抓蚊子，二是冬天捉虱子。

孩子们的皮肤较细嫩，夏天一被蚊子叮咬就会在皮肤上起一个红红的大包，非常痒。孩子忍不住使劲抓挠，有时抓挠狠了就会造成皮肤溃破，久不愈合。而冬天由于每个人只有一件棉衣，得穿一个冬季，而可换洗的内衣往往也就一两件，冬天洗衣很不方便，每一件内衣都得连续穿一个月以上。家里睡的是土炕，时间长了就有虱子和跳蚤藏在被褥的皱褶里，随后就转移到了孩子们身上。虱子的叮咬也会引起皮肤的红肿和瘙痒，让孩子们很难受。每当孩子身穿棉衣靠在门框上或柜子角上使劲磨蹭后背，玉花就知道肯定是被虱子叮咬了。

为了少让孩子们受罪，玉花逐渐掌握了驱蚊、灭蚊和抓虱子的高招。

每当夏季来临前，玉花就去山坡上或道路旁采割艾草，回家晾晒后编成辫子，挂在屋檐下阴干，等有了蚊子的时候就在房间内点燃以驱赶蚊子，保证屋子里面基本没有蚊子。同森从部队复员时带回来一顶蚊帐，用到有了三个孩子时已经破旧了，玉花又新买了一顶更大的蚊帐，挂起来能把满炕全遮盖住。这样就为孩子们设立了第二道保护。蚊帐有开口的地方，经常会有"漏网"的蚊子钻进去躲藏起来，趁人睡觉时叮咬吸血。孩子在蚊帐里敏感地感觉到被蚊子叮咬或者听到了蚊子的"嗡嗡"声时，就会告诉玉花。这时玉花就会拿出她的绝招来对付蚊子。玉花的绝招是"燎蚊子"，就是用火苗把蚊子的翅膀烧毁，让蚊子不能再飞动，掉落后被人碾死。玉花一般是用右手拿着点着的灯，有灯罩的需要把灯罩拿掉，让火苗直接暴露出来。然后仔细地寻找蚊子的所在，等看到蚊子停在蚊帐的某一个部位时，就把手里的灯开始缓慢地向蚊子移动。等快接近蚊子时，玉花右手拿的灯突然加速，让灯的火苗快速靠向蚊子，在蚊子起飞逃跑前把蚊子的翅膀烧焦。一只蚊子就被成功消灭了。这个动作的要领是不仅灯向蚊子冲击时的速度要快，而且"燎"着蚊子后的撤离速度也要快，否则就把蚊帐烧着了。另外蚊帐要保持静止，不能有晃动，否则蚊子会持续在空中飞动。孩子们每次看玉花"燎蚊子"都静止不动地配合，惊奇地瞪大眼睛仔细看着、欣赏着，也帮着玉花寻找蚊子，直到蚊帐里一只蚊子也没有了，大家才放心地安稳睡觉。也只有这样的晚上，玉花睡得最安稳、踏实。

玉花冬天抓虱子也很拿手，她根据孩子们描述的被叮咬的部位能很准确地找到虱子隐藏的地方，而且经常能在一个皱褶里找到一窝虱子。成年虱子叮咬吸血后整个身体呈深褐色，比较容易找到，但在皱褶被打开时会快速移动逃跑。这时就要双手抓紧衣服皱褶两端，两个拇指快速移动到虱子两侧，然后快速挤压，把虱子挤扁。两个拇指的指甲盖上就会留下两个血点子。整窝的虱子一般多是刚孵化不久的小虱子，因为还没有吸过血，身子是苍白色的，聚在一堆基本不动，两个大拇指可以不紧不慢地挤压过去，把几只虱子一次消灭掉。玉花听说农药"六六六"能有效杀灭虱子，也学着别人家的样子在炕席底下和炕里侧边缘倒上了少许的"六六六"，期望能消灭虱子，不再传到孩子们身上。玉花闻到屋子里弥漫的"六六六"味道时，感到这呛人的味道肯定对孩子们的身体没好处，就把炕上的被褥搬走，把炕席拿下来，用笤帚把炕仔细地清扫一遍，把农药清扫掉，只留下残迹，并把窗户打开通风。

玉花另外一个对付虱子的办法就是每年开春天气暖和时，把所有家里人穿过的冬棉衣集中在一起，把衬里拆下来放在一个大盆里，用烧开的开水烫半个多小时，然后再去河里将衣服洗干净。这样能把虱子统统杀死，保证第二年再穿时是没有虱子的干净衣服。

打卤面

玉花做的打卤面是孩子们最喜欢吃的美食，每次做面条儿子都能撑开肚子吃两大碗，女儿们也能各吃一大碗。每次看着孩子们吃得锅净、盆净、碗净，连汤都剩不下，玉花心里充满了欣喜和安慰。

村里妇女中有人笼统评价玉花外面的活儿比家里的活儿干得好，意思是玉花农活儿比家务活儿干得好。玉花确实是身大力不亏，参加生产队集体劳动也比别人更舍得下力气，干农活儿的能力和水平远超过一般妇女，经常得到生产队长和许多男劳力的夸赞。这也是同森常年不在家逼得她没有办法的事情，玉花也不愿意累得腰酸背疼地在家里哼哼，这不都是为了多挣几个工分，年底决算分红的时候少往大队交点款吗？玉花也确实从小就更喜欢干家务活儿以外的事情，不仅仅是农活儿。玉花从小看着自己的母亲颠着一双小脚屋里屋外不停地忙活洗菜做饭、补衣织布这些琐碎的事情，过着一辈子连大门都很少出的单调日子，自己都觉得受不了。玉花庆幸没赶上缠足的年代，仗着一双天然的大脚能稳当地上学、走亲戚和干活儿。虽然也劳累，但可以多见世面增加阅历、熟悉事务增长知识，比圈在家里做家务活儿强多了。所以，玉花对别人这样的评价从不进行反驳，因为这是实情。她也从不争辩，因为没有必要。她也没有完全不学习做家务活儿，尤其是结婚、生孩子以后，不仅家务活儿要亲自做，还必须想办法比别人做得更快、更好，这也是她从小就养成的不服输的性格使然。为了做好家务活儿，她利用串门的机会随时随地细心地观察别人的做法，借鉴别人的经验。比如在做饭菜方面，她每次学了新的做法后都会询问孩子们的意见，结合自己的口感和饭菜的观感对食材搭配、口味咸淡等进行调整，把品种有限的蔬菜与小杂粮、粗细粮搭配成不同的组合，随季节变化，让孩子们看到就能胃口大开、吃得开心。

玉花会做好多种面条，从材质上分为白面（纯小麦粉）面条、杂粮（一般是小麦粉与玉米粉混合）面条、红薯（纯地瓜面或者红薯粉条）面条、豇豆面条等；从加工过程和成品上分有汤面、凉面、炸酱面、打卤面等；炸酱面和打卤面从酱和卤的组成上又可以分为好多种。

玉花做面条好吃的诀窍主要是面筋道、汤或卤喷香。她会先和面，并且和的面偏硬，再醒一会儿，这样做出来的面条就更筋道；醒面的时间用来摘、洗配菜和准备佐料，选择时令绿叶青菜为主配菜，再搭配点根茎类蔬菜；等炝锅的时候有五花肉就切点肉末，没有五花肉的时候就加一点猪油。玉花有一个陶瓷罐专门盛放猪油，每次割肉回来都会炼些猪油备用，这样炝的锅或炒的菜都像肉炒的一样香。

其中做汤面最简单，玉花在秋冬季节和早春做的多是汤面。秋天是为了节省时间，秋收秋种很忙碌。冬天和早春是为了暖和，有时还会根据需要加点鲜姜片或姜丝，一碗热气腾腾的汤面喝下去保证浑身暖呼呼的。夏季多吃凉面。

玉花做汤面一般是用小葱炝锅，有肉时先把肉炒了，然后加水烧开，把切好的面条和绿叶配菜先后丢进去煮开，加点盐和香油，盛到碗里就可以吃了，保证香喷喷，好看又好吃。

做炸酱面复杂、麻烦一点。玉花喜欢选稍肥一点的五花肉和面酱来做炸酱面，这样做出来的炸酱油汪汪的。小葱炝锅后把切成细小颗粒的五花肉和姜末放进去煸炒，把肥肉里的油充分煸炒出来，然后加入面酱炒熟，放在碗里备用，炸酱就做好了。然后把配菜切成丝或小块，备用。配菜一般选用可以生食的黄瓜、萝卜、青椒等。在准备配菜的同时可以把水烧上，配菜切好了就开始煮面。把煮好的面条直接捞到碗里或者在凉水盆里过下水捞到碗里，加点配菜，再舀一两勺炸酱拌进去，咸香的炸酱、青脆的配菜和爽滑的面条混合在一起，直吃得孩子们肚子滚圆。

玉花最喜欢做的是打卤面，最快捷省事，而其中孩子们的最爱是四季豆打卤面和土豆打卤面。四季豆打卤面要在炝锅后把切成小片的四季豆翻炒，然后加水大火烧开。同时打两个鸡蛋，搅拌好，在汤菜出锅前淋进去，并快速搅匀，盛到盆里备用。土豆打卤面一般是在刚买了五花肉、冬春季节没有新鲜四季豆时做，把肉和土豆切成丁、炝锅煸炒后加水烧开，盛到盆里备用。面条的加工过程同炸酱面，但在盛到碗里的时候面条要少盛，碗里要多留点空间放卤。四季豆或土豆卤在盛放前淋上香油，然后用大勺连菜带汤放到碗里。四季豆的清香、土豆的糯香加上香油的浓香，非常诱人。

玉花喜欢做、孩子们喜欢吃四季豆打卤面有一个重要原因，就是四季豆是自己在院里种的，孩子们经常浇水；鸡蛋是自己养的鸡下的，孩子们经常用剩饭剩菜喂养；面粉都是当年的新粮，没有陈年旧粮；各种食材都是最新鲜的。做、吃四季豆打卤面基本上也不用花钱，可以经常吃。而在粗粮为主的农村地区，吃面条就是改善生活。

每次看孩子们开心地吃面，尤其是儿子狼吞虎咽的样子，最开心的是玉花。吃面条最少的自然是玉花，而面条汤她喝得最多。把孩子们吃剩下的卤和面条汤混合后，就着汤菜吃一个玉米面饼子就是玉花的一顿饭。

退烧秘方

玉花自从有了孩子后，别的事情好多记不住的，关系到孩子的事情却记得特别清楚，而且能经久不忘。医治小孩子发烧的方法玉花就记了不少，而且玉花也懂得，小孩子有了病不能像大人一样服药。有些药对小孩子的健康有严重的影响，甚至会影响一辈子，是药三分毒。

玉花对这些医学常识和偏方验方平时说不出个道道儿来，甚至忙时根本想不起来。真遇到孩子感冒发烧的情况，这些方法就会不自觉地在脑子里显现，她总会想到最好的办法。

有一次，儿子感冒发烧了。由秋入冬之时，儿子穿得比较厚实，恰逢连续多天天气炎热，遇到"秋老虎"了。玉花判断儿子不是风寒感冒，应该是热伤风，最好的办法是物理降温。她脑子里立刻有了一个小偏方。

她到邻居家借来一些荞麦粒。荞麦在当地不是常规种植的作物，生产队里不种，只有个别人在自己的自留地里种一点。因为荞麦和其他农作物的外观不一样，种在地里很显眼，谁家种了玉花心里都记得。

说是借，其实就是交换，这是当地的一种传统习俗。玉花不用为了还荞麦粒而在明年自己去种荞麦，而是用别的物品或者帮忙办点事情作为交换。事先不用约定，还的时候也不用特别说明，两家人之间自然明白是怎么一回事情。借了就要还，这是农村人的一种习俗，也是一种信誉。有的人借了东西不还，下次就借不到了，甚至换一家去借也借不到，因为借了不还的名声家喻户晓。所以在还的时候一般都多还一点，价值上都略超过借的东西的价值，有点连本带息一起还的意思。

玉花回家后把荞麦粒放在面板上用擀面杖压碎，直到压成细面儿，盛到碗里。她又在一个鸡蛋上打开个能让蛋清流出来的小口子，把蛋清也倒在碗里，将蛋黄和部分蛋清留在鸡蛋壳里。她又往碗里倒了点香油（芝麻油），一起搅拌后团成一个荞麦团儿。

她让儿子躺在炕上，把后背的衣服掀起来，让后背裸露出来，接着拿起刚做好的荞麦团儿在儿子的后背上滚搓起来，上下左右地反复滚搓。她一边滚搓一边问儿子什么感觉。

儿子本来因发烧而浑身滚烫呢，荞麦面团儿贴在后背上有一种凉凉的很舒服的感觉，他直喊："舒服，太舒服了！"

玉花用手滚动面团儿在儿子整个后背上移动着、游走着，让这种舒适布满了儿子整个后背，儿子的困意也慢慢地袭来了，不一会儿就打起盹儿来了。

玉花一手继续揉搓着，一手不断地摸儿子的额头。大约半个小时后，儿子的体温明显降低了。

儿子醒后，抢过玉花手里的荞麦面团儿仔细端详着。面团儿有点发黑，闻着有香油的香味和淡淡的苦腥味，没有自己的汗臭味，他忍不住问妈妈："荞麦面团儿能吃吗？"

玉花明白儿子的体温降下来了，食欲也恢复正常，这是饿了。她仔细看了看荞麦面团儿和刚团好的时候一模一样，大小、颜色、气味都没有变化。想了想这荞麦面团儿里面都是可以食用的好东西，吃了应该不会有问题，就放在碗里做晚饭时给蒸熟了。

儿子拿着蒸熟的荞麦面团儿先咬了一小口，觉得挺好吃，就着蛋黄做成的最简单的糖水"荷包蛋"，一口吃掉了。

第二天，儿子就彻底不发烧了。

玉花还有另外一个退烧秘方，是个食疗方子。食材有蛇皮和鸡蛋。

蛇皮，中药名为蛇蜕，就是蛇脱下来的干燥表皮膜，有祛风、定惊、退翳、解毒、杀虫等作用。一般在偏僻的地堰或沟渠旁，蛇能安全地把皮完整地蜕掉。

玉花和孩子们上山干活儿时经常能捡到蛇皮，新鲜的蛇皮一般非常完整，也有时间长了被刮破或被蚂蚁等蚕食过的不完整的蛇皮。捡的时候要小心翼翼地慢慢扒拉开荆条或者草茎等障碍物，尽可能地完整地取下来，小心地包好拿回家保存起来，等需要的时候洗干净了食用。

当孩子感冒发烧时，玉花会把家里收藏的蛇皮拿出来，或季节合适的话到山上寻找蛇皮。

玉花把蛇皮放在水里漂洗干净，捞出来晾干。

她在碗里打一两个鸡蛋，搅拌均匀后把蛇皮放进去再轻轻搅拌一下。

她将锅里的油烧开了，直接把含有蛇皮的鸡蛋倒入锅里，煎炒至熟，趁热让孩子吃掉。

蛇蜕富含骨胶原，鸡蛋富含蛋白质，两者结合起来营养价值更高，能大大提高肌体免疫力，有利于身体健康。

玉花虽然不知道这些偏方的道理和治病的原理，但她知道，有营养的东西肯定是好东西。当然，这些偏方都不是玉花自己发明的，都是她看到或听到别人使用过的有用的方法。（以上方法为作者根据幼时记忆所记，未经医学证实有效，请勿效仿。）

儿子差点被淹死

在玉花养育的三个孩子中，儿子是最难带的，出过的危险状况也最多，以至于在孩子们长大后玉花感慨，幸亏自己是一个儿子、两个闺女，要是一个闺女、两个儿子可怎么带！她对生养了好几个男孩的母亲内心充满了敬佩。

1961 年正是全国三年自然灾害最严重的一年，玉花被饿得晚上偷偷地哭，吃糠、吃树叶所获得的那点营养全变成了奶水，喂给了儿子。在儿子身上基本看不出发生了自然灾害的痕迹，依然白白胖胖的，一有人逗弄就笑个不停，他的两只小手不时地在空中乱抓，脸上笑着、嘴里喊着，可喊的什么谁也听不懂。

儿子在学会走路前大部分时间是在睡觉，而且睡着了特别安静。他醒了也不哭不闹，只睁着眼四处观望，看到人脸或人影移动时就伸开小手使劲晃动，以求玉花抱抱、喂奶或检查、替换尿布。后来儿子学会爬了，玉花在忙时就把儿子的褯褓裹得紧紧的，保证他靠自己的力量没法把褯褓撑开，以免没人照看时乱爬。等忙完了，她就赶快给儿子松绑，逗着儿子使劲爬，整个炕都是儿子玩的地方。

能走、能跑了以后，儿子每天都拉着玉花的手在家里、在院子里或到街上不停地走着、跑着，累了就回家呼呼大睡，就这样周而复始、乐此不疲地循环着。

儿子和同龄孩子一样快速地长大，可开始说话的年龄比一般孩子晚半年还多，好不容易开口说话，说的话别人很难听懂，因为咬字太不准确、不清楚，以至于玉花在早期曾怀疑这孩子会不会是个哑巴。再后来等儿子说话正常了，这些小时候的事情就成了玉花和大女儿经常性的调侃笑料和美好的回忆，充满温馨。

因为语迟和说话不清楚，也因为是家里唯一的男孩，玉花从小就没让儿子离开自己身边太远。她到地里干活儿就把他带到田间地头，回到家做饭就把他关在院子里头，晚上睡觉就把他放在身边。即使长大一点了，外面有了小伙伴了，也规定他外出不能出村子，时间不能太长。玉花要时刻能看到儿子的身影或听到儿子的声音才放心。

小男孩本来就淘气、好动，哪里受得了这么紧的看管，经不起小伙伴的诱惑，随着年龄的长大，儿子也越来越想知道更多的事情、更大的世界，小伙伴描述的村里村外的事物深深地吸引着他，于是在玉花午休的时候就偶尔偷偷地出去玩，但玩得十分克制和小心，想证明自己能独立出去玩，又不想让玉花太担心。

玉花眼看儿子心越来越野，只好多加嘱咐、约法三章，嘱咐他出门玩一定要有伴儿，一定要注意安全，一定要早点回家。她还规定危险的地方不能去玩，危险的事情不能去做，爱冒险的小孩儿少交往。玉花让儿子远离一切可能的危险。

儿子嘴上答应了，玩疯了的时候可就把玉花的嘱咐忘到脑后了，所以就遇到了几次小的意外。比如，跑步不小心被绊倒了，摔伤了膝盖和手掌；爬树摔下来，摔伤了手腕；最严重的一次是差点被淹死。

村里为了浇灌农田，在村西边靠近河道的地方修了个机井，一个大石块砌的长方形大池子，长约20米，宽约10米，水深平均2米多。那里水源充沛、水质清澈，即使水被抽空了，隔一夜又恢复了原来的水位。机井修好了以后，村里广播说，严禁在机井里洗衣服、洗澡，怕弄脏了水；严禁游泳玩水，怕出危险甚至淹死人。但在机井台边上没有立任何警示，也没有人看管。村里几个大一点的孩子夏天热得受不了就偷偷地去玩，有的在大人的指导下学会了"狗刨儿"，能在机井里游几个来回。大部分孩子就是泡在水里，比一比潜水时间的长短，或在池子边缘处练习游泳。有几个人偷偷去过几次，没有任何人来驱赶或劝阻，也没有人来禁止孩子们玩水，渐渐地村里的小孩们就经常去玩。夏天脱光了衣服本来就凉快很多，再泡到清水里，那舒服劲甭提多爽了。

这一天，玉花的儿子也被小伙伴们鼓动着偷偷跑到了机井处，看小伙伴们纷纷脱光了衣服从机井台子边缘纵身跳进水里，沉到水里只有模糊的身影，一会儿就浮上了水面，轻松地划着水游动着，他羡慕小伙伴不怕水、会游泳，能在水里自如地游动不沉底。但他的担心更多，既担心脱光了衣服身体完全裸露出来，自从不穿开裆裤以后还没全裸过；他也担心自己不会游泳出危险，有点怕水太深，不小心被淹死。

小伙伴看玉花的儿子迟迟不下来，就反复催促、鼓励，还有人告诉他怎么划动胳膊游泳，怎么甩动双腿踩水，好像一切都很容易。

玉花的儿子慢腾腾地把衣服脱了，双手捂着裆部站在岸上寻找容易下水的地方。他想用攀爬的方式下到水里，慢慢地熟悉下水温、水性再慢慢地学习游泳。

村支书的儿子和玉花的儿子同岁，是小学里的同班同学，关系要好。他是小伙伴中游得最好的，也是胆子最大的，在村里没有他害怕的事情。这时候他游累了正在岸上歇息，准备过一会儿再次下水。他看到玉花的儿子在岸上慢慢走着，找容易下水的地方，就快跑两步过来把玉花的儿子很突然地用肩膀撞到了水里，自己也跳了下来。

机井边缘离水面有一米高，可这一米的距离却完全是两重天，一个是可以自由呼吸的岸上，一个是需要憋气、呼吸需要控制的水里。刚才小伙伴们只告诉玉花儿子怎么做动作不沉底，没有人教给他怎么控制呼吸。他突然被撞到水里后把怎么做不会沉底的动作要领也吓忘了，只会本能地上下乱扑腾。每下沉一次就呛一口水，每挣扎着出了水面就喊一次"救命"，反反复复地挣扎着。

其实，玉花的儿子离岸边也就一米左右的距离。而他的挣扎只是在上下运动，没有横向运动。他自己也不知道岸在哪里，只是本能地乱挣扎乱喊。

起初小伙伴们以为玉花的儿子是装的，后来觉得装的不会装这么长时间。小伙伴们过来把玉花的儿子轻轻推到了岸边。

手抓到岸边的石块，又把脚踩到石头缝里，玉花的儿子保持头部露在水面之上，擦着头上、脸上的水，吐出口里的水，傻傻地站着，小脸煞白，惊魂未定。

见他安全了，其他小伙伴就放心地继续玩耍，不亦乐乎。

玉花的儿子趁小伙伴们不注意，悄悄地爬上岸，穿上衣服回家了。自己虽然还有点后怕，但毕竟是下了水了，也喝了好几口水，知道了在水里是什么感觉、不会游泳是什么滋味，脑子里还在想应该如何划动胳膊和甩动双腿才不会沉底，能够自由游动。他回到家也没有告诉这件事情。

一起玩的邻居家的孩子回家后跟父母说了玉花的儿子被人撞下水的事情，还说玉花的儿子差点被淹死。邻居家母亲一边嘱咐自己儿子以后也要更注意安全，尤其不能做类似推别人下水的事情，一边专门过来告诉玉花要看管好自己的儿子，以后不要让儿子再去冒险，也顺便看看玉花的儿子有没有问题。

玉花起初感到莫名其妙，细问后才知道了事情的大致过程。儿子回来后完全没有异样的表现，邻居不说她还蒙在鼓里呢。她拉过儿子又仔细地看了又看，能看到的头部、手部没有任何伤痕，胳膊和腿脚都活动自如，也就放下心来。但后怕和气愤还是让玉花转身冲到了村支书家里，当着村支书和他老婆的面把书记儿子训斥了一顿。书记和老婆也不知道自己儿子做了这种事情，就要动手教训儿子，好歹被玉花劝住了。

玉花这么做自有她的想法，就是告诉所有人以后不能再做任何危害自己儿子的事情。这就像老母鸡护鸡仔，看到任何可能的危险都要展开翅膀鸣叫着冲上去一样，是一种权利和态度的宣示。玉花在保护儿子安全方面可谓不顾一切、不遗余力。

玉花
篇

豆面的妙用

　　玉花每年都会在家里准备比别人家更多的黄豆面。自己家有黄豆时就去磨一些，黄豆不够时就去专门买一些黄豆面。黄豆面在胶东农村地区一般是与玉米面和在一起做贴饼子或者窝窝头的，这样做出来的贴饼子或窝窝头更软、好吃。如果没有和的豆面，贴饼子或窝窝头就会很瓷实、很硬，口感会差得远。

　　玉花用豆面用得多，除了贴饼子和箅窝窝头都要加豆面外，还有一个特别的用处，就是做豆面灯。

　　豆面灯一般在春节时制作，做好了从除夕晚上一直点到正月十五，过了正月十五才能把豆面灯熄灭。这是胶东地区的传统习俗之一。

　　制作豆面灯需要极细的纯豆面。玉花用最细的豆面和成团后再捏成不同形状的豆面灯。为了增加豆面的黏性，玉花还在和豆面时用蛋清代替一部分清水。这样和出来的豆面更加紧致，表面会更加光滑，点上后映出的灯底颜色也更加明亮、通透。

　　玉花每年制作豆面灯都只做鼠、牛、龙、狗、猪这五个属相的灯，因为同森属鼠，儿子属牛，小女儿属龙，大女儿属狗，玉花自己属猪。玉花年年都做这五个属相的豆面灯，手艺非常娴熟，而且做出来的灯也越来越精致，每个属相都惟妙惟肖的。玉花做的豆面灯由于面中加了蛋清，面的韧性更好，顶部的灯油碗能做得更深、更大，倒满了油（食用油，豆油或花生油）能连续燃烧一个星期，除夕到正月十五中间加一次油即可，明显比别人家的时间长。

　　为了增加孩子们的乐趣和锻炼孩子们的动手能力，玉花极力鼓励孩子们每年做自己属相的豆面灯。虽然孩子们肯定没有玉花做得好，但他们做得很仔细、很用心，有时候还有自己对属相的理解和表达，比如耳朵极大的狗，犄角有多个弯曲的牛，让孩子们在劳动的同时增加了欢乐。

　　正月十五之前，豆面灯一直摆放在家里靠北窗户的供台上，传说可为先人们回家过年提供光亮。等正月十五一过，年也过完了，豆面灯也就被熄灭并撤下了。这时，玉花会仔细地查看豆面灯的烧灼情况，把烧焦的部分仔细去掉，没有污染的其余部分清洗后就被做进了某道菜肴里，被大家分享了。

切地瓜干

生产队又分地瓜了，这是村里每年留给村民的占比最大、数量最多的口粮品种，由生产队估算收成后按照各家各户在村里的户口数进行分配。公粮是按照村里各家各户的户口数缴纳的，口粮也是按照各家各户的户口数分配的。同森家的户主是同森，但他本人不属于农业户口，村里缴纳公粮和分配口粮都没有他的份儿，全家只按照玉花和三个孩子四口人计算。

由于同森不是村里的农业人口，村里人都不约而同地把同森家当成了玉花家，孩子们到村里办事情、领口粮也都称自己为玉花家的。

每年分配到玉花家的口粮是小麦大约 100 斤，玉米、芋头大约 200 斤，花生、大豆、小豆等杂粮三五十斤不等，而地瓜能分配七八百斤，赶上好年头能分配上千斤。地瓜在村民的饮食结构里一直占着主粮的位置，好多人吃地瓜胃里反酸、难受，但又不能不吃。胶东农村地区因为缺水，种不了大米，在所有适合种植的农作物中只有小麦属于细粮，其他的玉米、红薯都是粗粮，花生、大豆等算是杂粮。所以胶东人都戏称自己的肚子就是个"粗粮肚子"，胶东人都是吃粗粮长大的，胶东人长得高高大大也是因为吃粗粮多的缘故。其实这全是因为麦子产量低，全种麦子就不够吃。

往年村里分了地瓜，玉花都动员孩子们拿着各种各样的袋子、篓子、篮子把地瓜抢运回家，有时遇到个头特别大的地瓜就让最小的孩子直接抱回家。搬回家后先在院里找个阴凉的地方堆起来，选一部分个头大的切成地瓜干晾干，这样便于收藏保存。等冬天快到的时候，玉花就把院里剩下的地瓜搬到屋里地上，可以一直吃到第二年开春，然后再接着吃地瓜干。

在家里切地瓜干需要有晾晒的地方，而院里的空间明显不够用，每年切了地瓜干后院里各种能晾晒的工具上面摆的全是地瓜干，院墙上也全都利用起来晾晒地瓜干，直至搭梯子晾晒到屋顶的瓦片上。整个家里里外外都被晾晒的地瓜干装饰起来了，甚是壮观。

要下雨时，全家人集体动手抢拾地瓜干，将其集中到屋里或堆放在室外，用塑料布遮盖好，等天晴了又得赶快晾晒起来，否则没晾晒好的地瓜干就容易发霉变坏。

这样的传统做法让玉花感觉很累、很辛苦，尤其是刚分下来抢运回家的时候，为了少跑几趟，也为了让孩子们轻松点，玉花每次都把自己挑的担子装到 100 多斤，像青壮年男性一样在弯曲且不平的山路上担回家，这很需要体力，玉花往往会腰疼好几天。

玉花晚上躺在炕上一边按摩着疼痛的腰部，一边琢磨着怎样能更省时省力。人遇到难处的时候是思维最活跃、想法最多的时候，也往往会灵机一动、想到窍门。

玉花想，每年都要把将近一半的地瓜切成地瓜干，又经常晾晒不下，何不利用刚收了地瓜正空闲的地晾晒呢？这样搬运回家的鲜地瓜就减少了一半，搬运起来更省力省时。

地瓜晒成干重量就减轻了许多，搬运地瓜干也比搬运鲜地瓜省力省事。就这么干！问题是要看准了天气，不要遇到下雨天，要有足够的时间让新切的地瓜干晾晒干，至少地瓜干的表面要明显脱水。

第二年开始，玉花就按照这个想法去做了。生产队分好了地瓜后，玉花先把地瓜按照大小分堆。小的准备自己回家时挑回去，孩子们放学后也可以帮忙一起挑。有时候碰到邻居空手回家或拿的东西不多，也帮把手拿一些回去。剩下个头比较大的，就用同森做的专门用来切地瓜干的刀板就地切起来。

切地瓜干要坐在马扎上，一手扶着刀板，一手拿着地瓜来回拉动。地瓜就一片片地从刀板上落到下面的筐里。晒的时候需要站起来，把切好的地瓜片一片一片地摆放到凹凸不平的地面上，尽量让接触地面的一面有空间通风，这样干得快。切的时候主要累胳膊，要不停地挥动；晒的时候主要累腿，要不停地走动。玉花就切一筐、晒一筐，两种动作交替进行，既能缓解切的时候胳膊的劳累，也能缓解站着摆放时形成的腰腿不适。玉花切地瓜的动作飞快，一般人赶不上，晒地瓜干能双手同时摆放，速度也比一般人快得多。几轮后，她就把一大堆地瓜切完了。

玉花切地瓜干的时候曾经不小心被锋利的刀切下来一块皮，手指也被切过，出了血以及包扎后的不便反而影响了进度。后来再切的时候玉花戴上了手套，快切完的时候放慢切的速度，手安全了，但切的速度慢多了。

后来玉花看到别人有专门切地瓜干用的手套，手指是裸露的，手掌部位是用加厚的布料做的。更高级的手套的手掌部位是用皮子做的，刀具不容易割破。玉花毫不犹豫地买了一副。这下切起来就快多了，也安全多了。

等孩子们放了学赶来帮忙的时候，工作基本上就收尾了，玉花和孩子们一起收拾完后，挑出没切的地瓜，拿着切板，挑着筐篓说说笑笑地回家了。如果只剩下摆放的活儿，玉花就会让孩子们摆放。她自己回家先把饭做好，等孩子们回到家就可以及时吃饭和写作业了。

切地瓜干的活儿有一定的危险性，玉花总是自己抢着干，直到孩子们长大了，手脚也利索，能熟练掌握要领了才放手让他们去做。她宁肯自己受伤，也不让孩子们冒一点点险。

地瓜粉条与地瓜面条

胶东地区一直盛产地瓜，地瓜的吃法也很多。由于鲜地瓜不好保存，很容易腐烂变质，除了切成片晒干以外，还有另外一种常用的保存方法，就是做成地瓜粉条，这样可以保存很长时间都不会坏，而且食用也很方便，可以炖成菜，也可以直接煮软了当面条吃。每年冬季没有新鲜蔬菜的时候，玉花都要经常用地瓜粉条与萝卜丝或白菜炖成大锅菜，有肉时切点肉，没有肉时加点猪油，把当菜又当饭的大锅粉条菜炖得香香的、烂烂的、热乎乎的，让孩子们"放开"肚子吃。

玉花经过比较后感觉用地瓜粉条煮软了当面条吃，远不如用新和的地瓜面手擀的面条好吃。手擀的地瓜面既好煮，口感也更好，而地瓜粉条再怎么煮也会因粗细不一而局部有硬心。不管是手擀的地瓜面条还是用地瓜粉条煮软的面条，孩子们吃了都会感到"烧心"，也就是胃里感觉不消化、泛酸。地瓜是每年队里分配最多的绝对主粮，不吃地瓜粮食就不够吃的。怎么能让孩子们吃了不"烧心"呢？玉花开始寻找解决的办法。

玉花仔细回忆，孩子们在吃了煮地瓜、蒸地瓜、纯地瓜面条后都有"烧心"的感觉，但在地瓜粉条搭配上其他的肉或菜炖出来之后，孩子们吃再多也不会觉得"烧心"。玉花从这两种情况中感觉到，只要单独食用地瓜就会"烧心"，而与其他食材混合搭配在一起的时候就不会"烧心"。她决定试验一下是不是真的这样。

玉花尝试的方法是用家里最多的地瓜面粉与第二多的玉米面粉按照大约二比一的比例掺和在一起擀了一次面条，没有告诉孩子们面粉的变化，而是在吃完饭后让孩子们告诉她谁有"烧心"的感觉。结果三个孩子都没有感觉到"烧心"。这给了玉花很大的鼓舞，她觉得自己的分析是对的。接着她又如法炮制，蒸了一大锅混合面的窝窝头，让孩子们吃了以后感觉一下烧不烧心。结果孩子们又都没有感觉到"烧心"。玉花大喜过望，如果把家里的地瓜面粉和玉米面粉混合起来吃，一家人基本不会挨饿了，而且孩子们吃了以后也不会"烧心"受罪了。玉花在心里暗暗乐开了花，能让孩子们吃饱、吃好，玉花觉得再辛苦都值得。

"宝塔糖"驱虫药

在儿子六七岁的时候，当地政府卫生部门在推广普及打预防针（疫苗）的同时，开始推广服用驱虫药。由于农村地区卫生条件有限，村民的防病知识和意识也有限，寄生虫病比较普遍。许多大人吃得挺多，可就是不胖。许多孩子吃饭上没怎么饿着，但就是不长个儿，还偏瘦，体质严重不达标。根据上级卫生部门的调查分析，蛔虫病影响了人体营养的正常吸收，也就是说人吃进去的营养有一部分被肚子里的蛔虫吃掉了，人吸收的营养就不足，所以身体发育受到影响。

为了保证孩子们都能吃到驱虫药，政府部门按照孩子的名单要求家长免费领药，并且都要监督落实到位，要亲自看着孩子把药服下去。为了让孩子们喜欢吃这种驱虫药，生产厂家把药粉与糖、淀粉混合在一起，做成了一个小宝塔的形状，密封在一个小纸袋里。家长领小纸袋时也不知道里面装的药是什么形状和颜色的，还以为和普通的药品一样难吃呢。

玉花也领到了儿子和小女儿的驱虫药，等孩子们回到家就督促他们赶快服用。听说让吃药，起初两个孩子积极性都不高，都怕药有苦味。玉花为了鼓励孩子们按要求服用药物，把家里的白糖罐拿了出来，意思是孩子吃了药可以再吃一勺白糖，压压药的苦味。等把驱虫药药包打开，发现这药和其他药不一样，与常见的白色药片的形状和颜色都不相同。儿子忍不住舔了一口，感觉甜甜的，没有一点苦味；又舔了一口，还是甜甜的，没有任何苦味；他就放心地放到嘴里像吃糖果一样嚼碎了，再喝一小口水全部咽下。虽然药一点也不苦，可儿子还惦记着那一勺白糖，又去舀了满满一勺白糖送到了嘴里，慢慢含化着，享受着额外的甜蜜。

玉花不仅要监督孩子们吃药，还要负责观察驱虫效果，看看第二天和第三天是否有蛔虫被打下来。玉花把这项任务布置给了儿子和小女儿，让他们自己这两天注意大便后看看有没有被打下来的蛔虫、有几条，都要记清楚了好向上级报告。

服药后第二天，儿子和小女儿都有屁股发痒的感觉，而且大便的时间都比平时略早。大便后看一眼粪坑里，他们发现果然有好几条长面条一样的虫子盘在那里。大部分虫子盘绕在一起静止不动了，个别的长虫子还在蠕动，看着有点吓人。玉花心想，孩子的肚子里原来还藏着这么些蛔虫呢。这要是不打下来孩子怎么受得了！幸亏政府有驱虫药物，这下孩子们的肚子里干净了。

为了提高和稳固驱虫的效果，一个月后政府又组织开展了一次驱虫活动。有了第一次的经验，孩子们主动要求服用药物，而且把驱虫药简称为"宝塔糖"。那段时间，在住户和学校的粪坑里经常能见到打下来的长面条一样的蛔虫。随着驱虫运动的持续开展，以及人民群众生活水平的提高和良好卫生习惯的养成，当地的蛔虫病逐渐绝迹了，基本上没再听说还有得蛔虫病的。

"扫盲运动"与"除四害"

"扫盲运动"在我国历史上影响深远，全国多次掀起了运动高潮，而在胶东地区持续时间更长。玉花先后经历了本地的两次"扫盲"高潮。第一次是 1953 年前后，出嫁前在北楼底村；第二次是 1969 年前后，嫁到铁口村有了三个孩子的时候。

国家组织开展全国性的"扫盲运动"始于 1952 年，当时全国 5 亿多人口有 4 亿是文盲，也就是不认识字的人，占了全国总人口的 80%，农村地区文盲占比更高。为了适应新中国建设和发展的需要，中央政府组织发动了全国性"扫盲运动"。玉花在村里实际参加"扫盲运动"始于 1953 年，当时玉花年仅 18 岁，却属于村里仅有的上过完小的女青年，因此责无旁贷地成为村里的"扫盲"骨干。除了要教几个"扫盲"户以外，作为村里的文娱骨干，她还要通过业余剧团的宣传促进"扫盲运动"的开展，有些小节目就是直接针对"扫盲"活动的，比如全国流行的时髦歌曲《夫妻识字》，唱的就是"扫盲"的事情。玉花不仅演出时带头唱，也教给大家唱，通过唱歌增加知识。对于自己联系的"扫盲"户，玉花尽量在不影响他们生产劳动的时候去教他们，大部分时间是在晚饭后，把大家召集在最宽敞的住户家里。玉花拿着小黑板去教他们认字，并且优先教他们自己最想认得的字，比如每个人的姓名、日常生活中最常说的话和生产队决算时最常写的字，使学和用尽可能地结合起来，并把学得快的社员和学得慢的社员结成对子互相帮助，用当时时髦的话说是"一帮一、一对红"。实践结果说明，玉花的方法是最好的、最有成效的，她的"扫盲"户不仅认识的字是村里最多的，而且记得牢、记得准。这次"扫盲运动"虽然是业余性质的，但玉花做得很仔细、很用心，为玉花后来成为代课老师打下了基础。

第二次有组织的"扫盲运动"是在玉花嫁给同森并生了三个孩子以后，时间是 1969 年前后，儿子上小学期间。玉花既不是"扫盲"的人，也不是被"扫盲"的人，既不是无所谓的旁观者，也不是责任者。这次"扫盲"的主角是儿子和小伙伴们，玉花主动为儿子出谋划策。玉花的儿子按照学校的要求和另外两个小伙伴共同承担了三个文盲户的"扫盲"任务，其中包括一个小伙伴的家庭。当时社会上有个"儿子或女儿给父母当老师"的说法就是指这种情况，由正上学的子女回家教自己的父母识字、学文化。为了避免这种不便和尴尬，学校把学生分成小组，由三五个孩子联合去家里教父母们识字。玉花儿子是"扫盲"小组的小组长，了解了三户"扫盲"户的情况后信心不是很足。玉花本身不是文盲，不用"扫"，反而以前有相关经验，就主动给儿子面授机宜，给儿子鼓劲、打气，增强儿子的信心。玉花对其他孩子们的家长既想学文化，又不愿意跟小孩子学，尤其是向自己的孩子学的心理比儿子他们更明白，向儿子传授的机宜不过是不要硬充当"小先生"，而是让这些家长们能"面子十足"地去学习。另外，他们不识字不是他们的错，是他们时代的错，不能对他们有任何埋怨。为人父母都为养育子女付出了辛苦劳动，都需要得到尊重和爱戴。在帮助他们识字方面，不要觉得他们应该学习什么而去教什么，应该按照他们的需要想学什么就去教什么，按需辅导。

"四害"最初是指苍蝇、蚊子、老鼠和麻雀。这"四害"给人们的健康带来了威胁，每年都造成一定的社会和经济影响，国家不得不采取整治措施。后来，麻雀被臭虫代替，再后来臭虫又被蟑螂代替，最终被定为"四害"的是苍蝇、蚊子、老鼠和蟑螂。

"四害"的生存方式不同，"四害"的种类也不同，除"四害"的方法自然也不同。消除苍蝇、蚊子的方法主要是整治环境，用药物杀灭蚊蝇卵和幼虫。消灭老鼠主要靠药物毒杀和鼠夹捕杀。麻雀是"四害"之一时，全国各地曾用连片大范围、广分布的敲锣打鼓的方式驱赶麻雀，不让麻雀有落地喘息的机会，一直在天上飞行至体力耗尽时一头栽倒在地而死去。臭虫和蟑螂的消除方法也差不多，主要靠药物和人工捕杀。苍蝇和蚊子的季节性很强，臭虫和蟑螂的局域性很强，消除起来相对容易一些。在广大的农村地区消灭老鼠非常困难，而且既有田鼠，也有家鼠。老鼠的作息时间往往和人相反，晚上人在睡觉休息的时候它们反而最活跃。

儿子学校里布置了灭鼠任务，要求学生们每两天就要提着老鼠尾巴到老师那里报告消灭老鼠的数量。要验证老鼠尾巴是怕学生们乱报数字，有老鼠尾巴作证灭鼠数量才有效。小学生们为了争当先进都不遗余力地想办法多收集老鼠尾巴，有的学生把野外发现的死老鼠的尾巴也剪下来上交。在一段时间里，村里村外经常能见到没有了尾巴的死老鼠。

玉花家里没有养猫，老鼠相对比较多、比较猖狂。三间住屋的纸糊顶棚上是老鼠的天下，几只老鼠沿着顶棚的边缘由东到西、再由西向东来回地追逐奔跑，震得顶棚咚咚响，有时还有互相撕咬的惨叫声。东边的屋子没住人时用于堆放粮食和杂物，经常能看到老鼠洞、老鼠屎和老鼠逃窜的身影，小厢房里更是如此。

为了灭鼠，玉花买了两个老鼠夹，将其分别放在东屋和小厢房里，顶棚上则摆放了灭鼠药。老鼠夹是一种专用的工具，利用物理反弹的原理将老鼠夹住并使其窒息而死。玉花家使用的老鼠夹是简易的木板底座，小钩子串上诱饵代替踏板，压杆、弹簧和鼠弓都是黑铁丝，灭鼠的原理和所用的材料都很简单，由于小钩子代替了踏板，鼠夹的反应能力大大提高，稍微的咬动、晃动都会触发鼠夹。玉花家的鼠夹上经常能看到被夹致死的老鼠。

儿子学校里有任务，自然不能像平时一样灭鼠，得想点新办法，提高灭鼠效果。玉花首先让儿子仔细观察，了解鼠夹的工作原理，再让儿子开动脑筋，看看有什么办法能多夹老鼠。儿子想了两天，只想出了多放几个老鼠夹子的主意。玉花没有否定儿子的想法，但想的方法比儿子的更简单、有效，而且不用多买、多摆老鼠夹子。玉花没有告诉儿子怎么做，而是炒了一盘花生米。炒花生的香气很快就吸引着儿子来抓食。玉花看儿子只知道自己吃，就启发儿子：如果用炒过的花生代替生花生做诱饵，老鼠会不会更容易被夹到。这时儿子才恍然大悟，立刻用炒花生做诱饵重新摆放好老鼠夹。炒花生做诱饵果然奏效，估计别人家的老鼠也闻着炒花生的香味想来抢食，结果都被一一夹住。玉花儿子上交的鼠尾巴数量始终遥遥领先。

玉花虽然理论水平不高，有些大道理自己也讲不清楚，但她能充分利用各种机会去启发、引导孩子们多观察、多思考，开动脑筋想办法，这是孩子们一辈子的宝贵财富。

猪油罐与醋瓶子

玉花和三个孩子在勤劳、节俭中过日子，在贫穷、艰难中找快乐。玉花更是想法设法地通过多干活儿为三个孩子吃、穿、上学多挣点钱，作为同森工资外的补充。生产队里的集体劳动她从不缺席，甚至是别人不愿做的最累、最苦、最脏的活儿玉花也不放弃，例如堆肥、挑粪，有时也不得不让孩子们在家里互相照顾，自己在外面多挣几个工分。

玉花在家里有几个与吃有关的"宝贝"，需要经常检查还剩多少，以节省为原则计划着使用，并根据需要及时补充。有的还需要藏起来，免得孩子们控制不住，一次就给全吃光了，比如糖果、饼干。

其实家里就那么大，能藏住东西的地方也不多，玉花每次藏好的东西没多久就会数量明显减少或不翼而飞，玉花知道不是外人偷走的，肯定是三个孩子偷吃了。

在吃的方面，三个孩子也形成了默契，都是趁着玉花不在家的时候一起偷吃，人人有份，谁也不去告发谁。玉花知道藏是藏不住的，但不藏就放不了几天，甚至有时候一天不到就被吃光了。藏起来还能让孩子们开动脑筋分析猜测，动手翻箱倒柜，既能让孩子们多动脑，也让孩子们多动手，像捉迷藏般斗智斗勇，何乐而不为呢。

玉花也知道，孩子们偷吃最多的是糖和猪油。糖块被偷吃，就连散装冰糖、白糖、红糖也被偷吃。

家里的散装糖装在一个透明的圆形玻璃瓶子里，盖子也是玻璃的，密封得很严实。冰糖、白糖和红糖轮流盛放在里面，防潮又隔尘。一般是两种糖混装的时候比较多，一种糖没完全吃完，又有机会买到了别的糖，就都装在里面了。

那时候的糖不是做菜调味的，而是当作"药"来用的。孩子要是有个头疼脑热、感冒发烧之类的小毛病，玉花就会冲泡一碗糖水，在晚上睡觉前让孩子喝下去，睡一觉、出身汗好得快。

后来孩子们感觉不舒服了，或者就是单纯地感觉饿了、馋了，就会拿来糖瓶子冲一碗糖水喝，或者偷拿一个糖块塞到嘴里，糖瓶子从来就没满过。

玉花炼制和保存猪油有自己的绝招，既出油多，保存时间还长。首先是买猪肉时专挑肥多瘦少的五花肉买，不仅因为越肥越便宜，而且越肥出油越多。其次是炼油的时候在锅里煸炒时少加点盐，并且用小火熬，直到肥肉块收缩成小小的渣。这样炼制出来的油量最多，由于油中有少量的盐分，保存时间也更长。而炼完了的渣和猪油混合在一起保存，做菜时一起入锅，又香又可当肉，孩子们都喜欢吃。

玉花通常把炼好的猪油倒进一个酒红色的瓷罐里，配了一个木板的盖子，盖紧后放在锅台的角落里，炒菜炝锅的时候加一点，或者煮汤菜出锅前加一点。猪油罐难免油腻，玉花没法像糖罐一样藏来藏去的。

玉米面饼子或窝窝头由玉米面和少许的黄豆面混合成形，贴在农村大铁锅内壁或摆在笼屉里焖蒸而成。由于玉米面比较粗糙，吃起来的口感和下咽时的感觉远远不如小麦面细腻、爽滑，不好下咽。

做饼子都是贴在菜锅里，一次围着锅贴一圈，可以做很多个。蒸窝窝头和馒头需要的时间长，而且要单独用蒸锅蒸，比较麻烦。玉花一般一次蒸一大锅窝窝头或杂粮馒头，以后要吃的时候热一下就可以了。所以家里常备凉的贴饼子、窝窝头或馒头。

孩子们放学回到家时饥肠辘辘的，等不得热了再吃，会马上抓起一个窝窝头或馒头就啃起来。干吃馒头尚好，干吃窝窝头就难以下咽。后来孩子们因为吃得不痛快就想出了新方法，想起了猪油罐里有猪油，猪油在自然凝固状态下挖一勺或用筷子挑一些抹在窝窝头上一起吃，由于猪油是滑润的，而且玉花做的猪油里有少许盐分，将窝窝头与之一起吃时，口感大大改善了，咀嚼和下咽也没困难了，而且满嘴喷香。三个孩子不久都学会了这种吃法，猪油消耗得自然快多了。

醋蛾子就是醋引子，放在水里呈絮状，在自身生长的同时，醋水的浓度会越来越高，瓶子里的水就成了可以食用的醋。同森听说同事家里有醋蛾子，就要来一块带回家，准备以后就自己酿醋，不用再花钱去买了。

拿回家后，同森把醋蛾子泡在以前泡药酒的透明大玻璃瓶子里，放在饭橱顶层的里边，并告诉孩子们得放三个月以上才能有醋吃。

刚拿来时的一块小小的醋蛾子很快就长大了，而且增生成了几片，漂在醋水瓶子里很像海蜇，瓶子一晃就随之漂动。

孩子们觉得好奇，就经常把醋瓶子拿出来围着醋瓶子看，觉得一小片东西放在水里能这么快就长得很大，不是像干的东西放进水里后吸收水分那样体积变大，而是真的在长大，由一片变成了并排的好几片。自己所学习的课程里还没有这方面的知识，尤其是清水里看着什么东西也没有，不明白它是吃了水里的什么物质不断长大的。醋蛾子除了是酸的，还会有其他味道吗？醋蛾子能像海蜇一样食用吗？三个人互相发问又互相摇头，谁也不明白。

光想是不解决问题的，不如动手亲自试一下。"要想知道梨子的滋味，就要亲口尝一尝。"于是，三个孩子就商量着尝尝醋蛾子到底是什么滋味的。

醋蛾子已经长大到从瓶子口不能整个地拿出来了，剪刀也伸不到瓶子里进行剪切，这难不住三个孩子。

一个人小心地用筷子把醋蛾子慢慢地挑到瓶子口，用手扯住其中一片醋蛾子往外拉。另一个人拿剪刀贴着瓶子口剪断，一片醋蛾子就到了碗里。

酸、酸、酸，三个孩子轮流尝了尝醋蛾子，都禁不住浑身一哆嗦，捏着鼻子喊酸，太酸了，酸得不行。

加点糖会怎么样？

于是，一勺糖加进去了，毫无起色，巨酸依旧。

再加一勺、两勺，酸味依旧，难以忍受。

三个孩子正苦思冥想用什么办法能让醋蛾子好吃呢，玉花回家了。

玉花看着三个孩子的杰作，真是哭笑不得。

看到没毁坏什么东西，只是浪费了几勺糖和一片醋蛾子，玉花没有生气或上火，倒是为三个孩子的求知欲和动手能力感到高兴，就把同森说的醋蛾子的知识转告给孩子们：醋蛾子好比是醋的父母，味道只是酸，而且巨酸。醋蛾子膜里面包着的就是最酸的酸水，比醋还酸，会不断释放到瓶子中的水里，这就是醋。对于醋瓶子里除了醋蛾子和水还有什么这个问题，玉花告诉孩子们，瓶子里还有少量的白糖和白酒。孩子们还刨根问底地说，没看见爸爸往里加糖和酒，玉花告诉孩子们，爸爸在往瓶子里倒水之前，已经把糖和酒加到凉白开水里了。原来如此。

孩子们听得似懂非懂，但没有受到玉花的责骂或训斥。三个孩子虽然年龄不大，但是对玉花一个人带他们的辛苦都很明了，最怕的事情就是惹玉花不高兴。

为了大女儿当老师

1967 年，大女儿高中毕业了，回到家里务农。出身农村的人说是务农，其实就是城市里的待业。农村女孩子回家务农在集体经济为主的时代其实就是"待业＋待嫁"，等待与其他村民一样参加集体生产劳动，等待嫁人。如果玉花的大女儿晚出生两年，就会多一个人生选择，即参加国家组织的高考。

出生在农村地区要找个工作也不是不可能，农民也不只是种地，除了出去当兵、参加招工外，也有比种地轻松点的本地工作，比如当老师。即使是民办老师，虽然还是农民身份，挣平均工分，但不用下田种地了，而是站在讲台上教育学生。

当时国家的教师培养体系尚不健全，受"文化大革命"的影响，师范类学校招生也处于停滞状态，教师队伍远远不能满足实际需要。地方教育主管部门为了促进教育事业的发展，鼓励有能力和水平的个人通过实际工作逐渐成长为正式教师，这给农民身份的年轻人提供了机会，即由农民身份、拿工分的代课老师或民办老师，到吃国家商品粮、拿工资的公办正式教师，许多教师就是按照这样的路径奋斗成功了。其中，代课老师是一种过渡性身份，既可能是试用考察，也可能是临时替补，身份是临时性的。而民办老师是当地政府承认的一种教师资格，身份是有保障的，后来的报酬也逐渐货币化了。

要想当民办教师也得具备一定的条件，比如要身体健康、外貌端正、声音洪亮、性情温和，尤其是文化水平要高，衡量指标就是受教育程度，也就是毕业学校的等级。对于个人来说，就是学历，比如高中毕业或者初中毕业。全国高考制度恢复前，普通教育最高学历就是高中，玉花大女儿就是高中毕业的，属于当时村里的最高学历者之一。

当民办教师的机会并不是时时都有，更不是你想有就有的。玉花大女儿刚毕业那年三里五村的学校里就没有一个教师空岗。

玉花大女儿高中毕业后的第二年，机会来了。本村里的小学有了一个民办老师的名额，但在决定成为民办教师前，如果没有一点从教经验（没正式站到讲台上授过课）要先当代课老师。这也是以往的惯例，大约相当于其他工种的试用期。

玉花大女儿从小受父亲的影响，也想当老师，这次有机会先当代课老师就是难得的机遇，但要成为正式的代课老师也不是轻而易举的事情。本村这几年高中毕业的学生可不算少，其中符合当代课教师的基本条件的也有好几个。玉花去找村支书，想探一探村里这次选择民办教师的意向，其实也是想代女儿来报个名。从村支书吞吞吐吐的态度上，玉花觉得书记似有合适的人选，但肯定不是自己的大女儿。玉花以表扬的方式把村里几个像样的高中生数了一遍，也看不出村支书对谁更有好感。玉花最后按捺不住提了自己的大女儿，没想到村支书鼻子一哼直接说了一句话"她先别想"。玉花一下子愣在那里了，不知该接着说什么好。玉花本来还想再解释什么，再看村支书难看的脸色和不屑的神情，知道这时候话越多越不好，赶紧向村支书表示，如果大女儿不懂事，有得罪了村支书的地方，她回家会狠狠地批评教育。村支书听了玉花的话并没有改变态度。村支书的媳妇见状就打了个圆场，转移了话题。玉花也趁机与村支书媳妇聊起别的事情来，然后就灰头土脸地失望而归。大女儿的美好愿望受到了严重阻碍，这让玉花很长一段时间里寝食难安、焦虑不堪，对村支书的直接否定百思不得其解，但又不愿放弃这难得的机会。

村里与大女儿一样具有高中毕业学历的同龄人有五个人，三女两男。五个人中能站在大庭广众面前大声讲话的就只有两个人，两个男孩儿一个有点口吃和耳背，另一个极其腼腆，在众人面前说话都会脸红、紧张，当老师肯定不合适。三个女孩儿差不多一样的漂亮、嘴巴利索、落落大方，到哪里也不怯场，但三个人在学校里的学习成绩一个天上，一个中游，还有一个在地上。玉花大女儿是学习成绩最好的那一个，三好学生奖状也是最多。

按说同森是老师，当时还是本公社湖西联中的校长，和本村小学的校长也很熟悉，打个招呼应该有利于大女儿当上代课老师。但谁能当村小学的代课老师这事，校长说了不算，而是村支书说了算，因为学校是村里办的，用的是村里的地，教的是村里的孩子，代课老师用的是村里的人。当玉花利用周末同森回家的机会提出让同森出面想办法的时候，同森思虑再三没有应承这事。这里面的复杂关系和关键人物同森比玉花了解得还多，自己在工作中也遇到过这种情况。村支书这一关是绕不过去的一道坎。同森本来就不会徇私利己做不公正的事情，现在涉及大女儿的事情就更得避嫌，所以就装着像不知道这件事一样。

在玉花恳求村支书让大女儿去当代课老师时，村支书也承认玉花大女儿最符合条件，但村支书就是不说"同意"这两个字。当然，他也没明确说"不同意"，而是"她先别想"。

玉花拐弯抹角地打听村支书为什么对大女儿印象不好，大女儿可能在什么事情上得罪过村支书，结果没有人能说明白，看来只有问村支书本人了。玉花晚上躺在炕上自己"烙烧饼"，翻来覆去睡不着觉，苦思冥想也没有更好的办法，弄不清这么顺理成章的事情，村书记为什么就不来个顺水人情。那样的话，玉花全家都会一辈子也忘不了村支书的恩德，感谢这份恩情。

玉花免不了在心里埋怨同森，由此又想起了很多因同森常年不在家，自己遇到的难办的事情，心里觉得委屈，又没人可诉说，有眼泪也只能在眼眶里打个转再憋回去。

思来想去没有别的办法，玉花只好硬着头皮、厚着脸皮再去找村支书，希望能打动、感动村支书。想让大女儿当这个代课老师的念头在玉花脑子里赶也赶不走，毕竟，不管是现在还是将来，这对大女儿都是很重要的一步。当上了代课老师就有了转成民办老师的机会，当上了民办老师就有了转成公职教师的机会，转成公职教师就脱离了农民身份，成为吃公粮的国家的人了。机会当前，不能轻易言弃。

主意打定，办法也有了，先弄清楚村支书不同意的理由再说。

玉花怕节外生枝，在找村支书的过程中一直坚持村支书媳妇在场时才去，这样相处感觉比较自在，心里比较踏实。她挑村支书不在时专门去找村支书媳妇，特意带给村支书媳妇一条丝绸花头巾，想请她帮着探听虚实。

看到花头巾，村支书媳妇喜出望外，话语也比平时亲密多了，而且主动骂自己的老头子不该不同意玉花大女儿去当代课老师。

玉花从与村支书媳妇的交谈中大概弄清楚了村支书对大女儿印象不好的原因，原来是自己家无意中得罪了村支书。

村支书有个儿子，比同森女儿大三岁。农村人把结婚生子作为传宗接代的大事，会早早地为儿女的婚事做打算。村支书觉得自己的儿子年龄也不小了，就在村子里适龄的女孩子中暗自挑选，希望早点物色个儿媳妇。村里漂亮、乖巧、伶俐的女孩儿不少，但村支书心里最中意的就是玉花的大女儿。

村支书流露出的对玉花大女儿的喜欢被玉花大女儿当成了一个老男人的不怀好意，心里对村支书产生了很严重的厌恶和防范心理。玉花大女儿上高中的某一天，在放学回家的路上与村支书相遇了。村支书看到扎着两根大辫子、挎着书包、骑着自行车的玉花大女儿就忍不住夸了一句："真漂亮，都长成大闺女了！"

　　玉花大女儿扫了一眼村支书，感觉村支书的眼神复杂，就狠狠地"剜"了村支书一眼，没搭理也没打招呼就擦身而过了。如果仅仅这样也没什么，村支书也没当回事儿，高傲的玉花大女儿以前也不愿和村支书多说话。玉花大女儿偏偏在刚骑过去两步远时嗓子发痒，接着清清嗓子吐了一大口唾沫，而吐唾沫的朝向正好是村支书这一侧。

　　在胶东农村，朝人吐痰是很不礼貌、不尊敬的行为，被吐的人会很不高兴。村支书以为玉花大女儿是吐自己，心里就记下仇了。不仅玉花大女儿的这次行为让村支书感觉到这是对自己的极不尊重，连带着想到同森在外教学回到村里也从没有登门拜访过，他觉得玉花一家人都对自己不尊重。这次玉花想让大女儿当代课老师就成了村支书悄无声息地报仇雪恨的好机会了，而且是新仇旧账一起算。

　　玉花回家后询问大女儿可有吐村支书的事，没想到大女儿对这事还有印象，因为村支书的眼神和神态让玉花大女儿忽然觉得惶恐、紧张，所以还记得。也正因为紧张，嗓子才不舒服，才吐了那口唾沫，而吐唾沫的方向自己完全没有在意，没有当回事儿。

　　离新学期开学的日期越来越近了，校长已经多次来村支书家问代课老师到底选的是谁，学校要提前通知本人做些必要的准备了。村支书最后终于决定让玉花的大女儿去当这个代课老师。得知这个消息，大女儿和玉花都很高兴，终于如愿以偿了。但是，令玉花没想到的是，她因此得罪了另外一个人，而且将要受到这个人的恶意报复。

　　在第二年抢收麦子的季节，队里社员都在麦场上打麦子，就是给麦子脱粒。麦穗和麦秸都摊晒在麦场上，小毛驴被捂上眼，拖着碌，在麦场上不停地转圈，通过碾压使麦粒从麦穗上脱落下来。女社员有的拿着大木叉子不停地翻转麦穗和麦秸，有的拿木锨不停地收拢已脱粒的麦子。

　　大家伙说说笑笑地干着活儿，玉花突然就感到屁股被人狠狠地捅了一下，生疼生疼的，疼得身体下蹲蜷缩在那里。转身一看，捅她的人正看着她问了一句："不要紧吧？"

玉花忍着疼痛说了句："不要紧。"她转过身来缓了缓，继续干活儿，而捅她的人也转过身去偷偷地坏笑起来。

玉花完全清楚那个人为什么装着不小心来狠狠地捅自己，因为她就是另一个竞争代课老师的女孩的母亲。为了让自己女儿当代课老师，她也去求了村支书，据说还送了厚礼，但结果没当上，就觉得是玉花把这个机会给抢走了，而不觉得是因为自己女儿学习成绩不好而没当上代课老师。她怀恨在心便借干活之机下了黑手。本来她是想捅玉花正面的，一直没有机会，最后只能趁玉花不注意捅玉花的后面来解恨。

玉花心知肚明，可这事在大众面前没法言明，只能吃个哑巴亏，晚上也只能轻抚痛处暗自伤心、流泪。

不过，玉花心里一点也不后悔，为了大女儿，被捅得再多、再疼也值得。

为儿子的健康操心

儿子是同森和玉花的命根子。同森常年在外地工作，只有周末和假期能回家陪伴儿子，日夜守护儿子的只有玉花。

在三个孩子的成长过程中，玉花为儿子操心最多。

玉花调养有方，又能及时给孩子们打疫苗、服糖丸，三个孩子都很健康，很少生病。他们偶尔的风寒感冒或头疼、肚子疼的，很快就好了。小女儿从小爱吃大蒜，虽然吃蒜后经常被姐姐、哥哥排斥，可身体素质最好，基本不生病。大女儿小时候有胆囊炎，疼起来满床打滚，喊疼不止。玉花逐渐总结了经验，通过清淡饮食加以预防，后来大女儿胆囊炎发作的次数越来越少了。儿子身体素质好，很少生病，但爱运动，又比较莽撞，受伤多，让玉花操心不少。他十几岁时两次受伤，让玉花很操心。

第一次受伤发生在儿子十三四岁时，儿子为了刨树墩差点弄瞎了眼睛。农村做饭都是自己家拾草回家烧。拾草是一个大家都明白的通俗说法，不光是野草，所有能用于做饭的烧柴，比如庄稼秸秆、树枝树叶、朽木松球，都可以当作"草"被拾回家。当然，拾草也是有范围的，平时只能在地堰边或者道路旁，被划定为封山的区域是不能随便去拾草的。

村里这一年如期公布了可以砍烧柴的时间和地点。儿子虽然年龄小，也想为家里多捡拾点柴火，就拿着个镢头刨河道里的柳树墩。刨树墩很费事，有力气的人大部分都去砍树干、树枝去了。刨树墩的人少，相对容易。

树墩一般由数条粗大的树根组成，树根深深地扎在河道的泥沙和石块中，需要清理泥沙和石块后才能把树墩刨出来。

在刨的过程中，玉花儿子就感觉有细小的东西进到了眼睛里，疼痛不明显，但眼皮有硌的感觉，有眼泪不断溢出。他坚持着把树墩刨出来、拖回家，等玉花背着一大捆柳树枝回家后儿子才告诉她自己眼睛里可能进了东西。

玉花仔细看了看儿子的眼睛，没看出异常，扒开眼皮也没有看到异物，就给儿子眼睛里涂了点家里备用的红霉素软膏，以防止感染，又接着忙起来。

第二天，儿子的眼睛还是有异物感，流眼泪，玉花仔细看了看，和昨天一样没看出儿子眼睛有什么异样，又涂上了红霉素软膏。

到第三天，儿子还说眼睛里有东西，而且还流眼泪。玉花顾不得再去砍柴火了，带着儿子坐车就到了公社卫生院。

玉花认识公社卫生院的张培堂医生，他是同森的好朋友，以前也找他看过病，她就直奔张医生的诊室。

张医生看到玉花带着儿子来了，就示意等一下，把正在诊治的病人处理完毕就给玉花看。

张医生以为是玉花的身体有恙，就问玉花这次是什么感觉和症状，玉花赶紧说是儿子眼睛里可能有东西。

张医生问清楚了哪只眼睛，就戴上头灯仔细进行检查，发现在儿子眼睛的瞳孔里靠边缘的地方有块细小的东西，瞳孔的表面有一个非常小的裂痕，问了儿子受伤的过程后高度怀疑这个细小的东西是铁屑，就想用磁铁给吸出来。

磁铁找来了，可小铁片扎得深根本吸不动。张大夫想把打针的针头扎到眼睛里试一试，针头的根部有个塑料固定接口，不是全金属的，结果也不行。

最后，张大夫拿来一个细长的针头，让玉花在儿子身后双手固定住儿子的头部，自己用手翻开玉花儿子的眼睛，一手拿着这个长针头慢慢地扎入眼睛里，轻轻地往外挑动。

瞳孔里全是透明的玻璃体，张大夫小心翼翼地挑着小铁屑，并不时地调整着小铁片移动的方向，最后顺着进进去时留下的细小裂痕把小铁片给挑出来了。

张大夫又用头灯从不同角度检查了一遍，确认眼睛里没有异物了，又给开了点口服的抗菌素，嘱咐回家后连吃三天，预防出现感染。

玉花说一直给儿子涂红霉素软膏，问医生接着涂行不行。

张大夫耐心地解释了口服药的好处和局部用药的局限性。张大夫是担心小铁片长时间在眼球里面引起深部感染，而眼睛表面涂的红霉素软膏药力渗透不进去，用口服的抗菌素可以通过血液到达眼球，效果比局部涂药更好。

玉花转身问儿子："眼睛还有硌的感觉吗？"

儿子眨巴眨巴眼睛，惊喜地说："没有了"。

玉花这才开心地笑了，悬着的心落地了。

张大夫也开心地笑了。为了保护好受伤的眼睛，张大夫用纱布把受伤的眼睛包扎好，并交待了一些回家后别挤压眼球、别搓揉眼睛、别再进进脏东西等注意事项。

玉花带儿子买了张大夫开的药就坐车回家了。在车上，玉花庆幸张大夫恰巧今天值班，庆幸张大夫真有办法，也庆幸小铁屑没有钻得更深。除了庆幸，她也暗暗决定以后不让儿子再干活儿了，只让他好好读书。

农村孩子哪里可能只读书不干活儿，只能干活儿时多加小心，别受伤，别累坏了而已。

第二次受伤恰恰是累坏的，而且差点成为终身残疾。

玉花儿子已经十五六岁了，长得跟大人差不多高了，腰板也很硬实了，挑担子一次能挑一百三四十斤的东西。他由于干活不挑剔，而且舍得下力气，参加生产队劳动时队长给他记一天 8 分的报酬。一个壮劳力一天才记 10 分，壮年妇女一般记 6 分，可见玉花儿子干活时的卖力程度。

这年麦收时玉花儿子正在家里过暑假。能给家里多挣点工分，年底村里分红时就可以给家里多分点，尤其是割麦子的时候，再多劳动力也显得不够用，生产队里也鼓励和欢迎能参加劳动的人参加，能割的使劲割，不能割的就搬运，老人和小孩可以在地里捡收割时落下的或搬运时掉下来的麦穗，所有人都能有活儿干，都能为抢收、抢种做贡献。玉花儿子深知抢收麦子是一年中最紧张的时期，于是主动收割麦子。

生产队长根据麦子的成熟程度和近期的天气预报情况，提前就通知了麦收第一天的集体出发时间。在早晨三点多，玉花和大女儿、儿子就起床、吃早饭，然后赶到生产队的场院集合，四点钟准时出发了。生产队长的想法是趁着天气凉爽赶快多割点，省得中午顶着大太阳劳作得又热又累。大中午时一动就浑身冒汗，也浑身无力，大家可以多歇会儿。

玉花的儿子在前一天已经把镰刀磨得很锋利，割起来能省时省力。裤子也穿了一条略微厚实的，不怕麦芒或麦秆、麦叶扎腿；脚上穿的球鞋（运动鞋），凉鞋不跟脚。

四点钟天还没亮，好在月光明亮，山路也是经常往返、再熟悉不过的路，大家鱼贯而行，很快就到了麦地。

队长一声令下，大家纷纷就位，开镰割起来。

手工割麦子需要蹲着，一步一步往前挪动。每人负责割三行麦子，蹲在正中间的麦行上，割的时候左边行一镰、中间行一镰、右边行一镰，三镰刀后就把手里割下来的麦子塞到大腿和小腿之间，用腿夹住再往前挪一步开始下一个左、中、右的收割，再夹到腿里。挪三四步或五六步后把腿里夹的麦子都拢起来打成一捆扔在地上，等搬运的人来搬走。割的人继续重复前面的动作，直到把三行麦子全部割完，再割另外三行。

到中午回家吃饭前，玉花儿子的进度稍落后于生产队长和其他几个一天挣 10 分的壮劳力，等生产队长抽了一根烟、巡视完割过的麦地再返回来时，玉花的儿子已割完了自己负责的三行麦子，也可以回家吃饭和午休了。

中午吃饭和休息时，玉花问儿子累不累、能不能继续，儿子只说感觉有点累，但能坚持，于是下午按时去地里继续割麦子。他晚上回到家吃过饭后比往常早很多就睡下了。玉花想，儿子跟大人一样割了一整天麦子肯定很累，早点睡有利于恢复，就没在意，自己累了一天也简单收拾一下早早睡了。

第二天继续割麦子。在集合的时候，生产队长多看了玉花儿子两眼，没有言语。来的人逐渐多了，看社员们到得差不多齐了，生产队长就带头往地里走去。在一个稍宽敞的山路旁，生产队长交待身后的人继续往前走，他自己靠边停下往后观察，等玉花儿子来到跟前时队长把他拉住了，问他的腿怎么了，是不是受伤了。言外之意如果受伤了就别勉强，不是正式劳力可以回家休息。

玉花儿子只说了句"没事儿，能坚持"就要继续往前走。队长没让他走，等玉花赶上来时告诉玉花，她儿子的腿有问题，走路姿势和昨天明显不一样，最好马上就去做个检查，并同意玉花陪着去。

生产队长是个不苟言笑的人，农活儿干得好，对社员也好，所以队里的人都服他、听他的。

玉花听队长说完，也回忆起了早晨起床后看到儿子就感觉他的走路姿势有点怪怪的，又说不出怪在哪里，但没当回事儿。

生产队里有一名普通社员，没有学医和行医的经历，不是正式的大夫或赤脚医生，但是靠自学懂点医学知识。他是个热心人，有人生病了他不能开药方，但可以给人吃点什么药或怎么办的建议，结果都很有效。大家佩服他的才能、称他是个"半拉医生"。

玉花听队长一说开始紧张了，就问生产队长是否先让"半拉医生"看看，这样基本不会影响两个人参加队里的劳动。玉花也不愿意成为占生产队便宜的人。生产队里集体的事情比个人的事情更重要。

生产队长告诉玉花，就是"半拉医生"看到玉花儿子走路后才出于担心和好意告诉自己的，并催促玉花和她儿子赶快回家，马上去医院看一看。

原来，早晨起来后儿子走路时小腿就抬得比平时高，而且脚好像也耷拉着，再一细看，不像正常走路时的脚后跟先着地，而是脚尖先着地，脚后跟跟着踩压到地面。

玉花儿子赶到集合场时"半拉医生"已经到了，看到玉花儿子就悄悄地多观察了一会儿，确定不是装出来的走路姿势后，就悄悄示意生产队长看玉花儿子走路的样子。队长看了也觉得这孩子走路有异样，就留心了。

生产队长在路上和"半拉医生"走前后脚，就问"半拉医生"玉花儿子的腿是怎么回事儿。"半拉医生"诚实地说不知道，得到医院仔细检查以后才能知道，并且告诉生产队长，凡是毛病都是越早治疗越好，治晚了就难治了，甚至有的就治不好了。听完最后这句话，队长毫不犹豫地站到了路边，主动等着玉花和她儿子。

玉花带儿子到医院后，一名老中医详细询问了经过，让玉花儿子现场走了几步，又让玉花儿子坐在凳子上，分别翘起一条腿来拿个小木槌轻轻敲了敲膝盖骨下面，又让他脱了鞋用手仔细摸了摸两只脚，一边摸还一边问疼不疼，最后告诉他们是腿部长时间受挤压形成的腓神经麻痹，没有什么立竿见影的治疗方法，只能是别再继续挤压，慢慢自然恢复。为了促进恢复，医生给开了一周剂量的谷维素，并叮嘱玉花和儿子一定要按照药品说明书上成人的量减半服用，别吃多了。玉花问医生儿子还能不能继续参加割麦子。医生又强调了一遍，不能再挤压腿部了，尤其是不能长时间蹲着劳动，可以干点捡麦穗、搬运麦捆的轻松活儿。

玉花回家后把儿子安顿好，看着儿子吃下药后就赶去生产队的麦地，告诉了生产队长医生的诊断结果和治疗方法，对生产队长千恩万谢。

生产队长听说玉花儿子的腿能慢慢恢复，心里踏实了。队长心想，要是在自己手下干活儿出了不能恢复的健康问题，自己不得内疚一辈子啊。

半个月后药吃完了，玉花儿子的腿脚也明显好转了，不细看已经没有什么异样的感觉了。为了保险起见，玉花又带儿子去医院做了检查，并请求大夫又给儿子开了些谷维素。

遵照医嘱，玉花的儿子从此不敢再长时间蹲着了。队里不让他割麦子了，家里也不让他干重体力活儿。他"因祸得福"，可以有更多的时间看自己喜欢看的书，满足自己的求知欲了。

三年后，国家恢复高考制度，玉花的儿子顺利地高中毕业并考上了大学，从此离开了贫困却难忘的农村。

村口守候的身影

在儿子去省城上大学的那五年里，每当儿子要放假回家了，玉花总是提前就把儿子喜欢吃的苹果、芋头、红薯干等准备好，把家里省吃俭用留给儿子的各种好吃的都拿出来摆好，就怕儿子回家没有好吃的。儿子在学校里习惯睡床，睡炕太硬、太凉，就给儿子准备几床被褥，把炕提前烧一烧去去湿气，让儿子回家住得舒舒服服的。

玉花又去集市上看看有什么儿子喜欢的新鲜时令水果，看到什么都要先想一想儿子是否喜欢、儿子是否可能喜欢、儿子是否需要。玉花心里几乎只有儿子。

也难怪，儿子是国家恢复高考制度以后村里第一个考上大学的人，在十里八村都是独一份，玉花怎能不引以为傲呢？大学生是国家的栋梁，将来是要为国家做事情的人，玉花又怎能不隆重招待呢？再说，这是玉花从小就疼着、爱着、呵护着长大的儿子啊！

当到了儿子坐火车、转汽车再由同森骑自行车接回家的这一天，玉花更是早早地把家里再仔仔细细收拾一遍，把好吃的再检查一遍，把第一顿迎接的饭菜再在脑子里过一遍。实在没有什么纰漏了，玉花就会早早地来到村西头，翘首以盼地等待着。虽然儿子和同森多次说过火车只会晚点，不会提前到达，可玉花总在心里觉得儿子有可能会比预计的时间提前到，就怕错过了在村口与儿子的相遇，每次玉花都这么急迫地想见到儿子。

在村口，免不了有村民进出村子，一见玉花徘徊的身影和急迫的表情，就知道是玉花儿子要回来了。村民们见了面免不了要聊几句，这是大家的习惯。看到玉花兴高采烈的样子，人们会夸赞玉花教子有方、玉花儿子有出息等。玉花听了自然心里非常得意和高兴。

玉花虽然嘴上应付着村民的话语，眼睛却始终不离村子远处的道路，儿子和同森会随时从那里向村子走来，她怕错过了第一眼的身影。

村西头是铁口村的学校，历史上曾经是本村独立的初小、小学，也是附近七个村联合建立的初级中学，在不同时代有不同的规模和名称。这里也是儿子和两个女儿读小学和初中的地方，三个孩子都是从这里成长起来的，这里也可以说是孩子们的福地。虽然学生已经放假，校园里没有了读书声和下课后的嘈杂声，玉花依然能想象到两个女儿在这里上学时的情景。看到学校，玉花也想起了同森由北楼底完小来到这个学校任教一年的快乐时光，那是一家五口人能天天在一起生活的唯一的一年时间。玉花也不禁想起了自己在这里当代课老师时的风光情景，她站在讲台上朗声授课，坐在教师办公室里认真备课和批改学生作业。这些早已成为玉花一辈子都忘不掉的深刻记忆。

玉花转身看到了学校北边空旷的篮球场，不禁又想起儿子在这个球场上闪躲腾跃的矫健身影。儿子爱好打篮球就是从这块不起眼的场地开始的。

玉花跟教学育人缘分不深，她嫁的人和她三个孩子中的两个都是教书育人的人，是"人类灵魂的工程师"。这是多么值得玉花光荣和自豪的事情。玉花在村头等儿子时不禁浮想联翩，百感交集。

村西头的村口是玉花守候和等待儿子归来的地方，也是她在铁口村记忆和情感的一个交汇点。每次站在这里或路过这里，玉花都能莫名地感动，受到鼓舞，能深刻感受到生活的美好。

等候时间久了，玉花就顺着村路往西走一段，希望在拐弯处遇到儿子和同森。邻居喊她到家里喝口水或坐一坐，玉花也都婉言谢绝。当儿子和同森的到达时间明显晚于她的预期时，她心里免不了胡乱猜想路上是不是遇到了什么特殊状况，生怕儿子和同森遇到什么意外。

只有当那两个熟悉的身影出现在西山脚下村路的拐弯处时，玉花悬着的心才放下来，身心放松后的喜悦之情溢于言表。玉花一边忍不住地呵呵笑着，一边眼光灼热地迎了上去。

西院失火

三个孩子都成家后，玉花一个人孤单地住在原来热热闹闹的老宅子里。自己家和西院的老邻居孙大哥两家的房子并排而立，都是三间的房屋，不过孙大哥家仍然是麦秸草房，玉花家换成了瓦房。两家都是南边开门，临街。

屋后是两家共同的邻居，另一个孙大哥家。当初就是顺着北高南低的地势盖的房子，后屋孙大哥家的院子地势比较高，有石头墙垒边，实际上就是一个有玉花家窗户高的高台。

西院孙大哥兄弟四人，是村里的大户人家（家族兄弟多、势力大）。孙大哥是家里的老大，日子却过得最苦。妻子因病去世早，留下一儿一女给孙大哥拉扯，女孩是老大，男孩是老小。孙大哥非常不容易地把一双儿女拉扯大了。

按照孙家的家谱，孙大哥儿子辈是"福"字辈，名字中都得中间的字是"福"字。也不知孙大哥当时是怎么想的，给儿子起的名字叫"福东"。谁也没去细究"福东"这名字是"福从东来"，还是"福佑东方"。大家叫着都挺顺口。

玉花知道名字就是个记号，是个有别于别人的符号，不一定有什么特别含义或者能起到什么独特作用。所以，玉花也就顺口、习惯性地叫着"福东""福东"，并时常在孙大哥忙农活儿时帮忙照顾下他的两个孩子。在农村，远亲不如近邻，玉花有重体力活儿时也请西院的孙大哥帮忙。两家关系非常亲密。

孙大哥劳累成疾，没享多少福就过世了，西院就只剩下福东顶着门户过日子了。

福东生了个女儿，正赶上国家实行严格的计划生育政策，按规定农村家庭第一个孩子是女孩的，可以再生一个。福东和媳妇商量后不想再生了。父亲辈兄弟四人，四叔一个人就生了两个儿子，传后不用福东担心。他担心的是再生一个养不起、养不好。

有一天，玉花在家里闻到了一股焦糊的烟尘味，来到院子里发现烟尘是从西院顺风飘过来的，原来是西院的房子着火了。

自己家的房子前几年把麦秸屋顶的房子改换成了瓦房。西院孙大哥在世时家境困难，麦秸房顶一直未换。福东当家后也没有积攒下足够的钱将其换成瓦房，就一直坚持住着。下雨漏水了就哪里漏水修修哪里，像借住别人的房子一样对付着住。这次失火很快就烧到了房顶，干燥的麦秸让火借着风势很快就蔓延开了。

玉花先喊"福东""福东"，屋里屋外均无人应答。玉花知道福东家里肯定没有人在家，就赶快跑到大街上喊人来帮忙救火。

救火是个习惯性说法，其实是灭火。邻居们听到玉花的喊声，纷纷拿着水桶、脸盆赶了过来，打开福东虚掩的家门冲到院子里灭火。邻居们有的去河里打水，有的去井里打水，小跑着提水来灭火。后屋孙大哥家的地势高，孙大哥打开院门，让灭火的人站在自家高台上把水泼到西院的屋顶上。

玉花则叫了两个人回到自己院里，奋力地压自家水井，隔着墙泼过去灭火。玉花为了方便，在院子里打了个压水井，自己家吃水和洗涮用水刚够用，可灭火需要的水量大，不一会就把井里的蓄水压光了。

这时，有个细心的村民提醒玉花，自己家的房子别被烧坏了。玉花想，房瓦是烧制而成的，不怕烧，但山墙上的房梁等木头怕火烧，就担心起来。

村民看福东家的房子有的房梁和支架已经烧烂了，局部已经烧塌了，就站到玉花的西院墙上往下捅福东房顶的残留麦秸，以保护山墙顶部的木房梁和支架不被烧坏。

屋顶的麦秸由下面的一层黄土黏连着，由于年久失修，黄土干燥、皲裂，被一块块地捅落在地，继续燃烧。烧断了的房梁和支架也被陆续捅落了，山墙的顶部没有了明火。玉花家的房梁和支架仅仅被烧着了露在墙皮外面的表皮。

福东家的房顶全烧塌了，屋里的东西也被全烧坏了。明火被扑灭了，木头门窗被烧断了，残立的墙壁里是仍在冒烟的各种残留物，院子里到处是流淌的黑水，一片狼藉。

望着自家也凌乱不堪的院落，玉花才感觉到了劳累，一屁股坐到凳子上，静静地发呆和后怕，心里不停地默念着"福东啊福东"。

房子被烧毁后福东没有在原地重新盖房子，而是在村委会的协调下搬到了村西头一套无人居住的房子里。福东家起火烧毁的东山墙成了玉花家的西山墙，火烧的痕迹和局部的残破清晰可见，玉花花钱请人帮忙把山墙用水泥加固修葺了一遍。关于这片山墙，福东坚称是属于他们家的，玉花要继续使用得花点钱买下来。这座房子建于 1938 年，玉花手里也没有证据证明福东说的不对，对这片山墙和院墙究竟属于谁家的也说不清楚，考虑到福东的房子已经被烧毁了，自己家的经济条件比福东好得多，也就同意了福东的提议，但为了防止后患，玉花请人作保与福东签了一份买卖合约，花了一百元把山墙和院墙一起买了下来。这一百元在当时可不是一个小数目，相当于同森将近两个月的工资。

送别同森

同森去世的时候玉花一直陪伴在左右，最理解同森的想法的人就是玉花，两个人心贴着心生活了一辈子。同森的过早离世让玉花非常悲痛，突然失去了大半生的依靠和寄托，就像没有了脊梁骨一样无依无靠，难以站立。在孩子和众人面前，玉花坚强地硬挺着，自己心里的痛苦悲伤只能深埋起来，眼泪也只能偷偷地在夜深人静时洒到枕巾上。同森不用再忍受病痛的折磨了，玉花感同身受地也有一种解脱感。同森不用再受罪了，所有的痛苦、苦难都与他无关了。玉花在同森住院前后一直处于一种高度紧张

玉花篇

235

状态，精神紧绷着、身体硬撑着，以别人难以想象的坚强毅力陪伴着同森。在确定同森已经离自己而去的瞬间，自己的身体迅速进入了一种无知觉状态，好像自己也随同森去了。

儿子得知同森去世的消息后于第二天一大早乘头班飞机赶到了烟台，玉花才从无知觉状态中恢复了回来。玉花不想让孩子们在痛失父亲的同时还为自己担心，玉花要继续撑起这个家，继续守护孩子们。

儿子从赶到殡仪馆起就一直搀扶着玉花，即便是同森被从冰柜里拉出来的时候也没有松开搀扶玉花的手，和玉花一起走近些仔细察看同森被冻得僵硬、眉毛和睫毛都结着冰霜的遗容。

看到冰冻的、直挺挺的同森躺在那里一动不动，玉花的双腿也被冻住了。等同森被推走，玉花的腿像灌了铅一样，在儿子的搀扶下转身慢慢跟随着。玉花身体的沉重被儿子感觉到了，搀扶的双手也暗暗加了劲，让玉花能稳稳地往前挪动。

两个女婿帮忙把同森送进了火化间，儿子一直搀扶着玉花，站在院子里等待。玉花看着眼含热泪的儿子，轻声告诉儿子："你爸喝了一肚子苦药水。"看儿子没吱声，只是默默地把头转向另一侧，玉花又轻声地安慰儿子："别难过，你爸以后再也不用受罪了。"然后是一声长长的叹息和沉默。

同森的骨灰盛放在殡仪馆里最贵的一款骨灰盒中，用一块大红绸子布包裹着被端出来。直到这时，儿子才不得不松开搀扶玉花的手，双手捧着同森的骨灰上了车。玉花上车后和儿子并排坐在车子的第一排，护送着同森回老家安葬。

农村的丧葬仪式很隆重，也有一套固定的程序。这些在玉花和儿子陪同森返家的路上就在村里由亲戚们准备好了，孝衣、纸钱、鞭炮、绸布等物品一应俱全。同森的骨灰在老宅子停放祭奠后，在当天中午前就下葬了。玉花和儿女们答谢完众人后，同森顺利地入土为安了。

安葬完同森后，玉花的理智也完全恢复了，第一反应就是询问儿子何时返回。她知道儿子的工作不轻松，公家的事情耽误不得，儿子不能在家里耽搁太久。儿子没有明说自己能在家里待多久，领导准假时也没有明确规定归期，只是嘱咐要把老人安顿好。儿子理解领导所说的老人既包括离世的老人，更包括在世的老人，而后者更需要抚慰和照顾。玉花心里明白，只要自己没有被击垮，儿子就可以放心地返回。

　　玉花本来想问一问儿子家里的具体情况，这两年来因同森的倔强和固执与儿子的沟通陷入了僵局。玉花心里虽然着急，但又不想让同森生气上火，一直忍耐着没有主动询问。这次儿子回家了，也不用顾忌同森了，玉花就主动询问起来。看儿子吞吞吐吐、犹犹豫豫的样子，玉花知道儿子一定有难言之隐，就不想再难为儿子。其实玉花自己心里也有感觉，从儿子一得知同森去世就立刻赶回来这一点来看，儿子并没有断绝与家里的关系，否则他就不会立刻赶回来给同森送葬。同森把那封信寄回去，儿子肯定收到了，而且让儿子也很难办，不知道该如何写信回复父母。玉花更担心的是，儿子会因为这封信而产生家庭矛盾，让小家庭的日子陷于困境。从儿子的反应上，玉花隐隐有不好的感觉，但她又不愿意听到这不好的消息，不愿意看到不好的结果。最好是两边都继续装糊涂，把真情实意装在心里。

　　想罢这些，玉花心里敞亮了许多，身心也轻松了许多。知道儿子当天怎么也赶不回去了，就决定一家人晚上商量一下下一步怎么办。这既是玉花关心的，也是子女们最关心的事情。在送走两个女儿、女婿和孩子们后，玉花和儿子晚上躺在以前曾共同睡过的炕上，两人好像都回到了20多年前的时候。玉花与儿子都有点困乏了，并排躺在炕上又都难以入睡。玉花在想儿子回去后如何生活，儿子在想玉花以后一个人怎么生活。儿子主动说自己这几年工作上比较顺利，职务也有所提升，随着国家工资制度的改革，个人的工资收入比过去多了不少。另外，个人靠知识和能力还能有一些工资以外的劳动收入，并表示以后每个月都给玉花500元生活费，让玉花能有钱度日。玉花听儿子这么说并没有大喜过望，而是担心地询问儿子工资外的收入是否合法，这样做会不会有危险。得到儿子的明确回答后，玉花还是有点不放心。在保证儿子工作上不出任何问题这一点上，玉花和同森的观点高度一致，而且始终如一。儿子怕玉花出于担心自己而不接受每个月的生活费用，又给玉花解释了当时国家的有关政策和自己具体的情况。

玉花相信儿子会把握好自己的，心里逐渐踏实下来，吩咐儿子赶快睡觉，第二天就赶回北京去。听着儿子渐渐入睡了，玉花却怎么也睡不着，但也没有唉声叹气，只在心里打算着以后的日子怎么过。

领生活困难补助

为了让玉花不感到孤独，也为了让玉花尽快从失去同森的痛苦中走出来，两个女儿商量着轮流隔天就回老家看望玉花。小女儿索性将两岁多一点、尚未上幼儿园的儿子交给玉花看管，大女儿的女儿不上学时也来到姥姥身边，这样玉花就一点也闲不下来了，虽然操心，但心情舒畅。两个女儿和女婿隔天就带来蔬菜、瓜果等物品和生活用品，日子就这么一天一天地过去了。

自同森去世后，两个女儿和女婿共同努力，向镇政府和教育系统按照政策规定，为玉花申请国家机关工作人员遗属生活困难补助，因为玉花农转非后没有工作和收入，个人生活完全陷于困难状态。按说国家既然有政策，政府部门就可以直接办理，但玉花在农转非时仅按照规定把户口由农业户口转成了非农业户口，没有到人事部门办理相关的手续，申请生活困难补助时就没有找到当时的相关记录。两个女儿只好把当时的办理人员和有关文件找出来，补交了相关材料后才在镇政府的人事部门办妥了玉花的生活困难补助手续。玉花于1993年1月开始正式领到了镇政府发放的生活困难补助，标准是每月65元人民币，大约相当于当地当时公职人员平均工资的四分之一，与当年当地农民的人均收入差不多。政府部门核发的生活补助标准也许就是按照当地当时的平均工资收入测算的。

虽然生活困难补助费用不多，但对玉花来说这可不仅仅是钱的问题，这是自己按照国家政策应得的保障，也是对同森作为一个老教师、老校长的尊重，玉花在领到这笔生活困难补助款后，除了对政府的感谢外，也为嫁给同森而感到自豪和骄傲。在玉花心里，这笔钱比子女孝敬的钱更值钱，都让她更有成就感。

玉花每三个月拿着海阳县人事局核发的《国家机关工作人员遗属生活困难补助证》到发城镇教委领取一次生活困难补助，由发城镇教委的会计在证件上记录并签字以后发放。玉花每次领到补助金后都要算计着、节约着花三个月，直到下一个发放时间点才能领到下三个月的补助金。每次领到现金后玉花都要细心地保管好。同森丢钱的经历让玉花产生了很高的警惕性。领到补助金后先把大票（100元、50元和20元）仔细地包好，放在内衣的口袋里，把剩下的小票放到钱包里。碰到发补助金和赶集是同一天的时候，玉花尽量先去赶集，然后再去领补助金，领了补助金后直接赶回家，防止赶集时钱被偷或丢失。

到1997年下半年，发城镇教委把补助证全部收回了，由持证领取补助改为当事人持印章去领取补助金。原因是县里遇到一个人去世两年了，家里人不报告而继续拿着补助证去领补助金。为了杜绝这种冒领的情况，全县统一把补助证收回，改由各发放单位按照名册签章发放，而且尽量由本人现场签章，代领要经过严格的审查。玉花以前一直没有自己的印章，为了领取生活补助金就按要求去刻了一枚透明的塑料印章。从此，玉花也是有印章的人了，领补助金时也不用弯着腰签字了。

有了生活困难补助金这笔收入，玉花心里更有底气了，自己手头也更宽裕了，家里的电费、自己生活的开销再也不用发愁了。让玉花欣喜的是，这笔困难生活补助金还随着职工工资的调整而不断增加，到2000年的时候已经增加到一个月100多元了。虽然后来儿子兑现了自己的承诺，每个月寄给玉花款项，但玉花并没有大手大脚地花钱，而是继续精打细算地过日子。后来，经过医院仔细检查，玉花患了糖尿病。玉花随之增加了一笔不菲的固定花销，就是药费。

玉花篇

找老伴的喜与忧

　　外孙和外孙女很快就长大了，老宅子里只剩下玉花一个人独守空房。虽然有一辈子关系融洽的近邻可以经常去串串门、聊聊天，可晚上的孤独寂寞尤其是冬季的漫漫长夜确实难熬。人的心灵不能是封闭的，需要时时进行交流和沟通。

　　同森去世五年以后，邻居都劝玉花再找个老伴，年纪大了得有个伴平时互相照应、互相帮忙，生了病也好有个人端水送药。两个人一起吃饭比一个人吃饭更香，生活乐趣也会更多些。

　　玉花不是没想过再找个老伴的事情，但是要能遇到合适的。所谓合适的，不是社会地位或经济条件的合适，而是要在想法上彼此一致、互相认同，生活习惯上协调，没有大的冲突。在玉花心里，新老伴要和同森差不多。

　　玉花同意再找个老伴后，不少人给她介绍，玉花都很慎重地事先尽可能多地了解些对方的背景和家庭情况，不敢贸然地踏出这一步。有不少介绍的人还没见面就被玉花否定了。玉花最看重的条件是要有文化知识和良好的人品，见了面得互相有好感。其他的玉花觉得能将就就将就了，只要两个人不吵不闹就好。

　　其中还真有一位刚退休的干部让玉花有所动心，说起来玉花和这个人还能拐着弯地攀上亲戚关系。这人姓曲，是玉花姥姥家吉格庄村里的人，在外地工作了很多年，退休后回老家暂住。玉花和老曲见面后聊得很热乎，说起吉格庄村里的老人和亲戚，他们还都互相认识，两个人很快就有了亲切感，有点像久违了的老朋友见面一样。玉花觉得这个人有文化、有素质，身体看着也很健康，就同意了进一步了解。老曲看玉花人显得年轻，而且性格爽朗，所以对玉花也很满意。因为两个村是邻村，相距不远，后来见了几次面互相感觉都不错，两人就互相商量着在一起了。

　　老曲有个弟弟是搞建筑的，自己办了个基建公司，在威海干了好几年工程，挣了钱，买了房，也安了家。老曲的弟弟有个规模不大的建筑队，各工种加在一起有百十号人。他最近聘请的厨师另谋高就了，建筑队的饭菜由一名队里喜欢做饭但没有大厨经验的人暂时凑合着。老曲弟弟知道老曲做饭菜比较拿手，就动员老曲到威海建筑队当厨师，这样也让老曲退休后能继续有个事情干，不至于因单身而无聊。这事发生在老曲认识玉花前。本来老曲准备去威海了，认识玉花了后就有点矛盾。不去威海他觉得辜负了弟弟的一番好意，去威海又不舍得断了和玉花的缘分，就跟玉花商量看怎么办好。

玉花知道后第一感觉是老曲很尊重她的意见，也珍惜和玉花的情分，而自己对老曲也真心有点喜欢，也不舍得这难得的缘分。玉花是传统观念比较重的人，就没有明确表达自己的想法，而是让老曲自己拿主意。

老曲很快就明白玉花的意思了，又提出了几天后就出发的建议。玉花心里盘算了一下准备个人换洗衣服和日常用品所需要的时间正好够用，也就同意了。老曲心花怒放地告诉他弟弟给他安排好住处，而且得意地告诉弟弟不是自己一个人来。老曲弟弟得知这个消息后也替老曲高兴，而且老曲自带帮手还可以节省一个做饭菜的劳动力，何乐而不为呢？

于是，玉花就跟着老曲坐车到了威海。建筑队里的事情都是老曲弟弟一人说了算，就在建筑工地上专门腾出来一间房给老曲和玉花住。建筑工地的住房都是临时搭建的简易房，条件非常简陋，如果使用不善会显得局促。玉花到来后虽然受到了老曲弟弟和工友们的热烈欢迎，但到了房间里还是感到了巨大的落差。这是玉花第一次深入一个建筑工地，第一次进入一个全是男性的空间，第一次看到这么简陋的住宿房间，心里不免有点后悔跟着老曲来威海了。但既然来了也不能马上就走，人生地不熟也不知道自己还能去哪里，玉花就强迫自己住了下来。

与工地上扎钢筋、灌水泥、搬砖头、运土方的活儿比较，厨师的活儿算是轻松的，但供应百十号人的吃喝也不是简简单单能完成的。玉花陪着老曲从早忙到晚，别人还在梦中时，玉花和老曲就得起床忙活大家的早饭，等大家上工了又得为中午饭准备食材，一天三顿饭要及时、足量地供应上。一天下来玉花感到从没有过的劳累，真的是腰酸背痛的，由于要经常洗菜、洗碗碟，玉花的双手都泡得泛白了。玉花每到傍晚只想赶快收拾完好去早点歇息，不好好休息很快就会被累垮。

老曲为了让玉花和自己睡觉时暖和一点，专门去找弟弟多要了两床褥子铺在床上。残破的旧被褥被玉花晾晒后味道减轻了很多，玉花又拿出带来的床单铺好，由于过度劳累，玉花将就着躺进了被窝里。

好不容易坚持了一个星期，玉花终于因过度劳累、身体抵抗力降低而感冒发烧了，身体也更加无力。老曲主动买来了退烧药和感冒冲剂，让玉花服下后先歇息一下再说。玉花的身体素质一向比较好，吃了药小睡一觉后感觉舒服多了，体温也明显降低了，想到老曲一个人确实忙不过来，就拖着虚弱的身体到厨房来看一看。老曲看玉花自己走来了，就吩咐玉花拿这个、递那个的，像以前一样帮忙干活儿。玉花虽然身子仍虚弱，还是强撑着身体给老曲帮忙，但心里感到万分委屈。自己正感冒发烧呢，老曲一点体恤之意都没有，心里就很不高兴，但也没有发作。

玉花的到来虽然不像来了一个年轻貌美的姑娘一样受人瞩目，但毕竟是一个有模有样的女性，而且玉花的美是言谈举止中透露出来的、可以亲近的柔美，引来了周围这群长期见不到女人的男人的像观赏稀罕物一样的贪婪目光。这些目光让玉花感觉很不舒服，躲又躲不开，只能尽量躲在厨房或宿舍里。玉花在厨房里自然是和老曲一样忙活，这给了玉花一个更仔细地观察和了解老曲的机会。玉花在厨房里主要负责择菜、洗菜、洗刷碗碟等杂活儿，在择菜的时候玉花总是把菜尽量择干净，干菜叶和烂菜叶都是细心地去掉，洗干净了再上锅。后来老曲在玉花择菜的时候主动来帮忙，把玉花择好的菜单独收起来，留下单独做，而把大筐的未择的菜在水管下冲一冲就算择完了，略一沥水后就切一切上锅了。玉花知道这些大锅菜是给工友们吃的，虽然这样在事实上减轻了玉花的劳动量，但玉花对老曲的人品产生了疑问，觉得他的这种行为与自己对老曲的判断和期望都形成了极大的落差。

好不容易熬到了一个月，老曲弟弟按照事先的约定给了老曲工钱，但没有给玉花发工钱。玉花用疑问的眼神看向老曲，老曲却像没看到一样，自顾自地把工钱揣进了自己的腰包。玉花本来就不是为了工钱来的，自己有补助金和儿子寄的生活费，钱足够自己花的。但来这里劳动了就应该有报酬，哪怕数量不如老曲的多，也是对自己劳动的尊重。玉花没有直接提给报酬的事情，而是和老曲商量，不在这里辛辛苦苦挣这点钱了，两个人并不缺钱，老曲的退休金和玉花的补助金完全够两个人过日子，而且可以过得很不错。老曲没有说离不离开这里，而是提出来如果不在这里继续干，就和玉花一起去北京，去投奔玉花的儿子。玉花是个实诚人，儿子的事情玉花也没有瞒着老曲。老曲之前也曾建议过玉花去北京，玉花没往心里去。养儿防老、老了投奔儿子是当地的传统习俗，老曲有这样的想法也不奇怪。但在这个节骨眼上，老曲提出来去北京，给玉花的感觉就是留在这里和去北京是个二选一的问题。这让玉花感觉老曲是在要挟自己。玉花也不是不想去北京投奔儿子，但不会为了自己而去给儿子增添麻烦，去增加儿子的生活负担。儿子寄钱给自己就是尽孝心了，在他工作期间不能让他分心，这是玉花和同森内心共同的底线。玉花正在思考中，老曲又给玉花分析，猜测儿子一个月能给玉花寄500元，那他自己的收入肯定不止几千元，有可能是上万元或者更多。玉花听到老曲的分析，终于醒悟过来老曲和自己交往不仅是因为喜欢自己，而且还在打自己儿子的主意，这可是玉花绝对不能容忍的。玉花用眼神询问老曲到底是什么意思，老曲的真正想法到底是什么。老曲感觉到了玉花的猜疑，像内心秘密被别人窥探到了一样，心虚地把眼神躲开了。

这一个多月的近距离观察让玉花彻底认识到，老曲这个人不是自己理想的老伴，就向老曲提出来自己累得实在受不了了，要一个人静静地休息一下，想一想两个人的未来。

老曲自知理亏，又对玉花的想法没有理由拒绝，也不敢限制玉花的人身自由，只好同意了玉花的打算。玉花这时又犯了难，邻居们都知道自己跟着老曲到了威海，过了一个月就一个人回去了，该怎么解释呢？自己现在有些事情还没想好呢，离开威海又能去哪里呢？

省城的徘徊

玉花去火车站买好了火车票，准备去省城济南。同森十年前曾经带玉花去过济南，看了儿子并参观了趵突泉和大明湖，对省城有些记忆，比较熟悉。玉花选择这么远的地方，是觉得济南离北京更近，离儿子更近。另外，路上时间长，自己可以有更多的时间来思考该如何处理与老曲的关系。

火车上依然人满为患，没有一个空座位。好在玉花买的是始发站的票，有硬座座位，玉花手里有钱，身体虚弱，但也不舍得去坐卧铺，总是能省就省。车里熙熙攘攘、吵吵闹闹，玉花想静下心来想点事情变得很困难，不断上车、下车的人们让玉花应接不暇，倒不是玉花认识他们，而是玉花怕自己的行李被别人拿错了，虽然没有值钱的东西，但毕竟换洗的衣服和日常用品如果丢了不仅影响使用，还得花钱买新的。坐在座位上，玉花的眼睛不时地扫一眼行李架，思考也只能是断断续续的。

玉花一路走，一路回忆与老曲这段时间相处的情景，通过一些具体事例分析自己的感受，尽量让自己不先入为主地对老曲下结论，毕竟玉花从心里愿意和老曲修成正果。

她对于老曲择菜和炒菜时的不当行为看得很重，因为可以看出他人是否善良。老曲给自己和弟弟吃的菜都是单独小炒，菜择得很干净、很讲究，炒制时也很认真，不会像给大家伙炒菜时把掉到锅台上甚至是掉到地上的肉片、豆腐或菜块用炒勺挖起来放进锅里继续翻炒。玉花虽然自己也是吃老曲单炒的菜，但觉得老曲那样对待工友们实在是不应该的。玉花由此还有两个推理：一个是这样炒完菜的锅洗刷后炒自己吃的菜也干净不到哪里去，另一个是老曲能在背后这样对待工友们，也很可能会这样对待自己。后者更让玉花感到可怕。

玉花断断续续地思考着，列车到了济南。她下了车拖着不大的行李箱就出了车站，在马路上慢慢走着，目标是哪里玉花也不知道，自己一个人也不用和别人商量，就想走到哪里都无所谓。她心里觉得无所谓，脚步却是沿着同森上次带她来时的路线往南偏东的方向走着。走到经五路时，玉花看到了山东省人民医院的大门，心想自己在老家医院被诊断为糖尿病，但自我感觉并没有什么特别的症状，省城里的大医院肯定诊断水平更高，不如就在这里做个检查，也好准确地治疗。想到这里，看天色也不早了，玉花就在省人民医院附近找了个相对干净的小旅馆住了下来，然后到医院里打听好了挂号的时间，又简单地吃了点晚饭，躺在旅馆里继续想心事。

玉花单靠自己的遗属补助金生活确实还有困难，尤其是得了糖尿病以后要经常化验血糖和坚持吃药，手头的钱明显不够花的。儿子虽然每个月寄钱给玉花，玉花也不敢全花了，而是能存的全存起来。她有点担心儿子哪天不能挣这么多钱了，寄给自己的钱会没有保障。再说，儿子家里有孩子。孩子大了上学和生活也都需要花费，玉花不愿意给儿子增添经济负担。玉花也担心儿子给自己寄钱八成是自己的主意，不知道儿媳妇是否知道和同意。如果儿媳妇因为这事与儿子再闹出家庭矛盾，自己岂不成了罪人。自己再艰难，也希望儿子能工作得安心，生活得幸福。玉花从心里没有把钱看得很重，有则多花，没有则少花，量入为出是玉花一直坚持的用钱原则。玉花对老曲的金钱观却看不明白，自己有退休金，儿女又没有什么负担，手里有钱却还想有更多的钱，好像钱多就幸福，钱少就不幸福，那不是被钱奴役了吗？玉花觉得老曲在这一点上很无知、很悲哀，完全不是自己期望的样子。

对于投奔儿子和靠儿子养老的事情，玉花觉得老曲的想法没有什么错，传统观念就是这样的。但在自己能劳动、活动自如的情况下绝对不能成为孩子们的拖累。养育孩子是自己心甘情愿地付出，父母永远希望自己的子女活得好。而拖累了孩子是自己的耻辱，也是自己没给孩子们做个好榜样，是不应该和不能容忍的愚蠢行为。老曲跟自己的儿子没见过面，自己在没有把握的情况下也不会把与老曲交往的事情告诉儿子。老曲这么急着要玉花带他去投奔儿子，有其他目的吗？仅仅是为了帮助玉花要点钱吗？玉花如果想跟儿子要钱还用专门去北京吗？还用老曲出面去要吗？玉花越想越觉得老曲这个主意不是个好主意，自己幸亏没有盲从，否则得让儿子多么被动、多么为难。

玉花通过回忆老曲几次躲闪的眼神感到老曲不是个光明磊落的坦荡君子，不去为玉花争取劳动报酬的行为也说明他不像一个敢于负责任的人。老曲弟弟漠视玉花的劳动也说明他们家对玉花并不真心珍惜。这些思考让玉花更理性地认识了老曲，心里也暗暗下定了决心，要快刀斩乱麻。

玉花第二天到省人民医院顺利地挂了号。一位副主任医师给玉花做检查，又让玉花做了血液化验，玉花确诊为糖尿病，而且比较严重了，如果不好好控制会继发更严重的健康问题。玉花还寄希望于能根治糖尿病呢，结果专家解释说糖尿病目前没有办法根治，只能靠控制饮食、服用药物和多运动锻炼等综合手段延缓病情，减少并发症。玉花对医生讲解的一些专业术语并不完全理解，但知道自己得继续吃药，尽可能地把血糖控制住。至于如何才能控制好血糖，玉花也只记住了医生的再次嘱咐：少吃多动。至于吃多少和动多少合适，玉花仍然一头雾水。

想清楚了与老曲的关系应该如何处理，知道了糖尿病无法根治，玉花心里敞亮了很多。看到省城的高楼大厦和宽阔的马路，玉花走路的步子轻快了很多。玉花又打听着路，先后游览了济南的珍珠泉、黑虎泉和千佛山，从千佛山专门路过儿子曾经上过学的地方，又回到了济南火车站。这一路上玉花已经想好了，回村后如果有人问她与老曲的事情，自己就实话实说。说实话是人的本分，是诚实、诚信的表现，也是玉花的秉性。

意外的结局

玉花是从小过着苦日子长大的，记忆最深刻的就是经常吃不饱饭。得了糖尿病后她也知道少吃多运动的好处，日常收拾家务等劳动量也不少，但在饮食控制上把握得并不好。玉花对饮食知识的了解非常有限，虽然坚持服用降糖药物，但血糖控制得并不稳定，始终偏高。

玉花与老曲断绝关系后，又开始了独立生活。一个人生活最难掌控的事情就是吃饭，一做就多了，而且为了减少浪费往往吃撑了。玉花基本就属于这种情况。另外，玉花虽然还住在村里，但村里已经没有她的耕地了，她也没有了要上山劳动的机会，年龄大了以后体力活动和运动锻炼也少了。

2004年，玉花得了一场重病，从当地医院辗转去了北京，在儿子的安排下，玉花做了一个挺大的手术。虽然切除了病灶，但因为是癌症晚期，癌细胞已经有了分散性转移，手术后一年多又复发了。这次去北京治病，玉花感觉儿子还像以前一样亲，只是儿子家庭的变故让玉花又开始操心了。儿子于2002年离婚了，自己带着孩子过日子，怕玉花担心、牵挂，儿子一直没有告诉玉花。玉花手术后在儿子家里住了一年多，身体感觉好些了以后帮助儿子做做饭，照顾下孙子。

玉花在北京住院期间了解了很多医疗知识和信息，也知道癌症是很难治愈的疾病之一。玉花从别人的经验和自己手术的经历中也知道了杜冷丁这种药物，并暗暗地把杜冷丁的作用记在了心里。

一年以后，玉花感到浑身开始疼痛。这种疼痛不是肌肉劳累后的酸痛，也不是外伤后的锐痛，而是发自骨头里的钝痛。开始时疼痛还不明显，后来越来越明显，玉花几乎到了难以承受的程度。经过反复的思考，为了不拖累子女，也为了自己少受痛苦的折磨，玉花暗暗地做了一个重大决定。

玉花为了不让儿子知道自己的痛苦，就找了个理由要求儿子买火车票送她回老家。儿子不想让玉花不高兴，也后悔自己曾劝玉花每顿饭都少吃点，尤其是晚饭，就询问玉花是不是还在生气。玉花矢口否认，她知道儿子是为了她好才劝说的。她说自己想回老家只是因为自己放不下老家的事情，包括领取生活补助金的事情。儿子没有理由不同意玉花回老家，但叮嘱玉花如果感觉身体不舒服就赶快回北京，北京毕竟大医院多，需要治疗的话效果会更好。玉花答应了，并告诉儿子过一两个月就回来。

玉花回老家是有打算的，只不过瞒住了儿子和女儿们，也瞒着所有认识的人。玉花在下了火车后就去镇政府把生活补助金领了，又到银行把领到的补助金和手头的大额现金全部存到了银行里，并让大女儿设了个取款密码，之后就回老家了。

　　玉花回到村里后多年的老邻居和好姐妹都来看望她，也纷纷劝玉花别不舍得花钱，一定要把身体调养好。玉花一一答应着，不让任何人看出她正承受的痛苦。当大家都走了，玉花又打发两个女儿各自回家。两个女儿帮助玉花把炕烧热了，屋子也收拾了，又给玉花煮了一碗鸡蛋油菜面条，看一切都和往常一样，只有玉花略显疲惫，才经玉花同意后依依不舍地回家了，好让玉花早点休息。

　　玉花吃了两片菜叶、一些面条，又喝了两口面条汤就不再吃了。在温暖的炕上躺了一会儿后，玉花去了一下卫生间，看天色已晚，她顺手把街门关好，回到屋里继续躺在炕上若有所思。

　　又过了一会儿，玉花勉强支撑着身体，从由北京带回来的提包里拿出自己最好的一身衣服，忍着疼痛换上。接着，她又拿出来自己早已收藏好的纸盒，从里面拿出来一只注射器和两只杜冷丁，模仿着护士给病人打针的样子，自己给自己打了针，然后静静地躺下了。

图像
篇

这是同森和玉花结婚前的单人照片。

父（1936.8.9—1991.4.22）
母（1935.2.8—2006.3.18）

这是子女们最喜欢的同森和玉花的照片，也是被刻在他们合葬墓碑上的合影。拍摄这张照片时同森和玉花的三个子女都已成家立业，他们的笑容表达了发自内心的成就感和幸福感，也隐藏了养育儿女的辛苦。右下角的生卒日期是后加的。

这是同森和玉花在 1958 年生了大女儿后于年底在照相馆拍摄的照片。在当时重男轻女思想还比较严重的胶东农村地区，同森在养育子女的过程中都给予了孩子们平等的爱。同森所穿的军大衣是他当兵的留念和证明，在当年的农村地区属于难得的时尚服装，不仅质量上乘，而且冬季很保暖且实用。他白天外出时穿着，晚上睡觉时盖着。

这是同森和玉花与三个子女唯一的合影。那时大女儿已经参加工作，儿子正在上大学，小女儿也快要高中毕业了，家里的生活水平和条件比前几年有了明显的改善，一家人对未来的美好日子更是充满了信心和希望。

这是同森和玉花与（岳）父、（岳）母及（妻）弟、（妻）弟媳的合影。玉花的父母都是农民，一辈子忙忙碌碌、勤劳致富，共同的爱好是抽烟喝酒，每天醒来第一件事就是披衣坐在炕上先抽上一袋烟（两人惯用传统的烟袋锅），再起床做其他事情。两人身体健康、性格开朗、思想进步，尤其重视子女的教育。玉花是当年当地接受教育最多的女子，玉花的弟弟接受了专科教育，后来成为有名的果树专家，弟媳也是优秀的人民教师。从照片中也可以看出，同森和玉花的（岳）母是过去缠过足的小脚妇女，双脚是典型的"三寸金莲"。

这是同森（前排中间）在徐家店镇大窑联中当校长时全体教师的集体合影。徐家店镇是海阳市最北边的一个乡镇，也是海阳市唯一有铁路经过并且设有车站的乡镇。由于交通便利，镇里建有缫丝厂、化肥厂、酿造厂等，属于当年海阳市的经济发达地区。由于人口比较密集，学校的师生规模比较大。

这是同森（前排左二）在发城镇湖西联合中学当校长时的教师集体合影。当时的联中相当于现在的初中，一般由相邻的四五个村庄联合举办，所以称为"联中"。湖西联合中学就坐落在湖西村，由于地理位置比较偏僻，周围也都是小村庄，师生规模也比较小。

这是同森（前排左二）在发城镇南柳联中当校长时与所在片区南柳村、栾家村、洪沟村、上屋庄村、亭子口村和矿山村六个村的村支书的合影。同森在当校长期间特别注重与所在片区的村庄处理好关系，既依靠各村的支持建设学校和发展学校业务，也发挥学校优势对各村的重大活动给予力所能及的支持。

这是同森（前排左二）任发城镇中心小学校长时与发城镇教委领导及各小学校长的合影。当时的镇中心小学校长既要负责学校的具体建设和管理，还要作为全镇其他小学校长的法定召集人和活动组织者，发挥协助镇教委对其他小学进行协调管理的职责。因此，责任更大、任务更重，自然也更加辛苦。

这是同森在烟台市蓬莱阁的留影。蓬莱阁是烟台市著名的旅游景点之一，是同森最喜欢的景区，曾多次游览。这不仅是因为那里的亭台楼阁很壮观，还因为那里有八仙过海的传说。八仙过海的传说对他影响深远，尤其是深刻影响了他的教学管理理念。同森很善于发现教师的优点，鼓励他们在教学方面人尽其才、各显其能。他对每个学生也都充满信心和期待，像对待自己的孩子一样去爱护、教育。

图像篇

259

这是同森在办公室里学习文件的照片。同森始终坚持自己打扫办公室，并保持干净整洁。他的茶杯就是一个普通的瓷杯，茶杯盖是拍照前新调换的，原来那个的把手早被摔掉了。挂在墙上的黑色提包是人造革的，同森外出办公和回家时都用它，前后共使用了十几年。

这是同森周末在家里的留影，当时的家庭生活条件已经有了初步改善，有了时兴的双卡收录音机。这时，同森的身体已经出现了明显的疲乏、畏冷的现象，穿的衣服比别人多，穿厚衣服比别人早，即便在屋里也要捂得严严实实。头上戴的帽子还是从部队复员时带回来的，已经严重褪色了。

这是同森和玉花 1985 年在北京与儿子的合影。时值
初夏，儿子已经开始穿单件衬衣了，玉花还穿着春
秋衣，同森甚至连毛衣还没脱掉。

这是同森和玉花 1988 年冬天在北京时的合影。儿子
当时的家在魏公村附近，离国家图书馆很近，同森
和玉花天气好时经常出去走一走，到紫竹院公园里
遛弯、散步。当时的国家图书馆名称尚为"北京图
书馆"。

这是同森和玉花在大女儿家的留影。当时同森骑自行车从老家往返学校经常感到疲惫不堪，就住在离学校很近的大女儿家。为了方便照顾同森，玉花也搬了过来。大女儿家的房子是五间高大的瓦房，在当时大部分村民还在使用木头糊纸门窗时，大女儿家已经换上了玻璃门窗，家里显得宽敞和明亮。五间瓦房附带着宽大的院落，东侧进门处修了一个南北向宽大的露台，代替了其他人家窄窄的门楼，既好看又实用。同森和玉花住在这里有足够大的活动空间，也有足够多的地方养花。照片中同森和玉花身后的月季花和边上的盆花都是同森亲自栽种的。

这是同森和玉花在铁口村的老宅子院子里的合影。
老房子在 20 个世纪 50 年代翻建时已由茅草房改成
了瓦房，背景中的墙是院里东侧小厢房面向院门的
外墙，由同森亲自设计和装修成了农村地区常见的
照壁，用小石子进行分区装饰，照壁中间的绘画是
同森亲手画的。

这是同森和玉花1988年在北京紫竹院的合影。
这时同森已经快到退居二线的年龄了，请了
病假到北京儿子家来过冬。在紫竹院，他们
第一次看到颜色、形状、大小各不相同的竹子。

这是同森和玉花 1989 年 "五一" 在北京紫竹院公园
大门口的留影。

这是同森和玉花1989年春节在北京儿子家的留影。他们在北京已经住了两个多月了，已经习惯了在屋里脱掉厚厚的外衣。这是他们第一次看到在冬天开花的水仙花。虽然水仙花被儿子养得像山东老家的大葱，但开的花依然是黄黄的、香香的。水仙花旁边的布艺红花和花瓶是同森和玉花为了增添家里春节的气氛而挑选购买的。

这是同森和玉花在大女儿家的甜蜜留影。照片中的小女孩是大女儿的女儿，自小漂亮、聪明、伶俐、乖巧，深得同森和玉花的喜爱。她的陪伴也给同森和玉花带来了无限的欢乐。

这是同森与兄弟曲长明的合成合影。曲长明夫妇连续生养了三个优秀的儿子，但一直遗憾没有生个女儿，对同森和玉花的两个女儿特别喜爱，几乎视若己出。在曲长明搬到县城以前，两家人每年春节期间都要聚会一次。

这是同森去世后儿子带着孙子回来陪伴玉花过春节时全家的合影。玉花当时一个人在老家太过冷清，也担心儿子和孙子回老家住不惯，就在春节前搬到了大女儿家，整个春节就在大女儿家过。小女儿一家人也赶了过来。第一个没有同森的春节，大家的心情不免压抑。这是全家人同时相聚人数最多的一次。

这是玉花过生日时与两个女儿以及外孙、外孙女的合影。外孙、外孙女平时跟玉花住在一起，玉花生日这天两个女儿、女婿约好了一起来为玉花庆生。

随着外孙、外孙女的长大，玉花的脸上也添了些皱纹。

这是玉花 2004 年在北京天安门广场与孙子的合影。

这是玉花 2004 年在北京与大女儿及外孙女的合影。

这是玉花 2004 年在北京八达岭长城上的留影。陪伴
玉花的是大女儿

玉花 2004 年成功登上了八达岭长城。陪伴她的是儿子和孙子、大女儿和外孙女。

这是玉花 2004 年在北京参观龙庆峡冰灯艺术节时的留影。

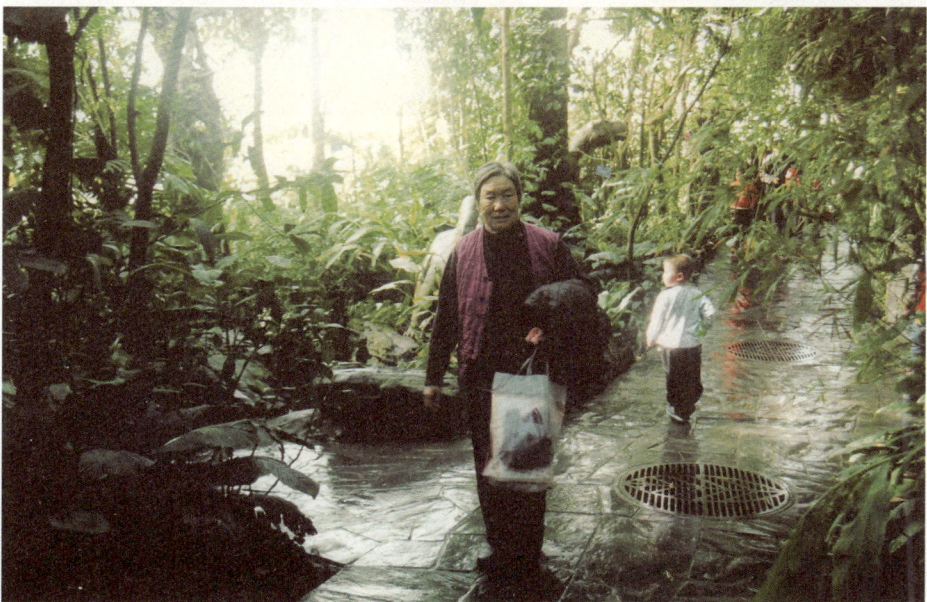

这两张照片是玉花 2004 年在曹雪芹纪念馆和北京植
物园温室内的留影。

这是玉花与大女儿 2004 年在北京参观世界公园时的留影。看着这些世界著名建筑，玉花第一次欣赏到世界各地的不同文化。

这是同森和玉花的外
孙女、孙子和外孙（从
左到右）在老家这片
土地上的合影。

这是同森和玉花位于老家铁口村的合葬墓和墓碑，他们永远安
息在养育了他们、他们也为之做出了贡献的故乡土地上。铁口
村于明朝洪武年间建村，据传说因为建村人梦见"铁嘴道人"
称此地为"人财两旺"的宝地而得名。

279

同森玉花纪念馆

玉花生灵芝红绿之王

同森育黎明家传伸张

这是同森和玉花的儿女们用他们的老宅子建立的私人纪念馆。同森和玉花的慈爱将永远为他们的后人所怀念！他们的善言笃行也时常被亲朋好友、邻居及当年的学生们念及，这是他们的荣光和骄傲。

家庭证册档案

编号 11517

张同森 同志，忠于社会主义教育事业，从事教学工作三十余年，为培养青少年付出辛勤、光荣的劳动，受到全社会的尊敬，特发给荣誉证书。

山东省教育厅

一九八四年九月

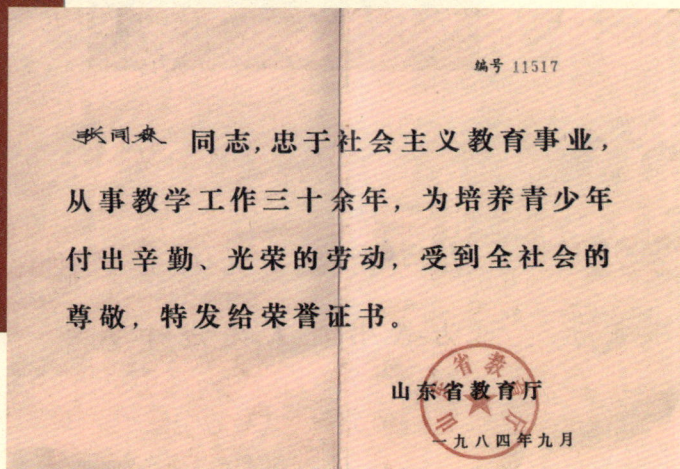

这是同森于 1984 年 9 月获得的由山东省教育厅颁发的《教师荣誉证书》。这是为从事教育工作满 30 年的教师专门颁发的。细算同森真正走上讲台的时间累计是 28 个年头，如果从上速师算起则是 33 年。

张同森同志一九八七年被评为教书育人先进个人。

中共海阳县委员会
海阳县人民政府
一九八七年九月十日

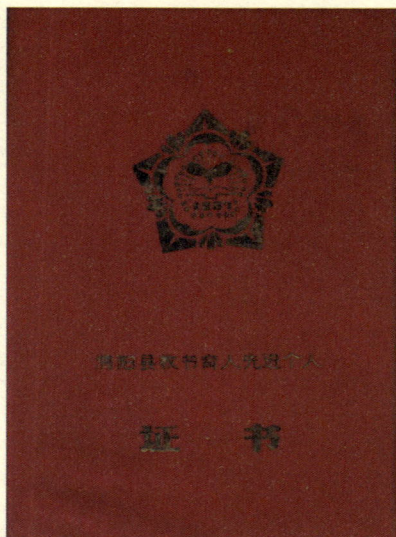

这是同森于 1987 年获得的由海阳县委和海阳县人民政府联合颁发的《教书育人先进个人证书》。

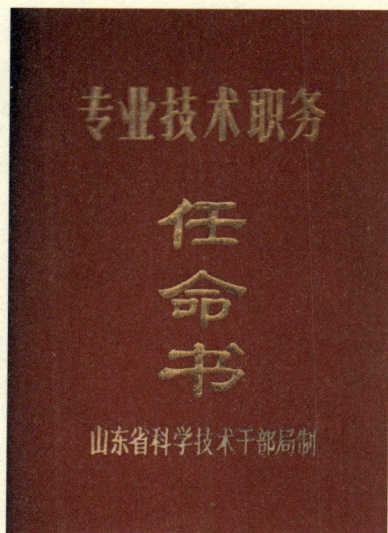

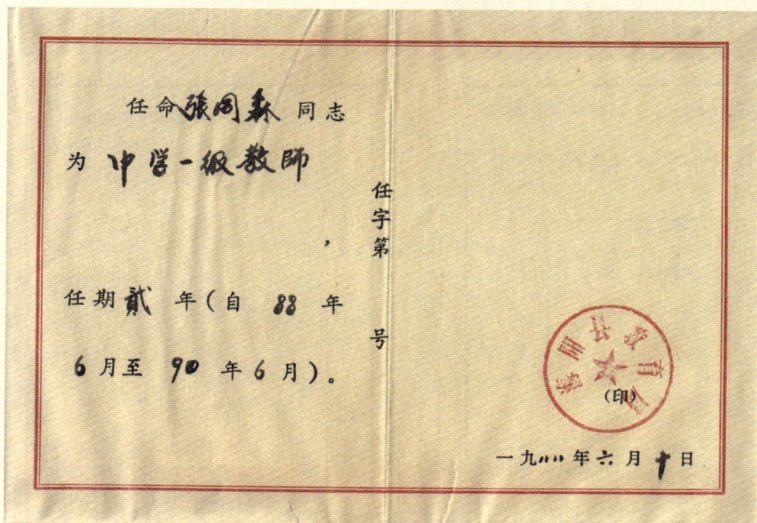

我国于 1986 年改革完善了教师职称评定制度，这是同森
于 1988 年获得的由海阳县教育局颁发的《专业技术职务
任命书》，按照教师职称的设置规定，中学一级教师相
当于中级职称。

283

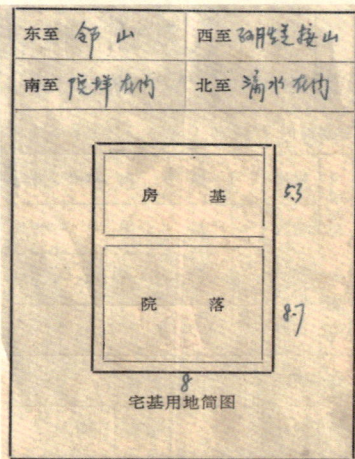

户别	农	户主姓名	張同森	人口	2
地址	海阳县 卜佃乡	乡（镇）铁哎		村	壹

建房时间	1938年	8 月	18 日

房屋类型	平房	1 栋	3 间	42.4 平方米
	楼房	栋	间	平方米
宅基地	外墙尺寸	8 米长	14 米宽	112 平方米
	面积	折合	亩 1 分 6 厘 8 毫
建设性质	新建		迁建
	改建		旧居 旧

东至	邻山	西至	邻陡坡接山
南至	院墙为内	北至	滴水为内

房基　5.3

院落　8.7

8
宅基用地简图

经审查符合村镇规划和建房规定，特发此证。

一九八五年 一月 廿八日 填发

编号：20—20003

这是由海阳县人民政府于 1985 年颁发给同森的老家铁口村的宅基地使用证。2011 年海阳市房产管理局在对该房屋进行确权时登记在了儿子张黎明名下（详情见下页）。张黎明与姐姐张萍芝、妹妹张翠芝商量后将该房屋建成了"同森玉花纪念馆"。

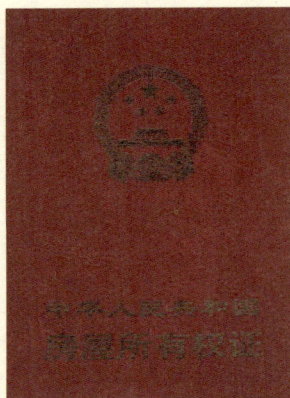

国家机关工作人员
遗属生活困难补助证

海人补字（93）第387号

张同森 同志于 91 年 4 月逝世，特批准给予遗属生活困难定期补助。

（批准单位盖章）

93 年 4 月 28 日

死者姓名	张同森	性别	男
病故时间	91年4月22日	出生年月	1936.6
原工作单位	发城镇长李候中		
参加工作时间	1953.7	原任职务	校长
工资		金额	145.00
退离体时间		金额	
遗属居住地点	埠后乡铁口村		

批准事项栏

全家月补助金额 65.00
发款单位 发城红李

补助费变动审核栏	每月补助金额	执行日期	批准机关盖章
	65.00	93.1	人事局

享受补助的亲属情况

姓名	出生年月	与死者关系	是否商品粮	补助金额
王玉花	1935.1	妻	非	65.00

补助费领取登记
一九九三年

月份	金额	日期	发款人盖章	备注
一	20.00			
二	20.00			
三	20.00	255.00	24/	李宇
四	65.00		6/	李宇
五	65.00			
六	65.00			
七	65.00		16/	李宇
八	65.00	195.00	8/	李宇
九	65.00			
十	65.00		18/	李宇
十一	65.00	195.00	12/	李宇
十二	65.00			

这是在同森去世两年后玉花获得的《国家机关工作人员遗属生活困难补助证》，当时的铁口村属于埠后镇管辖，后来发城镇与埠后镇合并统称发城镇。表中同森的原工作单位的记载不准确，应为发城镇南柳联中。

这是 1985 年由海阳县人民政府颁发的土地管理使用证，是对家庭户管理和使用的农耕地的确权，对每一类土地的大小和东、南、西、北四至边界都有详细的记载。这时只有玉花和小女儿的户口还在村里，共管理和使用了 2.5 亩地。

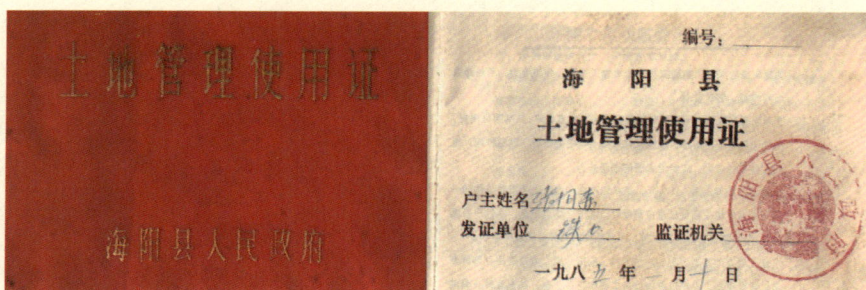

注：表内9栏"地级"只作为本村的土地考评地级，县、乡不作统一规定。

户号 141

铁 口 村

电 费 手 册

姓名 □□

电 费 手 册 记 录

91年		上 期电表数	本 期电表数	本期实用电度	电费单价	电损金额	折 款						经手人盖章
月	日						千	百	十	元	角	分	
5	15	87	90	3	25	50			1	25			

这是玉花在铁口村老家的用电缴费记录。由表中数据可以看出，当时的电费单价为每度电两毛五分钱，但电损金额占比相当惊人，相当于两度电。虽然花钱多了点，但电灯取代煤油灯的好处太多了，大家还是愿意用电灯。有了电的供应，也才有了后来其他电器的应用。

这是 1983、1984 年玉花在铁口村的粮油交售记录，这时只有玉花和小女儿的户口在村里，需要缴纳的粮食和食用油料是两人份的。国家收购的粮食和油料都是质量最好的，价格由国家规定，农民有缴纳的义务。而记录在册的这些缴纳的实物只是家庭户要向国家履行缴纳任务的一部分，年底村里决算时还得用同森的工资款补缴一部分折算的现金。

这是同森从部队复员时的登记表，从
中可以看出同森入伍前后的文化程度、
家庭出身、个人成分的变化。

干 部 履 歴 表

单位 海阳县发城公社楼底小学

职务 付校长

姓名 秋同森

１９６５年制

这是在同森档案里保存的 1965 年填报的个人履历信息，同森当时在楼底完小担任副校长职务。同森于1985 年还填报过一次全国统一格式的履历信息，他当时的职务是三个联中合并后的发城联中的副校长。由小学副校长升为中学联中的副校长本身就是进步。

这是同森的两次履历表格内容的对比。至 1985 年时，同森虽然仍坚持骑自行车往返学校，但身体健康状况已大不如从前，由"健康"变成了"一般"。

姓名	现名	张同森	性别	男	出生年月		1936.8.9	
	曾用名		家庭出身	中农	本人成分		学生	
籍贯		山东省海阳县市		铁口村	民族		汉	
原有文化程度		初速师毕业	现有文化程度		初中	工级	资别	8级
身体健康状况		健康						

姓名	现名	张同森	性别	男	出生年月	1936.7	
	曾用名	无	家庭出身	中	本人份成	学	
现化	有程文度	初师	民族	汉	工级 资别	中行 9级	
籍贯	原籍	海阳县发城公社 铁口					
	出生地址	海阳县发城公社 铁口					
身体健康状况		一般					

参 加 革 命 前 后 履 历			
年 月至 年 月	在何地区何部门	任何职	证明人
1945.2 —— 50.1	在本村小学读书	学生	姜瑞静
1950.1 —— 52.1	在吉招庄完小读书	学生	刘振文
1952.2 —— 53.6	在海阳速师读书	学生	于仙国
1953.6 —— 57.7	在0九三六部队.00九大部队	战士	姜肇林
1957.7 —— 58.2	在吉格小学任教	教师	张顺玉
1958.2 —— 58.6	在卧龙小学任教	教师	姜敏
1958.6 —— 58.8	在下院口完小任教	教师	张永堂
1958.8 —— 59.9	在西车格庄小学任教	教师	董承光
1959.9 —— 69.11	在棱底完小	校长	张庶海
1969.11 —— 70.8	在铁口大队小学任教	教师	张闰畔
1970.8 —— 71.8	在长宇联中任教	教师	范永泉
1971.8 —— 75.10	在徐家店公社大窑联中	校长	周玉瑞
1975.10 —— 78.7	在湖西联中	校长	孙守敏
1978.7 —— 79.7	在夏屋联中	校长	周玉瑞
1979.7 —— 今81.7	在发城联中	付校长	周玉瑞
1981.7 ——	发城中心小学	校长	

这份《参加革命前后履历》基本上反映了同森一生的主要经历，遗憾的是记载
并不完整。在填写这份履历的时候同森是发城联中的副校长，正在等待担任发
城中心小学校长的书面任命。后来由发城中心小学转任发城镇南柳联中校长的
经历在他的履历表中并没有记载。

一 九 六 六 年
四清工作人員鑒定表

单　位 <u>铺集公社清查部四清队组</u>

职　务 <u>队员</u>

姓　名 <u>张同寿</u>

中共烟台地委文登县四清工作团政治部制

这是同森 1966 年参加中共烟台地委组织的"四清"工作的记录，在文登县铺集公社洛格庄村共连续蹲点工作了 9 个月，既顺利完成了组织交给他的各项工作任务，也完成了一次高质量的、对他一生影响深远的党性觉悟的自我教育。

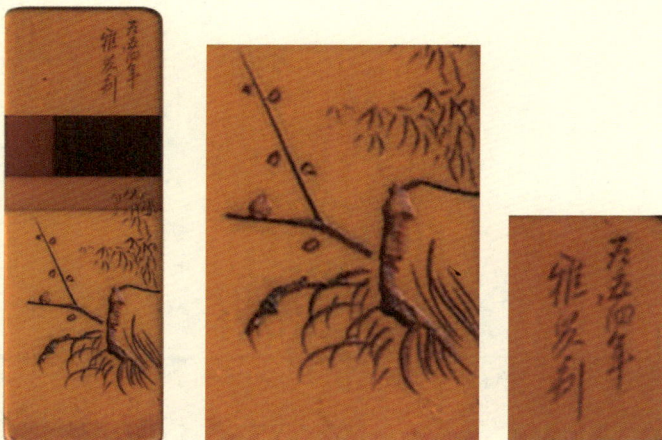

这是同森的印章和印章盒，很有特点。印章为正方形长柱体，单边长、宽均为1厘米，长3.2厘米，复合仿黄杨木塑料材质。"张同森"三个字由右上向左下斜向排列，左上刻有太阳和光芒，寓意"共产党像太阳，照到哪里哪里亮"，表示一心向党；右下刻有一颗五星，寓意革命军队，表示一心向军，具有鲜明的时代特点。印章正面刻有一幅画和两排字，画是梅、兰、竹、石组合，一排字是刻制时间"一九五四年"，另一排字是刻制者姓名"雅贤"。印章盒为铁制带暗扣，内有印泥，方便携带和使用。这枚印章是同森入伍后第二年刻制的，应该是战友的礼物，具体已不可考。

爱	姓 名	王玉花	出生年月	1935.1	政治面貌	一般农民
人	家庭出身	下中农	本人成份	学生	文化程度	高小
情	现在任何职务	铁口村 务农			工资级别	元
况	有何政治历史问题结论如何	无				

这是记载在同森1985年档案中的有关玉花的信息，
一个纯粹的农村妇女、普通劳动者，值得自豪的是
没有任何政治问题和历史问题。

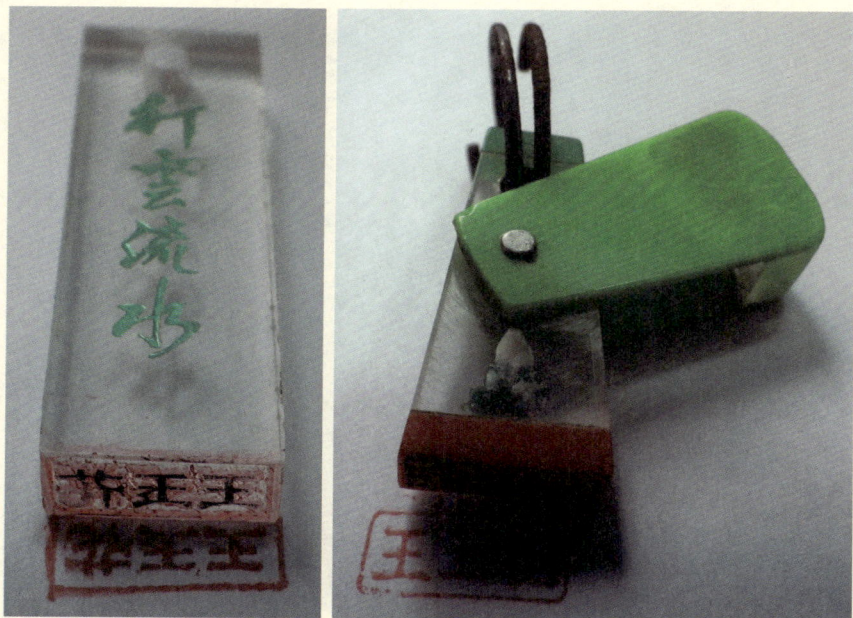

这是玉花用过的两枚印章，材质都是极普通的透明塑料。略小的印章有可旋转的保护外壳，方便携带；另一枚略大的印章刻有"行云流水"四个字。

后　记

　　我的父亲张同森（中共党员，退伍军人，人民教师）和母亲王玉花都是民国晚期生人，历经了抗日战争和解放战争、新中国的建立和建设、"文化大革命"以及改革开放等重要历史时期。他们在生活条件非常困难的情况下努力工作和劳动，一方面积极贡献国家和社会，另一方面把三个子女培养成为对国家和社会有用的人才，一生的辛勤付出和贡献值得纪念。我在书中对父母的经历和生活片段的记述也反映了胶东地区不同时期的历史状况和风土人情，可供有兴趣的读者了解和参考。

　　我想写父母的念头肇始于少年时期对父亲的崇敬和对母亲的依恋。我外出上学和工作生活了40多年，退休回老家后，住在与父母一起生活过的老院落里，整理父母的遗物、走访探望父母的老朋友以及偶遇父亲学生时他们所表达的怀念，让我更加渴望用文字记录下父母的一生。

　　父亲长期从事挚爱的教育工作，是当地有名的"点子多校长"。书名"同森育花"，既代表着父亲辛勤耕耘教育事业的一生，也有母亲名字的谐音，表达我们对他们永远的怀念。

　　姐姐张萍芝、妹妹张翠芝和妹夫王增荣也都是人民教师，他们提供了很多书面资料、照片和真实的故事；发城联中的王英杰老师，铁口村与父母一起工作过的原代课老师张庆元，北楼底村父母的好友张同海等也提供了很多写作素材。对于他们的帮助、支持和鼓励，在此一并表示衷心的感谢！

张黎明

2023 年 5 月